Once Upon a Tome

The Misadventures of a Rare Bookseller

世界最古の ロンドン古書店奇譚

オリバー・ダークシャー
Oliver Darkshire

秋山 勝［訳］

草思社

ONCE UPON A TOME
by
Oliver Darkshire

Japanese translation published by arrangement
with Oliver Darkshire c/o PEW Literary Agency Limited
through The English Agency (Japan) Ltd.

『むかしむかし、あるところに一冊の本がありました』

ある古書店員に降りかかった奇妙な偶然をさまざまな事例の断片とともに、
専門的な理論を一部交えながら解説。

オリバー・ダークシャー

ゼロに――

君は作家と結婚したので、後世の歴史は君が苦労したと
言うだろう。
そして君は男性と結婚したので、後世の歴史は僕たちが
ルームメイトだったと言うだろう。

母に――

子供たちのなかで僕をいちばん愛していることを、
これでようやく認め合えそうだ。

世界最古のロンドン古書店奇譚

⊙

目次

第I章
古物およびその他一般

第2章 アート&建築

第3章 旅行＆探検

第4章 博物学

第5章
現代の初版本

［編集部註］

・本文中の［　］内の小さな文字は訳註を示し、［訳註］のルビは、奇数ページ小口寄りに傍註として掲載した。

・＊のルビは原註を示し、奇数ページ小口寄りに傍註として掲載した。

店長敬白

サザランはとても古い歴史がある稀覯本の書店です。創業は一七六一年、以来、この世界でなんとか生き延びてきたので、店にすればインターネットの出現さえ些細な出来事にすぎず、ブラキオサウルスにハエがとまったようなものでした。それでも、二〇一二年のある日の午後、店のツイッター（現・X）のアカウントを開設することにしました。時折、誰かが一八七四年初演のチャイコフスキーのオペラ『オプリーチニク』についておもしろおかしくツイートしていましたが、それ以外のときはせっかく開設したツイッターのことなどすっかり忘れていました。

そのツイッターを本書の著者であるオリバーが、ひっそりと引き継いだ事実に当初は誰も気づきませんでした。私もはじめて知ったのは、二〇一八年末のことで、「このツイートを送信したので、苦情がくるかもしれません」のようなことを言われました。

新任の店の責任者として、これは聞き捨てにはできないと思い、さっそくサザランのツイッターを確かめた私は、その瞬間に目を剝いていました。四人ほどしかいなかった店のフォロワーが一〇〇〇人にまで増えていたのです。そこには剣《つるぎ》やマグロ、そして店の地下室に潜んでいるらしい魔物についてのメッセージが書き込まれていたばかりか、真摯な心の叫びやフクロウに関する冗談が飛び交っていました。もちろん、古書に関する書き込みもありました。

言われていたようなツイートをめぐるクレームはこなかったと思います。そして、ツイッターが生み出すパラレルワールドにはすぐにアクセスできるので、なりゆきについては見守ったほうがいいだろうと考えました。フォローしていくと、古書販売というありふれた現実から、オリバーは奇妙で摩訶不思議なさまざまな世界の話を即興で紡ぎ出していました。夢のような情景を突き破って、壊れた塑像のような店の現実が姿を現すときもあれば、空想の世界を貫徹する緊急の問題が書かれているときもあります。ただ、ほとんどの場合、オリバーの気まぐれと空想力は、奇妙奇っ怪に誇張されたサザランの姿を世に知らしめるために使われていました。

オリバーが休暇で店にいないときには、私がツイッターの更新情報の管理をしていますが、まるで熱狂的な夢の世界に足を踏み入れたような気分になります。高揚して汗だくになってリアルな世界に戻ってくる様子は、まるでスクリーンのなかに潜り込んで、「スーパーマリオ」のレベルをクリアしたあとのようなものでした。

驚かれるでしょうが、店のツイッターはなかなかはやっています。この一文を書いている時点でフォロワーは四万人、これは古書店として驚異的な数字で、本の世界への関心のレベルだけではなく、大勢の人を楽しませ、蒙《もう》を啓《ひら》くことができるオリバーの才能がうかがえます。ほかの手段ではこれだけの人たちの関心を引き出すことはできなかったでしょう。ツイッターがきっかけで生まれたこの本は、その意味でも当然ななりゆきで、デジタル空間にそびえるラシュモア山から、リアルな記念碑を彫り出す絶好の機会でした。

話のついでに言っておくと、このリアルとバーチャルの重なり合う部分は、古書店で働く者にとって、実にもどかしい領域でもあります。私自身、古書店はいまでも羽根ペンを使うべきではないのかと考えているほうですが。しかし、境界線が変わりつつある現実は否定できません。レンガ造りの本屋をデジタルの世界に変え、そこで電子書籍ではなく紙の本を売るのは、とても現代的な感じがします（考えてみると、この変化は内燃機関の出現に通じるものがありますね）。

それでは敬愛なる読者のみなさん、お待たせしました。本書を通じて数々の発見をされ、さらにこのユニークな古書店に住みついている店員たちがどんな人物であるのかについてご理解ください。もちろん、来店して会っていただいてもかまいません。本書に記されている出来事はすべて事実そのままというわけではなく、登場する一部のキャラクターについてはオリバーもいささか盛りすぎの観があります。また、刊行に際して、オリバーから私に対し、「ありとあらゆる多元宇宙において、もっともハンサムで、豊かな音楽の才能にも恵まれ、創意にあふれたボス」という二〇ページにわたる献辞の申し出がありましたが、もちろんそれについては丁重に辞退しました。しかし、それを除けば本書で書かれている話はどれも真実……であるようです。

二〇二二年十月　ロンドンにて

サザラン・マネージング・ディレクター
クリス・ソーンダース

はじめに――見習い書店員

結局、ここだなとわかったのは一枚の立て看板のおかげだった。四本の頑丈な脚でまっすぐに支えられているはずの立て看板だが、そのうちの一本がなく、三本の脚でぐらつきながらそこに立っていた（この看板もずっと昔、通りで起きた事故の被害者であるのはまちがいない）。看板のペンキは縞模様になって剝がれ落ちていたが、そこに書かれた「ヘンリー・サザラン商会――古書と版画」という文字はおおむね読み取れた。

店の前を二度通りすぎてようやくこの看板に気づいた。店は大通りに通じる横町にひっそりとたたずんでいたが、横町は誰にも知られていないことでむしろ有名だった。その横町――サックヴィル通りは商売には難しい立地としても知られ、ピカデリーとリージェント・ストリートの尻尾の名残のようにつながっている。ピカデリーもリージェントも夜明けから暮れまで、パラソルや車のクラクションでにぎわっている大通りだが、サックヴィル通りで商売を始めるのは死ににに行くようなものだとみんな言っている。肌寒い十一月早朝のその日、通りに近づくにつれて感じていた気後れは、おそらくそれが理由だったのかもしれない。

その日、僕がサックヴィル通りにいたのは採用面接のためだった。どうすればサザランのような古書店の職が得られるのかとよく聞かれる。歳も若く、ロンドンに流れ着いた僕は、同年代の多くの若者と同じように、世に出る機会を得たいと漠然と考えていた。だが、いつもぎりぎりのところでその願いは指をすり抜け、虚しい毎日を送っていた。どうしようもないほど暗澹《あんたん》たる気持ちで職を探していたとき、インターネットの片隅に迷い込み、そこで見習い店員を募集しているある書店の広告が目に入った。とりたててすばらしい募集広告だったわけではない。給料はヴィクトリア朝時代なみ、仕事内容もどこかとりとめがなかったが、全体に切羽詰まった感じが漂っていた。しかし、背中を押されて応募したのは、未経験者可という文言だった。連絡をすると、その日のうちに担当者から電話があり、ついては面接を行いたいと伝えられた。

面接の日は早く起きたが、書店の仕事にかかわる前から、ちょくちょく早起きはしていた。両開きの店のドアに向かって胸を張って大股で歩いていくと、誠心誠意を込めて片方の扉を押した。ひと目見てこの人物だと採用を決めたくなる人となりがうかがえるような押し方だ。だが、扉は開かず、ガタガタと騒がしい音を立てるばかりだった。押すのはあきらめ、今度は引いてみた。この時点で店内の誰かが、僕のまごつきぶりを冷静に見ていることには気づいていたが、とにかく目的を果たそうと努めた。反対の右側の扉を押してみた。つんのめるようにして店内に入ってしまい、とっさに失礼を詫びる言葉が出かかったが、その言葉を途中で呑み込んだのは目の前に広がる光景のせいだった。

最初に気づいたのは店内のにおいだった。「ヴェリコー」という古書店特有のあの香りだ。古書が一堂に会していると何か切ない思いが漂ってくる。世界的な大ヒットになるチャンスを逃したことを遠まわしに覚《さと》っているような、かすかに不満のにおいがする。あたりを見まわしてみた。色とりどりの本が並んだカラフルな本棚、怪しげな雑誌が積まれたテーブル、奇妙な形をした什器、見当違いな場所に置かれた文具があった。古書店を思い浮かべるとき「カラフル」という言葉は浮かんでこないだろうが、僕の知っている古書店はどこも「カラフル」だ。

ギシギシと鳴る天井を支える柱にさえぎられ、店内の全景は見渡せないが、危ないほど積み上げられた古典文学の山のあいだをよけていかなければ、店のいちばん奥にまでたどりつけないようだ。物陰では人が動きまわっており、ドアをきしませながら開け閉めしている。ほかに聞こえる音と言えば、棚に本を詰めるゴトンゴトンという耳障りな声と足音、そして暗闇のどこかで鳴りつづける電話の音だけだった。

その場に立ちつくしたまま、いつまで店内を見まわしていたのかはよく覚えていない。そうこうしているうちに、腰痛持ちの銀髪の男性に救い出された。実に気さくな人物だった。その人物こそ店のマネージャーのアンドリューである。気詰まりな状況を和らげる才能ということでは、今日にいたるまで彼ほど才能に恵まれた人物に出会ったことがない。以前、店を焼き払ってもいいような勢いで乗り込んできた人物がいた。そんな相手でも、アンドリューと三分間話しただけで後日夕食をいっしょにすることに応じ、そればかりか本まで一冊買い求め、そもそもなんの用で店に来たのか思い出せない、狐につままれたような顔をして帰っていった。その後知ったように、サザランは小世帯の書店である。そんな店のマネージャーが近寄りがたい人物という考えはいっぺんで吹き飛んだ。

店の中央にある大階段を降りて下の階へと案内され、ポスターやイラストなど、気が遠くなるような不思議な品々で埋めつくされたプリントギャラリーを通り抜けてさらに先へと進んだ。先には本の目録がところ狭しと置かれた部屋があった。アンドリューは申し訳なさそうな顔をして、古い目録のあいだから椅子を二脚取り出そうとしたがなかなか引き出せない。奮闘の末、なんとか回収には成功、ドアが閉められると部屋は静まり返った。

本が積まれた書棚のせいで、外から聞こえる物音が途絶えてしまう。周辺の道路の騒音も遮断できる不思議な効果だ。大都市とくにロンドンのような大きな都市で働いていたり、暮らしたりしている人なら、自動車のエンジン音が背景音のように聞こえてくるのがわかるだろう。魂の内側に染み込んでくるあの音だ。通りから絶えず聞こえるこの音から、逃れられる場所はほとんどない。だが、書店はそれができる稀有な場所のひとつだ。

狭い部屋で椅子に腰掛けたが、二人が座れる余裕などほとんどないとアンドリューは気づいたようで、もう少し奥に椅子を進め、積み上げられた古い図書目録に囲まれて座りなおした。そして、「ここはカタログルームだ」と話し、部屋の目的は「ほかに行き場のない場合、物を置いておく場所だよ」とかいつまんで説明してくれた。実りのないまま、求職活動のためにロンドンで数カ月を費やしていた身としては、妙にしっくりくる説明だった。

アンドリューが人を安心させられる才能は、距離を置いて相手の人柄を読み取れる優れた眼差しにも負っていた。それは、まっとうな書店員には欠かせない条件で、昔からアンドリューはその達人であり、いまもそれは変わっていない。一〇秒もたたないうちに僕を品定めすると、残りの面接のあいだ、近年、店が直面している問題――信頼できる新人スタッフの確保についてのんびりと話してくれた。予想もしなかった率直な打ち明け話に僕はその場にくぎ付けにされたが、アンドリューの話では、例年サザランでは、学位と資格を有する新進気鋭の若者を採用して〝完璧な書店員〟を確保したつもりでいた。しかしどの場合も、半年ほどすると神童たちは美術界のもっと高みにある世界――給料がさらに多い（陽の当たる上の世界にもっと近い）場所へとさっさと抜け出していった。

　今回、アンドリューはそれまでとは違うものを探していた。探していたのは店にとどまりたいと希望する者、もっと長く勤めつづけてくれる者を探していた。アンドリューの話では、スタッフは一年ごとに新しい名前を覚えなくてはならないので頭を抱えてしまい、とても不便な思いをしているという。さらに、今回の採用に際しての条件を話してくれた。採用された見習い店員は最低でも二年間勤務し、古書店員としての能力を高めるため、研修制度のもとで働くこと、研修期間が終了した時点で、店は正社員になることを希望するというものだった。

　読者のみなさんには正直に言っておくが、このとき僕はショーのアシカよろしく、しきりに首を振ってうなずいていた。たしかに見習い店員の賃金は、〝骨董屋〟[訳註]がオープンした一八四〇年のまま凍結された額だったが、それまで慣れ親しんだ給料に比べればわずかとはいえましだった。それよりも、あの悪夢――アパートの小部屋に閉じこめられ、みじめに萎縮していく悪夢にたびたび見舞われていた僕にとって、この仕事は命綱のように思えた。たとえ、僕が動いて不安定に積み上げられた本がますます危険にさらされることになってもだ。これらの本は店に代々伝わる貴重なものばかりだ。

面接は始まったと思ったら、すぐに終わった。取り返しのつかない失敗をしてしまったせいにちがいないと考えたことはいまでも覚えている。何が起きていたのか理解する間もなく、店に入って出てきた。そして、「数日以内に連絡します」という元気な笑顔で店から送り出された。僕はすっかり気落ちしていた。

その日の午後三時に電話があり、採用が決まったと伝えられた。採用理由はいまもってわからない。ルーレットダーツで決めたのではないかと、いまでもそれとなく疑っているし、あるいは別の誰かと取り違えたまま、勘違いを正すタイミングをいまだに見つけられないだけなのかもしれない。いずれにせよ、それから数日後、僕はあの両開きの扉の前に向かった。着ていたのはいささかくたびれた古いスーツだったが、あらたな目標を抱いていた。

こんなふうにして、その後の僕の旅があっけなく始まった。いま考えてみると、不思議な思いがする。あまり乗り気のしない募集広告に、ネットでたまたま遭遇したこと。人目をはばかるようにして行われた面接。慌てて靴を磨いたこと（もう二度としない）。そして、ある日突然、僕は稀覯本を扱う古書店の見習いになっていた。

〔訳註〕 **骨董屋**：一八四〇年に刊行されたチャールズ・ディケンズの小説『骨董屋』のこと。ディケンズ亡きあと蔵書を遺贈されたディケンズの家族はサザランに蔵書を売却、サザランはそれぞれの本に価格をつけカタログを作成して販売、ディケンズの蔵書はこうして散逸した。

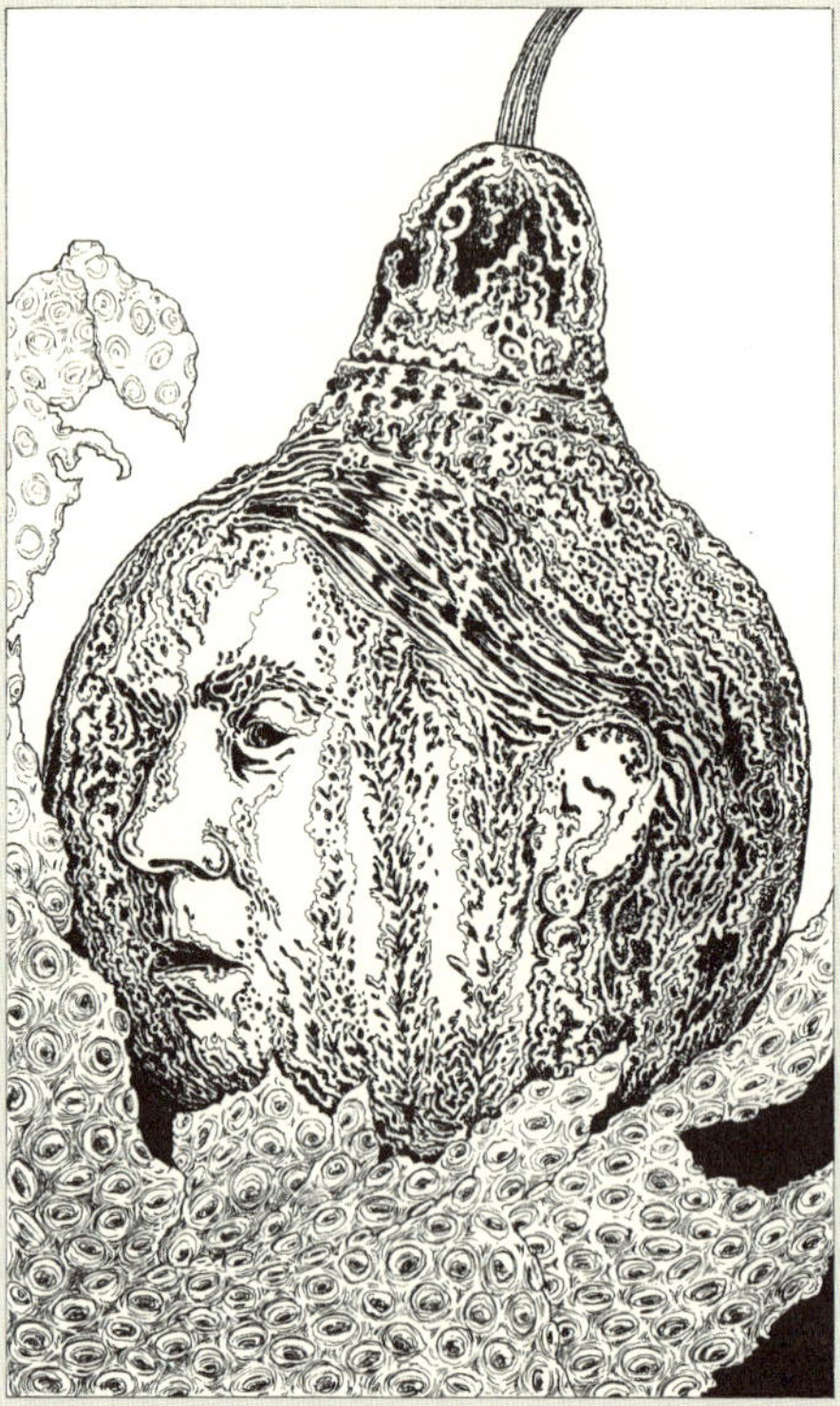

瓢箪《ひょうたん》のアンティーク。由来は不明。
ヴィクトリア女王とおぼしき人物が勢いよく彫られている。
みごとな作品だ。

第Ⅰ章　古物およびその他一般

――書籍販売術の入門編と一般的出来事および文学的な告白と誤解などについて。

サザランの品ぞろえのうち、古書以外の骨董品がかなりの割合を占めていたのには驚いた。店の伝統として、文学書は意味もさだかではない〈古物およびその他一般〉という売り場の棚で、多岐にわたる普通の骨董品といっしょに売られている。つまり、この売り場の名称は、ほかにどう扱っていいものやら、実は誰にもよくわかっていないことを丁重に言い換えただけにすぎない。書店員のスキルとは無縁の見習いは（その後キャリアアップして、スキルとは無縁の書店員にはなれた）、増えていく一方の〈古物およびその他一般〉の手伝いをすると期待されていたが、このコーナーはサザランが提供するさまざまな不思議であふれていた。本当に何が見つかるのかわかったものではなかった。ただ、僕にとって幸いだったのは、一般の人たちが探しているようなものもここにはすべてそろっていた点だ。「ジェーン・オースティンの本ですか？　かしこまりました」。オースティンの本なら、たぶんあそこのアルバート公の胸像のあたり、絶対に位置を変えてはいけない、いくぶんいかついバイロンの像の上にあるキャビネットにあるはずだ。そして、売り場の一角で、がたついたストールに腰をかけ、紅茶が入ったビールジョッキを手にしているのがジェームスである。

＊＊＊＊＊＊

｜　ジェームス

面接のとき、同僚となる店の人間がどんな人たちなのか先入観をもっていたら、とんだ勘違いをするところだった。サザランで働く初日を迎えるまで、僕が会った店の人間はアンドリューだけだ。アンドリューは物腰が穏やかなうえに明るい人柄で、生まれついての癒やし系タイプだ。古書を取り扱う仕事がどんなものか、その元型《アーキタイプ》としていまも僕の心に息づいており、混沌とした状況に直面しながら、なんの苦もなく保っていられる彼の平静さはいつも見習いたいと思っている。このような崇高な境地は、ストレスの源となりうるもの（たとえば鈍くさい見習い店員）とはいささか距離を置くことで培われたと思われる。そんなわけで、僕はジェームスのもとで修業に励むことになった。

アンドリューが店全体に血液を静かに、そして辛抱強く循環させている心臓だとしたら、ジェームスは店の姿勢をまっすぐ支えつづけている背骨だった。本人も背は高いがいささか猫背で、長いあいだ太陽のもとで野ざらしにされてきた案山子《かかし》のような雰囲気を漂わせていた。薄暗い店の片隅にある書類が散乱するデスクに向かい、万引きや不心得者、不吉な客を追い払うため、吊りズボンの鎧をまとい、長年培ってきた鋭い洞察力で本を守ってきた。

見習い一年目の大半はジェームスの指導のもとで過ごしたが、多くの点で彼は古い時代の何かを大切に守りつづけてきた。化石と言うにはおこがましいかもしれないが、ジェームスが倦むことなく、愛情を込めて〝修理＊〟してきた痕跡が店には刻み込まれていた。思うに、その見返りとして、やがて彼という人間ができあがったのではないだろうか。白髪交じりの本好きな狼のように、ジェームスは店内を歩きまわりながら、日ごと発生するありふれた雑務をひとつひとつこなしていた。そんなわけで、僕の見習い修業も、誰も手をつけたがらないほかの仕事として、ジェームスの手に委ねられることになった。

この仕事を始めて数年後の話になるが、ジェームスを除き、店の誰もが店内のゴミはどこに行ったのか、誰がそれを持っていったのか、そして、ゴミがどうなったのかを知らないことに気

＊「修理」という言葉はかなり寛大に使っている。ジェームスの善意の努力にもかかわらず、修理をしても問題のある扉や棚、ケースの機能はほとんど変わらなかったからだ。ジェームスはさまざまな作業を独学で学んだ何でも屋で、店のほかのスタッフたちは、金づち一本でほとんどの問題を解決する人物と長々と議論するのは得策ではないという、分別ある立場をとっていた。

づいた。みんなの知るところでは、ゴミはただ消えてしまっただけだった（ジェームスは誰にも知られたくなかったことがのちに明らかになるが、その理由については後述する）。

ジェームスはもともと船大工の見習いで（造船所ではなく船大工。彼にとってはこの区別はなぜか重要だった）、ある日、ヘンリー・サザラン商会にふらりと迷い込み、二度と立ち去ることはなかったと聞いた。いずれにせよ、彼が知っているすべてのことは（そして実際に何から何まで知っていた）、何十年もの年月にわたり、毎日朝から夕暮れまで書店で働きつづけてきた賜物だった。いまにして思えば、入店早々の数カ月間を彼に面倒を見てもらえたことには心から感謝している。とはいえ、当時あてがわれたデスクは、入り口の両開き扉の前に置かれたデスクで、子供の勉机ほどの大きさしかなく、感謝の気持ちを感じられるような余裕はまったくなかった。

話では、このデスクはヴィクトリア朝時代の女性向けのもので、いま使っている動作があまり敏捷ではない、身長一八〇センチを超える不器用な男のために設計されたものではなかった。つまり、それが意味するところは、長年にわたって使われてガタのきた、婦人用の横鞍《よこくら》のようなこのデスクの椅子に僕は座らなければならなかったということだ。その後、さまざまな理由から、書店員としてのキャリアの大半をデスクに向かって過ごすことになる。どのデスクも僕には小さすぎたが、なかでもこの最初のデスクほど恨めしいものはなかった。

あてがわれた小さなデスクを前にして平穏な数日を過ごしていたが、その間、何もしていないことに気づいた。サザランに入店する前には法律事務所で事務員として働き、慌ただしい環境には慣れていたとはいえ、僕にはそら恐ろしいほど苦手な仕事だった。解雇される前に僕はそんな状況から消え去った。変化のペースは衝撃的だった。驚いたことに、ここでは電話がまったく鳴らないのだ（鳴ったとしても数時間に数度）。店のスタッフは静かにデスクに向かい、門外漢の理解を超えた奇妙な仕事に取り組んでいたので、僕にはわかったふりもできなかった。ときどき客が迷い込んでくると、ジェームスが書棚にかけられたハシゴから急降下してきて、正しい書棚へと導いていく。

マネージャーのアンドリューは隣のデスクに座っていた。折に触れて、「だいじょうぶかい」と優しく声をかけてくれる。僕は、「だいじょうぶです。問題ありません」と請け合っていたが、何をやればいいのかわからないなどとは、恐ろしくて口にはできなかった。やがて、自分から何かすることを求めていかなければ、僕はこのまま死に絶えてしまい、遺体は小さなデスクを抱えたまま骨となって残り、それを発掘した考古学者を困惑させるだけだと気づいた。そんな考えが浮かんだちょうどそのとき、ジェームスは店の謎めいた飛び地から本が入った箱を手にして現れた。こうして僕は目録作りを教わることになった。

当時、僕は目の前で繰り広げられる出来事に当惑するばかりで、目録を作る＊とはどういうことなのかすらわからなかったが、とにかく何かやることがあるのはうれしかった。この仕事には奇妙な符丁を使って本を説明するような作業がともない、手持ちぶさたでボーッとしているよりははるかに気晴らしになった。僕が任されたのは稀覯本などではなく、ジェームスが何度も繰り返し、

＊この黒魔術に関する説明は、本章で後述する「5　初心者のための目録作り」を参照されたい。

こっそり店に持ち込んできたいわゆる中古本から選んできた本だった。誰が何をやっているのかまったくわからない謎めいた同僚だらけの店の新入店員にとって、これは申し分のない教材であり、何か大きなまちがいをしでかしても、実際にはたいした影響を被らずにすむ。しかし、このことは、古書店員としてのあり方をめぐり、スタッフのあいだに違いがあることを物語っていた。

一見するといずれも同じようだが、古本はかならずしも希少な古書ではないし、希少な本は古書だけとはかぎらない。本についてあらゆることに精通しているにもかかわらず、ジェームスは古書ではなく古本を売りたがる書店員だった。トランクセールや地下室、あるいは出版社の返品のくずから掘り出してきた本を、ふらりと来た客に一〇ポンドで売るのを楽しんでいた。ジェームスはコンピューターには興味がなく、稀覯本の目録作りにも関心はなかった。あらゆる本に対して、名目上は違法ではない方法で値段を設定して売っていたが、おそらく、やはりそうしたやり方は好ましくなかったのかもしれない。

それは昔懐かしい本の売り方で、店に入ってきた人たちが、山ほどの本を馬車に積んで帰っていった（と聞いたことがある）時代の話だ。いまほど客の選り好みが激しくなかったその時代について、ジェームスは熱弁を振るうのが大好きだった。いわゆる現代的で、テクノロジーを駆使した書籍販売など、手に負えない独りよがりだと考えていた。売れるまで一〇年のあいだ本の山に埋もれていなければならないのなら、それはそれでかまわないと考えていた。しかるべき時期がくれば、本はふさわしい持ち主を見つけ出す。ジェームスに言わせると、本を買う真の精神は、たとえば「あとで何を食べよう？」とか「今月の家賃はどうしよう？」などとは異なり、些末なことでみずからを貶めたりはしないものなのだ。

ジェームスはほかのスタッフとは違った。ほかのスタッフは高額な稀覯本を扱い、熱狂的なコレクターや権威ある機関の手にそれらを確実に届ける仕事を好んでいたが、ジェームスはただ本を売りたがっていた。どんな本でもよかった。毎日、ギシギシと音を立てる自転車に乗って店にやってきていたが、荷台にくくりつけられた木箱には犯人捜し《フーダニット》のミステリーの古本や一九九〇年代の鉄道ガイドが入っており、その木箱を店に運び込んでいた。僕の見習い修業は、こうした本の身元を洗濯するような役目を果たしていた。僕に本を渡してから、その本の由緒について教えてくれた。そして、アンドリューに「そんな本をどこに持っていくつもりだ。すぐに戻ってこい」と言われる前に、店の奥にさっさと運び込んでいった。

2　冷やかし客

ここで少し立ち止まり、古書店とお客の複雑な関係について説明しておいたほうがいいだろう。僕はなんの準備もなく書店の世界に飛び込んだが、これは神のご加護だったのかもしれない。そうでなければ、振り返りもせずに、一目散にこの世界から逃げ去っていたかもしれない。店を訪れる人たちについて、ここでは気前よく「お客」という言葉を使っているが、それはほかにどう呼んでいいかふさわしい言葉がないからだ。実を言えば、買う意思をもって古書店に入ってくる人はごくごくかぎられている。

ところで、僕はもともと社交的なほうではない。ちっちゃなころから、ほかの子供ともっと遊ばなければいけないと言われつづけ、十代になっても、人ととくに話すことがなければ、相手のことは放っておくと言われて過ごしてきた。*無愛想で、これという学歴もない二十歳の若者に門戸を開いている職業はごくかぎられている。残念なことに、あるにしてもそうした仕事の多くは、なんらかのかたちで大勢の人たちを相手にしなくてはならない。いまにして思えば、僕が古書の世界に引かれたのは、この仕事ならスーパーマーケットで働いたり、あるいは路上生活を送ったりするより、見知らぬ人との不快な出会いが少ないかもしれないという、世間知らずな妙な思い込みからだったのかもしれない。

　サザランの店頭を見ていると、ぽつりぽつりではあるがかなりの人が店に入ってきて、何事もなければ、おそるおそる入ってくる人の流れは途切れることがない。若い人がいれば、年配の人もいる。眼鏡をかけた人、タトゥーを入れた人もいる。ほとんどの人は呆然とした様子で店内を見てまわり、あるいは質問をしてくるが、実際に本を買ってくれるのはごく少数の人にかぎられる。悲しいことに、一見して買ってくれる客かそうでない客かは見分けられないので、どの人に対しても、金塊が入った大袋を突然取り出し、店ごと買ってくれる客だと思って接しなければならない。同じように、みすぼらしいなりをした浮浪者が、グーテンベルクの聖書を差し出して驚かせる可能性もある。いつどんな場合でも、何が起こるのか知る術《すべ》は絶対にない。

　僕がサザランの受付係を担当することになったとき、客の問い合わせには、いかなるものであってもできるだけ丁重に応じるものと考えられていた。これは店のスタッフマニュアルにも書かれており、ジェームスは徹底的にこれを実践していた。[**] 旧版の『ロンドンA－Z』を熟読しており、客から道を尋ねられればすでに存在していない建物の場所を案内したり、本人に悪気はないのだが、ネズミがはびこる建設現場への道を教えていたりしていた。雨が降ってくれば、店の傘立てから傘を提供していた。その傘が盗まれもせずに傘立てに残りつづけていたのは、傘に大きな穴が空いていたからだと思い出したころには、客はすでに雨のなかに消えていた。ジェームスはまぎれもなく紳士だったが、世間からすれば面倒な人間だった。

書店ならではの居心地のよさで、ここが商売の場所ではなく、ホテルや別宅のような扱いが受けられるところだと思わせてしまうのだろう。明らかに本以外のものを探していながら、堂々と店に入ってくるタイプの人たちもおり、そうした客はしょっちゅう目にしている。本当に探しているのはホッチキスやプリンター、スプーンなどだ。こうした客はこぼれるような笑みを浮かべてドアを開け、声をあげる。目的はなんでも答えてくれる心優しき店員をつかまえることにあり、そうした店員ならどうすれば自分が必要としているものが手に入るのかを教えてくれる。ほかの

＊いまでも母親から何度も聞かされる話がある。四歳のとき、とにかく一人で座ってばかりいてはだめよと言われつづけていた。ようやく立ち上がるチャンスがあったので、先生に向かってお尻を見せた。もっとも、その罰は読書コーナー送りで、一人で座っていられるのでまったくしょげ返りはしなかった。

＊＊幸いなことに、店員が応じなければならない普段の問い合わせの大半は無害だが、時間のかかるものばかりだった。また、ジェームスに対して店の金庫の鍵を求めるような厚かましい問い合わせをする客がいなかったのも、神のご加護だったと考えている。

書店では、この種のサービスを提供しているのかもしれない。そうでなければ、明らかに書店で売っていないものを求め、驚くほど頻繁にやってくる説明がつかない。

僕も手順を大量にプリントアウトして、年配の女性にグーグルマップの使い方を教えたことがある（「あら、絵が動くのね。もう一回やって。私の家が見たいわ」）。カルタゴ滅亡を目撃したのではないかと思えるほどの年配の紳士を相手に、「来た道を引き返してください」と、通りの真ん中で身ぶり手ぶりを駆使して必死に道を教えたこともある。それもこれもごくありきたりの書店員としてのいつもながらの仕事なのだ。あらゆる知識の神秘的な守護者という世間がイメージする位置づけのせいで、書店員は地上の精霊のように扱われ、古ぼけたポケットの底からどんな問題にも答えを取り出せると思われている。

サザランで長いあいだ論じられてきたのが、昔から申し訳なさそうに苦笑しながら聞かれる、あの「お手洗いを貸してほしい」という恐ろしい質問への対応だった。いたって無害な質問ではないかと思われるかもしれない。サザランでは店の奥の地下室に近いところに、広くて設備の整ったトイレが設けられてきた。ロンドンの気取らない買い物客は、一マイル離れたところからでもその存在を感じ取ることができるようで、古書店という環境のもとで自然の呼び声に応えようとする客が頻繁にいる。だが、このトイレは二〇一四年の事件をきっかけに、部外者の使用は封印されてきた。事件の詳細については気の弱い人には理解しがたいもので、その身の毛もよだつような内容については割愛させていただくことにする。

3　コレクター

屈託のない客たちによってさまざまな面倒が持ち込まれるにもかかわらず、それでもなぜ書店は彼らに門戸を閉ざそうとしないのか不思議に思われるかもしれない。その理由はコレクターにある。みにくいアヒルの子が金の卵を産むガチョウに変わるように、ぶらりと訪れた客が本の収集家に変わる場合も時にはあるのだ。何が触媒になってこうした変化が起こるのか説明できない。本能のように潜んでいたガラクタを集めたいという衝動が表面下でうごめきだし、ある暗い日、よく考えもせずにある選択をして、以来、二度と引き返せなくなってしまうことになる一冊の古ぼけた本を買ってしまう。

なんの変哲もない話のようにも思えるが、これこそ本に埋めつくされた家に住む、九十歳の隠者にいたる「三十九階段」の一段目で、恩知らずの息子たちは父親の書斎を見てもその真価がわからず、賞讃など捧げてはくれない。書店員として過ごす長く眠れない夜は、ある状態から別の状態へと変貌する原因を解明するために費やされるが、その原因はいまだに謎のままである。解明されていないとはいえ、書店の収益の大半はコレクターがもたらしている。というのも、コレクターは決して飽くことを知らないからだ。

「蔵書」という御旗のもと、そこには風変わりですばらしい人たちが集《つど》っている。彼らは本という紙の宝物を収集すること、そして、その宝の山に埋もれていたいという執着によって結ばれている。彼らのなかには定期的に来店するのを主義としている者がいれば、やり取りは郵便だけという者もいる。なかには海外から代理人を送ってくるのが好みの者もいる。代理人が携えてきた謎めいた指示書には、やり遂げるまでに六日間を要する仕事が記されている。

蔵書家には、きわめてかぎられた分野に興味や欲求を向けている人が多く、彼らのひいきを失いたくなければ、その分野はなんであり、コレクションにはすでにどんな本があるかをはじめ、多くのディテールについて通じていなければならない。そして、そうした本が現れたとき、彼らの眼鏡にかなう本を、まるで手品のようにどこからともなく出現させることができる。それを目の当たりにする者にすれば、その振る舞いは神がかりのように思えるが、実際には数十年をかけ、慎重のうえにも慎重に行われてきた情報収集に由来する。

だが、本当に注意しなくてはならないのは、コレクターには二種類のタイプが存在するという点だ。未熟な者はもっとたくさんのタイプのコレクターがいると考えがちだが、実はコレクターには二種類のタイプしかない。

「スマウグ」［訳註］はその名のとおり、貴重な品々でいっぱいの大きな巣穴が好みのコレクターだ。たくさんの巣穴を持っている場合もあるが、多くは多岐にわたるジャンルに収集を広げるには十分なほど心地よい環境が整っている。このタイプに共通するいちばんの性質はその博識だ。五〇の分野に食指が動かせるなら、たったひとつのジャンルだけでは彼らは満足しない。自分のコレクションに何があるのかことごとく知ってはいないかもしれないが、古書店で出物が見つかれば、見逃すリスクを冒すより、むしろ三冊購入したほうがいいと考える。

お察しのとおり、このタイプのコレクターとの出会いほど書店員にとってうれしいことはない。

棚にどんな奇妙な本を置いておいても、スマウグならかならず評価してくれると考えてまちがいないからだ。「衣装棚」に関する本を勧めても、鼻先であしらわれることは決してない。彼らがこの世をあとにしたとき、あるいは所蔵の品々を手放したとき、ドラゴンの宝庫の扉は開かれ、なかの宝物は大洪水となって古書販売の世界にふたたび放出され、貴重な本をめぐって、ちょっとしたゴールドラッシュが起きる。

一方、「ドラキュラ」タイプははっきりと限定されたひとつの対象に興味があり、彼らの収集はその対象を中心に繰り広げられる。たとえば、珍しい植物、ゴシック様式のテーブル飾り、あるいはカリグラフィーなどだ。これらの研究分野に連なるものなら、彼らはなんであろうと調達してわがものにする。このタイプに本を売るチャンスは、彼らが関心のある分野にどれだけ精通しているかに比例している。

魅力的な収集品を用意して、なんとしてでもこのタイプの収集家に店の敷居をまたがせなければならないが、一度結んだ人間関係は大きな見返りをもたらす。その専門領域に対して、彼らほど専念している人はめったにいないからだ。つまり、ジャンルについて知恵を借りなければならないとき、彼は喜んでアドバイスを授けてくれるのが普通で、資料さえ貸してくれる人、新しい

［訳註］　**スマウグ**：J・R・R・トールキンの小説『ホビットの冒険』に登場する金色のうろこを持ち、人語を解するドラゴンのこと。邪悪なうえに貪欲で、谷間の町とはなれ山を荒廃させ、そのすべての宝を奪った。すみかの広間に宝を積み上げ、その上で長い年月を眠って過ごしてきた。

収集品があれば声をかけて招いてくれる人もいるぐらいだ。顧客とのもっとも親密な関係は、この種のタイプの収集家と結ばれた場合が多く、その関係は数十年の年月をかけて培われてきた。「スマウグ」か「ドラキュラ」か、本の収集家のタイプはいずれもどちらかの御旗のもとにあり、ぬかりない書店員はたちどころにどちらのタイプかを見抜いている。「ドラキュラ」タイプのコレクターに彼らが病的なほど執着するテーマ以外の本を勧めようものなら、相手は夜のなかに姿を隠し、彼らの好みをよくわかっている別の書店を見つけ出す。逆に「スマウグ」に、厳選された特定のテーマの本ばかりを案内していれば、相手はじきにうんざりしてしまうだろう（それどころか、お金を使うのをやめてしまう）。

コレクターの期待と要求をどう満たすかこそ稀覯本ビジネスの要諦で、彼らとのかかわりは奇妙な共生関係にもとづいている。いずれの側も社交性というものをほとんど持ち合わせておらず、日の光を浴びればそれぞれが程度に応じてアレルギーを起こす者同士が、たがいに利益をもたらす目的を果たすために手を携え合っているのだ。

ただ、経営維持のため、古書店がコレクターを頼みの綱にすることにはマイナス面もなくはない。金持ちの顧客ほど、夜中まで僕たちを悩ませるような実に込み入った依頼をするのが好みだ。彼らのこうした習癖を守りつづけるのは（そして、ライバル書店に奪われないようにするには）、自分の用事はさておき、彼らの依頼を最優先させることを意味する。来店した億万長者から、ナイフで装飾された儀式用の工芸品を手渡され、これをニュージーランドの南の小島にある屋敷に送ってほしいと頼まれたら、もちろんそれを送らなければならない。郵便局が金属製の刃物の受け取りを嫌がること、テロ組織としてブラックリストに載ってしまうので、関税申告書には「刺殺用の歴史的記念物」と記入できないこと、このいまいましい古物は空輸が禁じられていることなど、金輪際気にしてはならないのである。

4　せどり

本が売れると、すぐにほかの本と入れ替えなければならないのが古書店の悩ましいところだ。新刊書店とは違い、ネット経由でバーチャル空間に入り、希少本を一〇冊以上注文して隙間を埋めることなどできない。とくに同業者から本を買って仕入れると、利幅は本当にかぎられてしまう。それどころか、本当に価値のある本は放し飼いにされており——つまり、正常な取引ルート以外から入ってくるので、古書店はそれなりの利益があげられるのだ。そうした本を手に入れるために古書店は、それこそ一〇〇一もの方法を駆使している。言うならば、会社名義のクレジットカードを使って暴れまわる『千夜一夜物語』のシエヘラザードのようなものだ。ほかの仕入れ方法についてはあとでも触れるが、おそらく、あらゆる仕入れ先のなかでも古書ならではの存在で、しかも日頃からかかわっているのがブッククランナー——つまりせどり屋だ。

せどり屋は、遠い小教区や古本屋で見過ごされたまま置かれている安い本を見つけ、競争の激しい都市に持ち込んで、その利ザヤで小遣いを稼いでいる。その伝統ははるか記憶のかなたまでさかのぼるといわれる。顧客名簿と実店舗という手段を持っている都会の古書店は、彼らから仕入れた本にそれなりの価格をつけて売るのだから、みんながハッピーになれる。

せどり業界というものがあるわけではない。彼らに耳打ちしてくれる人や指示してくれる人もいないと思うが、古書店に行くと、どういうわけかなんの断りもなく、かならずと言っていいほど彼らは現れる。自然の摂理のようにも思えてくる。

せどりという仕事は、決して楽でも人気がある商売でもないが、古書店同士のあいだでは、彼らのよしみをめぐってある種の沈黙の戦いが繰り広げられている。なんだかんだと言いながら、つまるところ、やはりいい本は自分のところに持ってきてほしいからである。だから、彼らとのつき合いには厄介な面があり、来店した折に何も買わなければ、次からは競合するほかの古書店に真っ先に行かれてしまうかもしれない。だが、本当はほしくない本を仕入れすぎると、棚にさらされた自分の失敗を何年にもわたって目にすることになる。へたをするとこの店を引退するまで、あるいは死ぬまで見続けるはめにおちいる。そんな失敗を店にもたらしてきたのが、ミセス・ホーソンである。

ミセス・ホーソンのご主人はかなり以前に亡くなっていたが、ガーデニングに関するなかなかのコレクションを所蔵しており、サザランでは遺された本を数年越しで買い取っていた。やがてガーデニングの本が底をつくと、夫人はあらたに買い入れた本をひそかに加え、もとの蔵書の一部のように見せかけるようになった。たぶん、本を売って得られる収入に味をしめたのだろう。しばらくすると、それらの本は蔵書の一部ではないこと、そして、ホーソン夫人は（ショールをまとったポケモンのような）せどり屋に進化していたことに店もうすうす気づきはじめた。もっとも、夫人が選ぶ本の趣味が認知症を患ったようなものでなければ、それはそれでよかったのかもしれない。

だが、ホーソン夫人は我が道をひたすら突き進む人なので、他人の忠告に耳を傾けることなどまずありえなかった。こちらも気を使い、夫人がどんな本が売り物にふさわしいのか指針を求めているのではないかと思い、それとなく話をもちかけたが、そんな夫人だけに聞く耳など端《はな》からなかった。店が希望するタイトルを明記した一覧には目もくれず、今後、好き勝手に本を持ち込むのをやめなければ、接近禁止命令を出すとそれとなく脅しても、夫人にはまったく効き目がなかった。

夫人がどうしてこんなふうに押し切れたのか、それについては今日にいたるまでよくわからないが、ご本人は小柄で年齢相応の見た目にもかかわらず、そんなことをついぞ感じさせない筋金入りの、（率直に言ってまがまがしい）強靭さを見せつけていた。時が流れて、数週間が数カ月になると、サザランで働きバチのようにせっせと働く僕たちは、全員がある集合精神《ハイブマインド》を共有してひとつの結論に達した――夫人との流血騒ぎはなんとしても避けなければならない。つまり、夫人から永久に本を買い入れ、買い入れた本は店のどこかの暗がりに置かれつづける。購入代金は平和を維持する必要経費として処理される。

健全な古書店にはホーソン夫人のようなせどり屋とのつき合いがある。彼らはいずれもどこかに定住するのではなく、本が詰まった袋を手にあちこちに運ぶ生活を選んだ人たちばかりで、そうした人生を選んだからには何か人目を忍ぶ理由がきっとあるはずだ。ただ、僕がつねづね不思議に思うのは、そうした彼らの存在にどうやら世間は気づいていない点だ。彼ら抜きでは、ロンドンの古書取引はたちまち成り立たなくなってしまうのにね。

5　初心者のための目録作り

　さて、ここからは特別解説編だ。わが友ジェームス――どうしてもそう呼びたくなる――は、目録を作るために僕に預けた本のセットを検分し、一冊ずつ抜き取ってはページをめくっている。「少し紙が焼けているな――いや、変色じゃないなこれは。紙の風合いが増している。背表紙のところなんか、色が落ち着いていていい感じだ」。僕は夢中になってメモを取り、ジェームスはさらに話を続ける。「いい味を出していると思うね」

　そう言って、僕の肩越しに書いたものを見ている。「そうじゃなくて、ほら、セットで本の色が全部違うなんて言ったら、売れなくなってしまう。そうだなあ――」。しばし熟考。「たとえば、まだら模様《ハーレクイン》のセットはどうだ？」と僕に向かってウインクする。「そう。めったにない本だ」

　デスクに戻ったジェームスは、いい仕事をしたと満足している。

「さて、オリバー、ご覧のとおりだ。ジョージ、世間じゃこういう仕事をなんと呼んでいたっけ。企業家精神だったかな？」

「でたらめと呼んでいる」

　書棚の向こうから、くぐもったつぶやきが聞こえる。

ジョージが担当になる前、〈旅行&探検〉コーナーでは立て続けに三〜四人の店員が辞めていた。〈旅行&探検〉は店員を潰してしまうような荒涼とした部門だったが、前任者を追い出してきた呪われた力にも、ジョージはまったく動じなかった。店の周辺でうろうろしているジョージの姿をよく見かける。お気に入りの革製のベストを着て、サックヴィル通りの縁石でタバコを吸ったり、コーヒーを飲んだりしている。

小鳥がカバの背中にとまって寄生虫をついばんでいる姿をテレビで見たことがあるなら、ジョージと僕の共生関係がどんなものなのかすでに十分察しがつくと思う。ジョージはそばに来るだけでパソコンを破壊できる異能の持ち主で、そんな事態におちいると、僕は彼のデスクに向かい、今度はどんなふうにしてパソコンをメルトダウンさせたのか、その理由を正確に把握するためにかなりの時間を費やすことになる。僕がパソコンに通じているかどうかはともかく、その見返りとして、ジョージは知恵と助言を僕に授けてくれる。いつも窮地に置かれている見習いにとって、これはすばらしい協定に思えた。

〈旅行&探検〉コーナーを担当する一環として、ジョージは世界中のあらゆる土地に関する本も取り扱っている。* そして、これらの本を残らず読んでいるとかなりの確度で僕がにらんでいるのは、ジョージが語る珍無類の物語で満たされた大井戸が、一向に涸れる気配を感じさせないから

＊ジョージに言わせると、自分はコレクターではない。本は買っている、そのうちの何冊かを自宅に置いているだけだと言っている。

である。しかも、その話を聞き手が魅了されてしまうように話すので、聞くたびにいつも信じてしまわずにはいられない。回想録や歴史については、真実は相対的なものであるはずだとわかっていてもだ。旅行記や日記、見ているだけでも楽しくなる勘違いだらけの古地図にいたるまで、ジョージはすべてに精通している。彼こそ文字どおりの意味で学識そのもののような人物なのである。

目録の作り方を正しく学ぶことこそ、古書販売の要諦にほかならないが、何をもって〝正しく〟とするかは、正確には誰に教えを請うかにかかっている。見習い書店員として、僕は荷物の出し入れやジョージのパソコンを直していない時間を使い、仲間の店員たちからややこしい目録作りを教えてもらっていた。

むかしむかし、恐竜やホーソン夫人がこの地球を闊歩《かっぽ》していたころ、古書店はカラー写真を思う存分使える恩恵にはあずかれず、また収集家に送るために大量の写真を印刷する余裕もなかった。古書の販売にはもっぱら（いまでもたいして変わっていないが）販促用の分厚い目録が使われていた。入荷した最新の本に関する情報が小さな文字でびっしり詰めこまれた印刷物で、イギリス中のコレクターの自宅に送り出されていった。受け取ったコレクターははやる思いでページをめくり、ずらりと並べられた垂涎《すいぜん》の宝物に目を光らせていく。

古書のコレクターほど気難しい人種はいないので、古書店はこの商売ならではの難題に向き合うことになる。つまり、本の状態についてできるだけ正確に説明しなくてはならない。だが、文字数とスペースはかぎられているので、その範囲で本に残る傷と購入するメリットについて説明する必要がある。そんなわけで、目録作りの技術とは、業界用語、略語、暗示を総動員して、イメージに偏ることなく本の姿を描き出すことになる。古書店の店員が、くる日もくる日も本の山のなかに頭を隠していたら、目録作りに没頭している可能性が大である。額に皺《しわ》を寄せて、この本にはたしか一九枚の写真が載っているはずだと確かめているのかもしれない。

目録を作成する日々の細かな作業には、「入荷」から「在庫有り」まで、一冊の本を取り扱う膨大な仕事がともなう。本が第何版かを確かめ、破損がないかチェックする作業に加え、宣伝文句を書いて、これらを古めかしいコンピュータ・システムに打ち込む。そうすればあとで参照もできる。けれど、もっとも厄介なのは、その本が時の流れにどんなふうに耐えてきたのかを正確に記録することだ。何百年もの時間をかけ、本にかかわる専門用語の辞書が整えられてきたのは、まさにそうした目的にもとづく。専門用語であるだけに、一般の人たちにはまったく意味はない。

本を説明する際、仰々《ぎょうぎょう》しい用語が採用されてきたのは古くからのしきたりで、それが伝統とされてきたのには二つの理由がある。ひとつは、書籍の取引で特有の言葉を使うことでくどくど説明しなくても、きわめて正確かつ詳細に本の状態を言い表せること。もうひとつは専門用語の的確さのおかげで、その本の欠点がいささかなりとも和らげられる。ほとんどの稀覯本には、わずかとはいえかならずどこかに傷がある。だからといって、本そのものがだめだというわけではない。傷んだ本を人に説明する際、「見苦しいほど、まだらに退色している」とか、あるいはこれがゾンビ映画なら、「さっさと裏に連れ出して、安楽死させてやる」と言うより、「ヤケ有り《フォクスト》」と表現したほうがはるかに趣に富んでいる。羊の皮の装丁を「ローン」〔「栗毛色の馬」の意〕、子牛の皮から作られたのに羊皮紙《パーチメント》が「ヴェラム」と呼ばれる場合が多いのも昔からの習わしだ。

　ある本を「洗練された」と評する際、この業界では「少しも手を加えられていない」、もしくは「そのフリをする」――つまり、「その本を初版本のように見せるために必死の努力を重ねた」といういずれかの意味で話しているとわかっているが、業界ではこうしたものの言い方は、その本の歴史的な価値を下げるのではなく、むしろ高めると考えられており、これはその本の欠点《バグ》ではなく、特長だとして熱っぽく説かれている。専門用語を正しく使うのは、古書店のパフォーマンスであると同時に凝りに凝った儀式の一部で、目の肥えた顧客の気を引くために書店側が使っている、身内だけに通じる秘密の握手でもある。

　仕事のやり方を覚えさせるため、ジェームスは僕のデスクに本の山を運んでくる。僕はジョン・カーターが書いた『ブックコレクターのためのＡＢＣ』*〔邦訳は『西洋書誌学入門』〕を片手に、それらの本を一冊ずつ品定めしていく。いずれも高価な本ではなく、見習い用の本でもないが、要するに背表紙とページがあればなんでもいい。僕が困惑していると、誰かがふらっとやってきて、僕にはよく理解できない用語を大声で叫んでいた。それを何度も何度も律儀にメモして、ようやくその言葉と言葉の意味のつながりが定着していく。

　基本を理解するのにいささか手間取ったのは、たくさんのことをまず学ばなければ、基本そのものが理解できないからだ。この本の色は赤か？　いや、そうとも言いきれないぞ。実際の色はえび茶色《マルーン》だ。あるいはワインレッド《バーガンディ》だ。装丁は？　革装だが、なめし皮の種類は？　牛皮？　違うな、牛皮じゃなくてローンだ。まだら模様ではなく、もう少し明るい色をしている。モロッコ革だけどハーフサイズではなくクォーターだ。モロッコとはいうが、これはアフリカのモロッコとは無関係で、山羊のなめし革のことである。

　こうしたもろもろの戸惑いに加え、古書店では普通、本の状態についてもひと言書き加えるものとされている。たとえば「良好」(good) あるいは「優良」(fine) とコメントしたとしよう。どこから見ても問題のない本を表現するには、いずれもきわめて理にかなっている表現だと思われるかもしれないが、古書の状態という文脈では、「良好」と「優良」はまったく似て非なる言葉である。[訳註]「優良」はその本が最近まで天使の胸に抱かれていた場合にかぎって使える言葉で、一方、「良好」は業火にさらされてきた本に使うべき言葉なので、きちんと使い分けなければならない。そうでなければ、古書の保存状態についてはいっさいコメントしてはならないのだ。

　僕も一度(たった一度だけだ)まちがってしまったことがある。ただちにジェームスが僕の前に舞い降りてきた。僕の原稿を固く握りしめた手は真っ白だ。押し殺した声で、二度とこれらの言葉をこの順番で使ってはならないとはっきりと申し渡された。

　ほかの訓練の多くがそうであるように、目録作りの訓練にも終わりというものがない。それは、この作業が古書の理解とともに進化していくプロセスでもあるからだ。ただ、ほかの訓練と違う

＊稀覯本の専門用語について実に役に立つ入門書として知られるだけでなく、著者は手に負えないほどの偏屈な人物としても有名で、誰彼かまわず人を憎み、それを隠そうともしなかった。

[訳註]　古洋書の状態を表す符丁の例をあげておけば、状態が良い順に、mint〈m〉(美本)。＞fine〈f〉＞very good〈vg〉＞nice＞good〈g〉＞fair＞poor がある。

のは、目録作りはあまり芸術的ではなく、科学とはまったく無縁だという点だ。標準化などいっさいされておらず、いわばそれぞれの店で灯されているカーニバルのかがり火のようなものである。実を言うと、古書店の店員の九〇パーセントは、ある文脈のもとでそれぞれの用語が何を意味するのかについて、プロとしての独自の解釈をしている。

たとえばこんなふうだ。大きな本を前にして、この判型は何かと僕が途方に暮れているとしよう。とてつもなく大きな本で、説教台に置かれた『聖書』よろしくデスクの架台に鎮座している。落ち込んでしまった謎から抜け出す道を僕は虚しく探している。そのときジェームスが通りかかる。「判型? フォリオだな」と教えてくれる。いちばん大きな判型で、これより大きな判はない。ペンをとってフォリオと記したそのとき、ジョージが寄ってくる。僕のメモを見て、「フォリオじゃないな」とアドバイスしてくれる。「ほら、ページの並び方を見ると、実はこの本はクォートだとわかる」。そう言って別の用件で向こうに行くと、その機を逃さずに誰かがやってくる。「厳密に言うと、インペリアル・オクタボー」だと、短剣を抜き出すように手にした物差しで測ってそう言う。

誰もがこの戦いに加わり、店のあちこちから一斉射撃が放たれ、愉快なひとときを過ごすことになるのは、ひとえにこの本の目録がまだ完成していない点にある。意見の相違が根本的に解決されないのは、専門的には誰の言うことにも一理あるからで、誰もがこの戦争に疲れ果て、のちのち考える課題として、難問の書物の山に投げ捨てられないかぎり、論争はやむことなく続いていく。問題は慎重に考え抜かれた意見の相違にすぎないので、結局のところ、書店員ひとりひとりが判断をくだし、その判断とともに生きていかなければならない。

複数の店員がいる書店の場合、ほとんどの店が「ハウススタイル」と呼ばれる独自の用語ルールを定めており、店員はそのルールに忠実にしたがっている。程度の差こそあれ、店員には用語の使い方について制約が課されているが、サザランではかなりの自由を店員の解釈に対して認めている。これは僕にとって泣きどころだった。時間がたつにつれて（そして、ほかの店員がかかわってくるにつれ）、僕に適切な教育を受けさせようとする同僚の意気込みはますます高まっていたからだ。その熱意に応じて、僕が彼らの用語に忠実にしたがっているかどうか確認することに情熱を傾けていた。今日にいたるまで、僕の書く目録に「ここはピリオドを打ったほうがいい」「ここはコンマ」「この奔放なアポストロフィには、集団介入を実施したほうがいい」と言う人たちがいる。

6　接客マニュアル

僕が小さなデスクに向かうようになって一週間ぐらいしたころだった。アンドリューの頭蓋骨のなかでふとある考えが浮かぶと、蛇行しながら数時間のコースをたどり、ゆっくりと前頭葉へと入り込んでいった*。契約書を作ったほうがいいと言われた。「まだ、話もしていなかったって？　どうして？　いやはや驚いた」。いつ鳴るのかわからないデスクの電話を使い、地階にある事務室に電話をかけ、サザランを切り盛りする事務局長が召喚された。

イブリンは見るも恐ろしい容貌の女性ではない。顔立ちはむしろ親しみやすく、口調も柔らかい。タイプとしては大好きな親戚の叔母さんの典型のような女性だが、それにもかかわらず、相手がどんなに抵抗してもまったく無駄だと思わせる雰囲気を放っていた。たとえて言うなら、カルタゴの名将ハンニバルが、アルプス山越えをしたあと（象なしで）小さな本屋に引きこもり、純然たる趣味として事務の仕事をしようと決心したような感じだ。

ただこのハンニバル、あのハンニバル・レクター博士とは違い、人の内臓を抜き取り、その腸で広間を飾ったりはしない。そう信じるだけの十分な根拠があるものの、同時にその可能性があることもまったく否定できなかった。サザランの店内では、彼女の名前はある種の尊敬の念を込めて語られていた（それはいまでも変わらない）。イブリンは常人にはできないことを手がけていると思われ、事実、彼女はそんなふうにして物事を仕切っていた。

サザランのような老舗《しにせ》書店の経営でも、最終的には誰かがお金という砂を嚙むような問題に向き合わなければならない。幸いなことに書店員の場合、自分の仕事として直接この問題の影響を被ることはなかった。なぜなら、財務に関する細々とした厄介な業務については、謎に満ちた経理部が一手に引き受けているからで、経理部は店の客や取引先からも距離を置いていた。経理部のドアには鍵がかかっており、アクセスコードを覚えていないかぎり、（店員も含めて）誰も部屋に迷い込めないようになっている。サザランの経理部は、スリッパのように二足一組、あるいはビーバーのように二匹一組、つまり二人一組で仕事を進めるのが伝統とされ、請求書の支払いを求める者の餌食にならないよう目立たないようにしている。

よほどのことがないかぎり、新しいテクノロジーは取り込もうとはしないので、経理部の業務では机の上から簡単に動かせないほど巨大な台帳が使われている。すばやく記入できるように速記のような記号で記されているが、その意味は書いた本人にしかわからない。ファイリングキャビネットが壁をなして並び、書類が詰まった箱が積み上げられている。その並べ方にも順があり、何十年も前に考えられた特別なルールにしたがっている。そこにしまわれた財務記録をたどっていけば、その昔、どんな戦いが繰り広げられていたのかわかる。つまり、お金はどこから来てどこへ行くのかという話だ。それ以外のことは部外者にはまったくの謎で、経理担当者のみぞ知るだが、彼らは決して話してくれないだろう。

財務に関する書類だけではなく、イブリンは店に届いたあらゆる書類を扱っていた。いずれも販売を担当する者にはなんの興味もわかない書類だ。文字どおり、ありとあらゆる書類だった。まさに事務局長と呼ぶにふさわしかったが、舞台裏で彼女が黙々と手がける仕事の全容を知るなど、僕たちには不可能だとよくわかっていた。彼女の小さなオフィスは階段下のスペースにあり、きれいに整理された数十年分もの書類が大切に保管されていた。書類のひとつひとつに具体的な目的があり、時間とともに徐々にイブリンの記憶から薄れていき、やがてこの部屋の一部となっ

＊職務についてじっくり考えるアンドリューの戦略は、忙しいだけで無駄の多い仕事を削減するにはすばらしい管理術だった。この仕事哲学の概要は、その職務が二度、あるいは三度の督促が必要でなければ、そもそもその仕事は、思いわずらうほど重要ではないというものだ。

ていく。

契約書を受け取るというその日、並べられた書類のなかから一枚を取り出さなければならなかったが、イブリンは楽しくてたまらないという感じでファイルの山のなかに入っていった。どれも同じようなファイルばかりで、紙があたりに舞い散る。帳票や機密情報の束が危ういほど積み重なっていく。やがてほこりまみれのバインダーの暗い海がイブリンの前に現れると、彼女の姿は徐々に見えなくなっていった。僕は助け船を出さなかった。せいぜいのところ、うわべだけの申し出としか思われないだろうし、それに天才が働いているところを邪魔してはならないことぐらいは僕もわきまえていた。やがて混乱のなか、イブリンはひょっこり姿を現した。白紙の契約書とタイプライターで打たれたサザランの「従業員の手引き書」を手にしている。一九九〇年代はじめに、ジェームスによって更新された〝最新〟の「手引き書」で、客と接する際の儀式の決まりが縷々《るる》記されていた。

実際に手に取って読むまで、「手引き書」は一年以上も僕のデスクの引き出しのなかに置かれたままだった。僕の知るかぎり、「手引き書」はこの一部しかない。そのなかには、稀覯本専門店のトップに居つづけるためのアドバイスが網羅されていたが、いずれもジェームスが試行錯誤の末に会得した教えである。

――いつも値引いてもらっていると言う客には決して臆してはならない。

これなど本当に価値あるアドバイスだ。サザランに来る客のおよそ半数は、注文した商品の代金を値引きさせようとするし、引いてしかるべきだと説き伏せようとする。「店のオーナーと知り合い」と言われることもある。「腎臓を提供したことがある」「取締役と血の契りを交わしている」などなど。このような場合、書店員は毅然とした態度で臨み、どんな要求に対しても、相手は冗談を言っているとばかりに（明らかにそうではないのだが）笑い飛ばさなければならない。

――複数人で来店した客は二人組でも油断禁物。一人が騒ぎを起こしているあいだに、もう一人が商品を好きなようにしているかもしれない。

「騒ぎ」という言葉を正しく使っている点で、このアドバイスは特別賞に値する。ジェームスには店内を集団で動きまわる客を追いかけ、獲物を狙う猛禽類よろしく、その爪を伸ばして急降下してくる習慣があった。僕の考えでは、こうした客たちが怪しく振る舞いつづけるのは、むしろジェームスのこんな行動のせいだと思っていた。だが、当のジェームスはと言えば、現金のやり取りが証明されるまで、彼らはみな店の商品を略奪するために共謀しているにちがいないと信じて疑わなかった。

――店内に長くとどまりつづけて店員を疲れさせ、その隙を突こうとする者がいるかもしれない。おさおさ警戒を怠ってはならない。

被害妄想のようでもあるが、このアドバイスには一理ある。何時間も店内にいる客も珍しくはないし、その間、相手からずっと目を離さないというのは難しい。僕の場合、一〇分も経過してしまえばたいてい集中力は途切れてしまう。

——座ったまま客に話しかけてはならない。とくに女性客の場合である。

これは全面的に否定したい。

——客と話すときにはズボンのポケットから手を出す。

このアドバイスは聞き流してもよさそうだ。僕のポケットにはメジャーやインクの漏れるペン、大きな鍵のリングなどですでにいっぱいなので、手など入れておけない。

——急かしてしまうと簡単に客を失ってしまうが、買おうかどうか決めあぐねて長居する客もその点では同じだ。客へのお勧めは優しく慎重に、何よりも絶妙なタイミングでしなければならない。

座ったままの接客やポケットの手など怪しげなアドバイスはともかく、この忠告については専門家としてのジェームスの真価が遺憾なく発揮されている。本を買うように仕向けるため、どの程度客を泳がせておけばいいのか、ジェームスは正確に見抜いていた。そのタイミングが来たら、客のもとに戻り、本を買うように正しい方向に相手の背中を押していた。稀覯本とは贅沢品で、食べ物や住居のような必需品とは違い、誰にとっても絶対に必要なものではないことを周囲の誰よりも深いところで理解していた。それは退廃的なものでありながら、先々の幸福のために絶対に必要なものだと説得する術《すべ》にジェームスは長《た》けていた。

客に勧める本を探すために店員がどれくらいの時間をかければ、客がその本に対して責任を感じるようになるのかを、ジェームスは（長年の経験から）正確に判断したうえでやっていた。店員が三〇分もかけて探してくれたのに、本を手に取らなければその時間を無駄にさせてしまう。*そして、客が一人静かに本を検分できるように（客にできることは、もうそれしかない）、つかの間かならず姿を消すようにしていた。客を一人にしておいてもだいじょうぶなのは、礼儀正しい客はわざわざ手間をかけて助けてくれた店員に、言い訳のひとつも言わないまま店を出ていくような真似はしないからだ。

＊のちに、この思考は「埋没費用《サンクコスト》の誤謬」と呼ばれているのを知った。ジェームスは客のこうした心理を恐ろしいほどの正確さで利用していた。

——これという本がほかにもたくさんある場合、大半の客は最初に勧められた本を反射的に拒否する。次に勧められた本については、疑心暗鬼に駆られる場合が多い。

ふたたび客の前に現れたとき、ジェームスの手には別の本が用意されている。最初の本に関連はしているが、いまひとつなのはジェームスにもわかっている。この時点で、客には最初の本を返して言い訳する準備ができているが、第二の選択肢の出現で、こちらについても言い訳をしなければならないという網にかけられる。一冊目の本と同じぐらいじっくり検討するふりをしながら、哀れな客はふたたび時計の針をやり過ごすためその場にとどまることになる。なんだかんだと言いながら、やはり公平に応じなくてはなるまい。

——そして、三度目に勧める本はすんなりと受け入れられる（客は自身の選択権を行使しようと決断するのだ）。本当に売りたいと思う本は三度目に勧めるべきである……

ジェームスが三度目に姿を現した時点で、客の我慢もすでに限界に達しており、一冊目も二冊目も、思いつくだけの理由を申し述べて断ろうと腹をくくっている。だが、客が二言三言を口にする直前、ジェームスは相手にとどめを刺すように、おもむろに三冊目の本を取り出す。すばらしさでは前の二冊よりはるかにまさっている一冊だ。今度はその場から姿を消さず、しばしの時間をかけ、なぜこの本が特別なのか、これがどれほど貴重な機会なのかを具体的に説明すると、その場にとどまる。あとは代金を受け取るだけだ。

たいていの場合、客はプレッシャーに屈して本の購入に応じるが、目を丸くして、怪訝そうな表情を浮かべている。とんがり帽子を被ったグリズリーベアに襲われ、お金を取られたらこんな顔になるかもしれない。だが、いちばん奇妙だったのは、本を買ってから数週間すると一連の経験は客自身がみずから行い、自分の眼力にしたがって本を買い入れたのだと思い込むようになる点だ。ジェームスがまさに予言していたとおりだ。そうなると客はまたもや店に現れる。そして、同じ手順がふたたび繰り返され、ある種のストックホルム症候群のような特殊な状態におちいるまでそれは続けられる。

――これは掃除機を売るような販売手法に訴えるということではない。

7　未確認生物

古書店に出没する未確認生物にはじめて遭遇したのは、とても冷え込んだある日の午後のことだった。その出会いはいまでも鮮明に覚えている。はじめは、この女性客はドラキュラタイプだと勘違いしてしまった。何か意志めいたものを放ちながら、店の奥のほうにある棚に向かっていたからだ。その歩き方を見て、ブルッと総毛立ってしまった。ロングスカートをはいていたので足元が隠れていたとはいえ、床に触れないまま、まるでその場を滑って進んでいるように思えた。

話しかけられた。「以前、お会いしたことがあるかしら?」。とても低い声で、思い返すといまでもゾッとしてくる。「いいえ。お会いしたことはないと思います」とできるだけ丁寧に答えた。歯という歯を剝き出しにして、うれしそうに微笑んだ。それから、「私の歌を聴きたい?」と聞かれた。「私の歌声はね、とってもすばらしいのよ」と言い張ってきかない。

書店員を怖がらせず、正当な目的をもって書店を訪れるほかの人たちとは対照的に、書店に現れる未確認生物を特定するには、次の三つの基準がある。

①未確認生物は、一冊たりとも本を買わない。それは時間を経ても変わらず、書店との関係を通じても変えられない特質である。

②未確認生物は、実在するのかどうか疑わしいほど特異な存在である。というより、目撃したことは一度もなくても、彼らが侵入して通過した痕跡は頻繁に目撃している。

③未確認生物は、ルアーに引き寄せられるように犯行現場に何度も繰り返し現れる。

サザランのような老舗の古書店になると、さまざまなタイプの未確認生物の典型が困るほど集まってくるが、そのほとんどは、店の前にはめったに立たないぐらいの礼儀はわきまえている。〈スピンドルマン〉は、藁《わら》のような髪とルンペルシュティルツヒェン［訳註］のような気性を持つ謎の来訪者だ。こちらが望むよりも頻繁に店に現れ、カートにいっぱいの本を引きずって、その趣味を受け入れてくれる相手に売ろうとする。しかし、ごちそうを勧めるおとぎ話の妖精に警戒心を抱くように、〈スピンドルマン〉にも同様の警戒心を持って接しなければならない。口約束には拘束力があり、しかも相手は着込んだ七枚のコートの下でつぶやく傾向があるので、自分が彼のどんな話に同意しているのか、かならず確信が持てるというわけではない。〈スピンドルマン〉から本を買い入れるのは決してお勧めしない。相手はかならず戻ってきて、承諾などしたくないような頼みごとを持ちかけてくるからだ。

〈エンシェント〉は時間が誕生するよりも古い、はるか大昔から店に出入りし、真冬のさなか、歩行器を使って訪れてくる。何を申し出ても彼女は断固として拒むだけではなく、そもそもどうやってやってやってくるのかよくわからないのは、店内に入るまでに優に三〇分を要しているからだ。店も最大限の努力をして、本に関連することで有意義な助力を提供しようとしてきたが、一度どころか、金輪際この女性には受け入れてもらえなかった。

〈リストルスティッグ〉は梱包材が置かれている地下室に住んでいる何者かに僕がつけた名前だ。

［訳註］　**ルンペルシュティルツヒェン**：『グリム童話』に出てくるこびと《ドワーフ》。ある粉挽きが王に「自分の娘は藁を紡いで金に変えられる」と嘘をつく。王は娘を妃にすることを条件に藁を金に変えよと命じ、できなければ娘を処刑すると迫った。娘が困っているとこびとが現れ、ネックレスや指輪と引き換えに金を紡ぐが、三日目、交換するものがなくなると、こびとは生まれてくる娘の赤ん坊と引き換えに紡いでくれた。一年後、妃となった娘は赤ん坊を産んだものの、渡したくなかったので約束は反古《ほご》にしてくれと頼むと、こびとは三日後までに自分の名前を言い当てたら応じようと約束する。三日目、こびとと本人が自分の名前を森で歌っているのを家来が聞き、女王に伝える。名前を言い当てられた怒りと悔しさで、逆上したこびとは自分の体を引き裂いてしまう。

木箱や空き箱、収納棚、処分されたプチプチの海のなかで、ときどきガサガサという音が聞こえるのだ。地下室が店の前の通りよりもずっと低い位置になければ、冷え込みにともなって突然吹き込んできた風のせいだと思うかもしれない。
〈スーツ姿の紳士〉[訳註]は毎年現れる二人組の男性で、おそろいのスーツをスマートに着こなし、店にあるアイン・ランドに関する資料を見せてほしいと求める。大きなサングラスでいつも顔を隠し、音も立てずに動きまわり、かならず二人そろって行動する。ときおり、とくに何もないところで叫ぶように笑い声をあげる。まるで、人間とはそうするものだと考えて、それを真似ているみたいだ。

　未確認生物が現れるとすぐに追い払いたくなる誘惑に駆られるが、何度か遭遇するにつれて彼らともそれなりの関係というものが築かれていく。僕自身、彼らとの遭遇は謎に満ちた、空恐ろしいものと思っているが、彼らもまた僕のことを古書店の徘徊を楽しむうえで最大の障害物だと見なしているのではないかと思っている。人はよくクモが怖いと言うが、クモはクモで人間のことを恐れている。彼らとの関係はいささかそんな感じだ。客観的に考えればクモはクモという生き物にすぎないと頭ではわかっていても、感情的にはカップですくい取ったら、家の外に置いておきたくなるのと同じだ。

　さて、歌声を披露したがっていた例の未確認生物は、歌うかわりに吠えるように笑い声をあげたので、僕は正気を取り戻した。結局、僕には歌わないと決めたようだ。歌って聞かせるだけのオーラは僕にはなかったのだろう。もしかしたら、別の機会に歌うつもりだったのかもしれない。

それから、新刊書の初版が並ぶ棚へと流れていった。もちろん、この日は本を買いに来たのではなく、やはり棚を見ていただけだった。

結局、からっぽのレジ袋を五枚握りしめながら、「また寄せてもらうわね」と言って店をあとにした。

8　瓢箪《ひょうたん》

切り刻まれた植物の亡骸を携えてサザランに入ってくる人はそうそういるものではないが、といって決していないわけではない。問題のその日は静かで、むしろ晴れやかな午後だった。それだけで何か厄介なことが起きるのではないかと身構えるべきだった。恨めしながら、例の小さすぎるデスクにはメリットもいくつかあった。店のマネージャー、アンドリューの近くにいられるのもそのひとつだった（せどり屋にはいろいろなタイプがいて、そのなかでもめったにお目にかかれない、興味深い人物について話していつも楽しませてくれた）。

この日、売り物を携えて店にやってきた紳士は、切羽詰まったストリートマジシャンのような

［訳註］**アイン・ランド**：サンクトペテルブルク出身のアメリカの作家・思想家。一九〇五〜八二年。野心や鉄の意志力をテーマにしており、リバタリアニズムに大きな影響を与えた。主著はベストセラーになった『水源』『肩をすくめるアトラス』。

雰囲気をまとっていた。あわただしい手つきで何冊かの本を次々に取り出してくるのだが、どれもこれという本ではない。そして、意を決したように「瓢箪！」と声をあげ、最後に残された秘策をこれ見よがしに披露しようとした。アンドリューと言えば、豆鉄砲を食らったハトが頭を砂に埋めたような顔――つまり、なんとも言えない顔をしていたので、「瓢箪」という決めゼリフに勝算があるのかどうかはその顔からはうかがえなかった。

しかし、とがった頭をした小柄な紳士はそんなことにはひるまず、大きなバックパックのなかからあるものを取り出した。プチプチに包まれていたので、包装を解いてそれを見せるまでにしばし手間取り、数分ほど見苦しい場面を見せたが、なんとか取り出すとそれを恭《うやうや》しくデスクの上に置くと、一歩退いてそれを印象づけようとした。なんの変哲もないバスケットボールほどの大きさの瓢箪だったが、それを乾燥させ、そこにヴィクトリア女王の顔が彫り込まれていた［一八ページの図参照］。女王の顔と瓜二つで、山刀で彫ったとは思えないほどの出来栄えだ。顔は向こう側を向いているにもかかわらず、その目は僕のほうをにらんでいる。

そして、もう一本シュートをきれいに決めるように、紳士は瓢箪を二つに割った。なかは空洞になっており、顔は表側に彫られていた。その紳士については、名前こそ聞かなかったが、なんでも歴史的に知られた家の出身だという。だが、彼に残された財産は、細工が施されたこの瓢箪ひとつしかなかった。「壁に飾ったらどうだ」と助言してくれた。たしかにコレクターズアイテムになる。これを進んで見逃すことができる書店員はいるだろうか。

凶暴な顔をした瓢箪に支払われた金額は、僕には法外に思えたが、アンドリューの目には、見かけ以上のものがこの瓢箪にはあるように見えたようだ。アンドリューは僕が知らない何かを知っているのだろうか？　瓢箪関連のグッズのコレクションには何か秘密があり、僕がそれに通じていないだけなのか？　ブックコレクションという表の世界を隠れみのにして、その陰では富と権力のある者たちによって、瓢箪細工を取引する一大ブラックマーケットが築かれ、その規模はイスタンブールのグランドバーゲンでさえ見劣りするのかもしれない。みごとな口髭をたくわえた売り主の紳士とアンドリューのあいだで取引が交わされたあと、瓢箪は店の在庫品として扱われ、カタログに掲載するために、包装されたままただちに封印された。

冬が来て、去っていった。瓢箪を勧められた客もいたが、現物をじかに見た人でそれをぜひほしいという常連はおらず、丁重ではあるが、出し抜けにごめんこうむると言って辞退するばかりだった。卓上に置かれていた瓢箪はいつしか棚に移され、棚から箱、そして箱に入れられたまま床に置かれ、最後には視界からも記憶からも姿を消していった。

それから数年後、デスクのそばで何かを踏んづけてしまった。ピシャリという鋭い音が店内に響きわたる。何を目にするのかすでにわかっていたが、おそるおそる足を持ち上げると、スクランブルエッグになったヴィクトリア女王の顔が現れた。ほこりとプチプチが入り乱れるなか、僕をとがめるように見上げている。彼女はとうとう売れずじまいのまま、果てしのない煉獄にとらわれ、新しい住まいを見つけようという夢は僕の靴によって永遠に閉ざされてしまった。

この埋め合わせはいくらかと心のなかで悲嘆の声を小さくあげながら（瓢箪は僕の一カ月分の給料より高かった）、破片を集めてつなぎ合わせて復元を試みた。だが、ヴィクトリア女王とは似ても似つかないものにしかならなかった。つかの間、自分に残された選択肢に思いをめぐらせた。女王を店からひそかに追放し、死体を処理するように、破片を街中のごみ箱に小分けして捨ててしまうのだ。良心の呵責を感じながらも、時間がすべてを解決してくれると信じることにした。

店の誰も開けたことのないキャビネットを探した。こなごなになった女王がふたたび日の目を見る前に、僕の寿命がつきてこの世から去ってしまえばいいという淡い期待を抱いていた。

9 書籍の修復

瓢箪の破片を隠匿する場所を見つけようと、地階の棚に手を入れて探しまわっているうちに何か濡れたものに手が触れた。思わず後ずさりして、うしろに積んであった目録の束をひっくり返してしまった（僕が見習いのころに書いた目録の山で、数年前、ここに放り込んでおいた束にちがいない）。叫び声をあげたい衝動をぐっとこらえ、懐中電灯を探しにいったん戻った。

懐中電灯で武装して地階に戻ると、もう少し深く棚の奥のほうを探るため、本を脇によけてから犯人捜しを始めた。しみの浮かんだディケンズの伝記、例のホーソン夫人の好意による植物学入門書が二冊、手品師に関する一八六一年から七八年の書籍目録がある。これらの本の背後に、棚の本の目から逃れるような気配で姿を隠している緑色の箱があった。懐中電灯の光を当ててみると緑色ではなく、ほぼ全体が何かのカビで覆われていた。近くの本にはカビの進撃はおよんでいないようだったが、これだけでもあれこれ疑問が湧いたものの、こうした汚れに備えていつも引き出しに置いてある汚れたダスター[*]を使えばすぐにぬぐい取れる。

だが、湿気は奥の壁に沿って広がっているので、被害を受けた本はほかにもあるように思えた。ただ、その学術書だけは違い、湿気による甚大な被害は免れたようだった。誰かがわざわざ作ったケースにしまわれていたからだ。ということは、一時期この本は店の在庫と見なされ。特定の顧客を想定してこの箱も作られた可能性がある。世界一消極的な考古学者のような気分で、僕はダスターでおそるおそる箱の汚れを少しだけぬぐった。金《きん》で箔《はく》押しされた名前が現れた。「エドウィン・ドルード」と記されている。

触りたくはなかったが、好奇心が勝った。箱を開けると、腐りかけた状態の青と白の冊子の束が現れたが、腐敗が進んでいた。部屋の端にいても、これがディケンズの初版本だと特定できるのは稀覯本を扱う書店員にかけられた呪いにほかならないが、これは未完に終わったディケンズの最後の長編小説『エドウィン・ドルードの謎』全六巻であることにまちがいはなかった。断じて学術的な本ではない。店の検索システムでざっと調べたが何も出てこないので、おそらく一〇年以上にわたって、この本は自分にはふさしくない場所を徘徊し、ついに腐った水につかまってしまったのだろう。箱から冊子を取り出したものの、適当な保管場所は見つからなかった。ビニール袋に入れながら、本を救出できそうな方法について考えた。持ち込めるとしたら、本当に

＊僕のダスターを見られたら、「たまにはきれいにしなよ」と言いたくなるかもしれない。だが、働く現場をいつもピカピカにしていたら、ペニシリンは絶対に発見されなかったはずだ。

あの人物しかいなかった。

あらゆる本は平等に作られているかもしれないが、なかにはほかの本よりも苦境にさいなまれる本もある。さかりを過ぎて傷んだ本を受け取った場合、僕たちは地階に本を届け、ファービッシング——修復——という作業を施してもらう。修復は、改装ほどではなく、また客の目をあざむくためのものでもない。しいて言うならその中間のような作業だ。小柄なスティーブンはかくしゃくたる老人で、天地開闢《かいびゃく》以来この仕事に携わってきた。苦笑いを浮かべ、心得たという顔で、糊と希望と魔術を組み合わせた叩き上げの技を使い、どの本もできるだけ見栄えのいいものにする面倒な仕事を引き受けてくれる。

店にいるときや正面から風が吹きつのる日は、階段下にある部屋で本の束に囲まれ、取れかかったページや見返しを直している。階段下のスペースは事務局長のイブリンといっしょに使っており、居心地のいい隅っこの空間に詰め込まれながら、二人とも静かな交友を楽しんでいた。スティーブンのもとに、それまで何年も瀕死の本を持ち込んできたが、断られたり、無理だと言われたりしたことは一度もなかった。

僕自身、本の修復に携わる仕事についたほうが楽しそうだといつも考えていたが、手先の器用さに恵まれていなかった。修復の要《かなめ》は手品だ——原形をなるべく損なわないまま本を直して正しい場所に配置する。スティーブンの修復作業を一度見たことがある。修復の痕跡などまったくわからないように細工を施し、破れたページを直していた。見返しをすべて取り替えながら、それが寸分もわからないようにしたのも見たことがある。もちろん、本を売るときには修復した事実はすべて伝えなければならないが、それでもこの作業にはやはり魔術の臭いがする。*

どうすれば修復師になれるのだろう？　僕には皆目見当がつかなかった。スティーブンも話してくれそうにはなかったし、ネットでいくら検索しても、彼らがどこから来るのかもわからない。地下組織があり、年に一度、ある壮大な秘密会議を催していると考えるのが僕の好みではあるが、修復師は必要とされるときにだけ、『メアリー・ポピンズ』のように現れると言われてもすんなり信じてしまいそうだ。スティーブンならあの瓢箪を直せるかもしれないと一瞬考えたが、犯人の特定につながる痕跡がきれいに消えてから、あらためて聞いてみようと決心した。

修復でも本を救出できない場合、つまり、打つ手がないほどボロボロの状態にあっても、それでも本を売らなくてはならない場合（本としての見た目は関係なく、それ自体に価値がある手稿や署名入りのものなど）、古書店では装丁を替えたり、函《はこ》（箱）を作りなおしたりすることをよくやっている。その場合、本を製本工に預けなければならない。製本工は本を解体して表紙をはずすと、特注の牛革や豪華な山羊革、あるいは顧客が指定する資材で本に貼りなおしてくれる（聞かれる前に言っておくが、もちろん人皮による装丁も技術的には可能だ。だが、いまどきこんなことをすれば大顰蹙《だいひんしゅく》を買うのは言うまでもない）。

こうした装丁替えはある意味で滅びゆく芸術でもある。かつてはとても人気があったが、オリ

＊修復をめぐって、何度かお客と言い争わなくてはならなかった。そのお客は修復の痕跡などどこにもないと言い張っていたが、問題の本の修復は、文字どおり僕の目の前で行われていたからだ。

ジナルの表紙の保存に価値があるという考え方が徐々に広まるにつれ、装丁替えの需要は減りつづけてきた。サザランはもちろん、以前はどこの古書店でも自前で装丁を替えてきた。実際、つい最近までサザランにも必要な道具があったが、誰かが通りすがりの人に売ってしまったらしい。買い取った人がなんのための道具かなんとか知ってくれればいいのだが、馬上槍試合の道具や家の装飾品と勘違いされるのがおちだろう。

ただ、装丁替えが衰退したことで、信頼できる製本工に仕事が任せられなくなったという都合の悪い事態を招いてしまった。ここで言う信頼できる製本工とは、料金に見合った仕事をしてくれる業者を意味する。彼らとのつき合いには、奇妙な相関関係があることに僕は気づいた。仕事を頼むとどういうわけか失読症になってしまうのだ。八カ月待って、できあがった本の背に記された派手な金箔の文字は、どう見ても『大いなる胃酸』と『リトル・ドリトス』としか読めなかった。だが、それでも言い値で支払うことはただちに学ぶ。製本の順番待ちリストは延々と続いているからだ。その点では配管工探しといささか通じるところがある。暇そうな製本業者だったら、むしろ警戒しなくてはならない。

ごくまれな例だが、熟練の製本工をめぐる競争は時に加熱することがある。少し前の話だが、九十歳を過ぎても現役で働く高齢の製本工（この分野ではかなり有名）がいた。当然ながら年齢とともに仕事の供給量は減っていったが、需要のほうはむしろ高まる一方だった。まもなくこのうつせみの世を去り、亡くなった製本工が暮らす王国――おそらく、彼らに詫びを求める天上の牛でいっぱいの国――に移り住むと見越した人たちからの依頼が、この老人に殺到した。大勢の人間が哀れな老人をめぐり、旗取りゲームを繰り広げることになった。老人の気を引くために同居している者がいるという噂は僕もたしかに聞いている。幸いなことに、彼は騒々しいこの世を去ったので、その苦しみもすでに終わりを迎えた。この種の『イソップ物語』の教訓めいた話を聞くと、仕事があまりにもできるのも考えものだと僕はいつも思ってしまう。なまじ仕事ができると、九十歳で拉致され、貪欲な古書店の地下牢に閉じ込められて、表紙替えの仕事を無理強いさせられるかもしれない。

想像されるように、表紙替えの料金は安くはない。とくに傷みが激しく、そもそも修復がどうしても必要な本といっても、それに見合うだけの価値があるものはほとんどないのだ。修復不能で、表紙を替えるほどの価値がなければ本はどうなるか？　その本は大変な状況におちいることになる。そんな本が店にたどりついた場合、サザランでは〈プリント〉部門に持ち込まれ、図版部分が生かせるかどうかを検分する。これまで、この方法でけっこうな成果をあげてきた。やはり、何もないよりはその一部を残したほうがいいだろうし、図版という注目に値する美術品を保存するため、外科的な措置を講じてそれを取り出すこともよくある。大切なのは、僕たちがこうした作業をするのは次のステップが理由で、書店員なら誰も話題にはしたくない話だ。

本はいずれなんの価値もなくなり、保存もできない時期を迎える。そうなると、捨てるかリサイクルに出すしかなくなる。スペースがあれば楽しみで取っておけるかもしれない。こんな話をするとひどく驚いて、まるでストーンヘンジを壊してスーパーマーケットを作ろうという話を聞いたような顔をする人がよくいるが、現実の問題として、古くなった本のほとんどがお金にならないからこそ、稀覯本の価値が増し、業界は生き残っていける。商売の性質上、古書の大半は純粋に金銭的な価値がない。だから、この商売で成功するには、そのための努力をしなくてはならない。読まなくなった本を箱に入れ、古本屋が開催するチャリティーに寄贈するとき、本があげる悲痛な叫びに耳を貸さないようにするため、早くから厚い面《つら》の皮を鍛えておかなければならないのだ。

10　バレリーナと夜会服

誰がウィロビーさんにサザランを推薦したのかわからないが、実に都合の悪いタイミングで電話がかかってきた。〈エンシェント〉という例の未確認生物が店から出るのを助けようと悪戦苦闘している最中だったからだ。彼女の場合、店の敷居を越えるのにことのほか時間がかかった。出入りするたびに、歩行器がかならず変な角度で立ち往生してしまう。僕がほかのお客の相手をしているときはいつも独力でなんとか敷居を突破し、誰も助けてくれないと文句を言いつつ、よろめくようにして通りの別の方向に向かっていった。救出劇はいつも三〇分以上にわたって繰り返される。この日はその最中に店の電話が悲鳴をあげるように鳴りはじめた。

　いつもなら、何か別のことをしていれば、留守番電話が機能していると信じ、そのまま鳴らしておいても、*電話もそのうち鳴り止んでしまう。しかし、その日の電話は何度も何度も鳴りつづけ、僕もイライラして〈エンシェント〉を目の届くところに置き去りにしたまま、不機嫌なままかっかとデスクに戻った。

古書店で電話応対をする際の注意は、挨拶に失敗して快活な中立性をきちんと示せなかった場合、相手はかならずその代償を店員に支払わせる点だ。書店で長く働きたいのなら、その中立性を感じさせる声音を磨き、それを瞬時に使えるようにしておかなければならない。同僚のクリスの場合、三件の作業を手がけている最中でも、礼儀正しさとはどういうことなのか、その完璧な模範を即座に電話の相手に伝えられるし、ジェームスは快活に聞こえる言葉の一覧をそらんじており、そうした言葉で受け答えしていると、電話の向こうの相手は、いま自分は古くからの友人と話していると信じ込んでしまう。だが、僕の場合、初期設定をまちがえ、対立を招いてしまうトーンを帯びており、苦境に立たされてしまうことが少なくなかった。

「やあ、おはよう」と電話の向こうから楽しげに話す年配の男性の声が聞こえてきた。だが、それまでの電話の鳴り方からすれば、決してそうではないはずだ。「所蔵する本について話をさせてほしいのだが――」。長々とした話を始める際、たいていの人はそう言って切り出す。僕は椅子に腰をおろし、店から出ようとする〈エンシェント〉が腹立たしげに歩行器を書棚にぶつけているのを見ていた。相手は話を始めた。もう逃げられなかったのは、自分の人生の物語をよどみなく語って聞かせたがっていたからで、その様子は五分間、一度も息継ぎをしなかったように思えた。もっとも、いささかなりとはいえ、相手の話に魅了されたふりをしなければ、人の一生の

＊そうでないときもある。それについては「11　適性見習い訓練」を参照されたい。

物語に聞き入ることなどできはしない。僕はすぐに詳細なメモを取りはじめ、成功を祈りながら、手伝うことを約束した。本人の話では、ウィロビーさんはある名門バレエ団で司書として働いており、所蔵している本を大量に処分するよう命じられたということだった。

自分では賢い判断だと思っていたが、僕はその仕事の担当をほかの者に委ねた。アンドリューは舞台芸術の関連書籍に精通していたので、ウィロビーさんの来店に合わせ、彼の書籍についての話を聞いてほしいと伝えた。しかし、この作戦がほとんど功を奏さなかったのは、ウィロビーさんは年齢のわりには驚くほど元気だったからだ（これまでずっとバレエに親しんできたおかげなのは疑いようがなかった）。

これは自分のせいだという思いに心を痛めながら、面談を避けるため、僕は忙しそうに働いているように見える仕事を別のフロアで探した。十分な時間が経過して、もう話も終わったころを見計らって姿を現した。だが聞かされたのは、今度は二人で、ウィロビーさんのところに出向くことになったという話だった。気を利かせたアンドリューがわざわざお膳立てをしてくれたのだ。今度こそ本当に窮地に追い込まれた。しかも、面談は早朝に設定されていた。そんなことさえ、自分に課された当然の報いだと思えた。

バレエ団の収蔵事業そのものが呪われていたと思う。最初の手がかりは、バレエ団の建物そのものにあった。ガラス製の巨大な建物で、いまにも手を伸ばして歩行者をさらっていきそうな恐怖をたたえながら、物欲しそうにうずくまっていた。曇りなき目をもつ稀覯本の専門家なら、巨大なガラス板ばかりでできた建物に、稀覯本からなるコレクションを進んで保管するようなことはしないはずだ。夏の日中の暑さだけで、蔵書がむれてボロボロになってしまうかもしれない。

到着したとき、とても高そうなスーツを着た警備担当者に行く手を阻まれた。渋々ながら通してはくれたが、僕のことはダンスとはほど遠い人間だと値踏みしているのはありありとうかがえた。人工呼吸器に入れられ、姿が見えないまま押してもらって入館しなくとも、僕がダンサーではないことはすぐにわかる。逆に僕としては、入館時に警備に呼びとめられたことで、古書店で働く人間としての信用を高めた。

遅刻していたので、もちろん足早に玄関ホールを進んだ。壁一面にエレガントな人たちが極限まで体をゆがめた瞬間をとらえた写真が並んでいたが、そんな写真に脅えないようにしながらホールを進んだ。動きまわっていると、彼らのお尻が自分についてくるような気がしてくる。写真に写る人たちは誰もが、自分をすばらしく見せることに没頭しているので、いびつな箇所が多い古書店に出没しそうにはない。[*] ようやく二人を見つけたとき、僕の遅刻が原因で、僕がもっとも恐れていたパフォーマンス――つまり、ウィロビーさんに彼の生涯について語らせる格好の機会を与えてしまった。同じ話をもう一度聞かなければならなかった。

ウィロビーさんの準備が整うと、僕たちはガラス張りのエレベーターに向かった。乗り込んだ

＊僕には長年抱いてきた信念がある。人が一生を懸けて夢中になれる趣味はたったひとつだけで、ほかの趣味に没頭できる余裕はないと考えてきた。もしも毎日二十四時間、バレエに明け暮れているなら、地下室で古本をあさったり、編み物をしたりしている時間はない。

エレベーターは、疲れた旅行者を地上からおよそ三メートルまで運び上げるだけが目的と宣言しているようなものものしいものだった。図書館は建物の中心にあり、ウィロビーさんは猫なで声を繰り返して僕たちをなかに誘い込んだ。大きな一室で構成された図書館で、倉庫に置かれているような、頑丈そうな棚が並んでいる。ひとつひとつの棚にラベルがこまごまと貼られ、さらにきちんと仕切られ、順序よく並べられている。棚の様子を見て、ほんの少しだが僕の心も和んだ。床には額装されたポスターが積まれていた。

ウィロビーさんの話を聞きながら、アンドリューと僕は部屋の雰囲気をつかむために歩きまわった。コレクションを査定する際には、その場所をひと回りして、特筆すべきレアものがあるかどうかを静かに見極めるのが肝要だ。悪魔払いに関する本が大量にあれば、その場からすみやかに逃げ出さなければならない。

ハイになったウィロビーさんは話しつづけた。そして、ある種の告白のようなコメントを通じて、ほとんど即座に問題が判明した。「この仕事は私から志願したんですよ」と言うと、ダンスに関するコレクションに心からの興味を示してくれる人は皆無だったと話を続けた。「始めたころは、規模はもっと小さかった」が、何年もかけて少しずつ集めてきたらしい。自由放任でやらせてもらえたが、一ポンドの予算もなく（そのため、些細なものを買うにも自分で用立ててきた）、自分の気に入ったものだけを慎重に集め、そうしているうちにコレクションはそもそもの方針から大きく逸脱していった。

それから、ウィロビーさんは舞台衣装のコレクションを披露してくれた。どれもマネキンに着せてあり、本物そっくりのポーズを取っている。売り物ではないと念を押されたが、とにかく衣装の話をしたかったのだろう。どの衣装もすでにこの世を去った有名なダンサーたちが着ていたものだそうだ。僕はほかにめぼしいものがないかと探しながら、ウィロビーさんの話を聞いていた。

書架を行ったり来たりしているあいだ、アンドリューの目をのぞき込む必要はなかった。本を調べたところで何が出てくるのかがもうわかっていたからだ。蔵書の大半は有名な踊り手について書かれた近年の伝記や忘れ去られた公演の批評、あるいはガラクタばかりだった。少なくとも目録作りにかかる時間を正当化できる対価に見合ったものはなかった。

ウィロビーさんにとって悪い知らせを、アンドリューがいつ伝えるのかと僕は辛抱強く待っていた。そんな僕の気持ちにおかまいなく、ご本人は図書館の縮小を要求されたことについて不満を述べ、同僚の俗物根性を批難した。それから、おもむろにバインダーの束を取り出した。そこには各棚に何冊の本があり、それはどんな内容で、どんな順番で並んでいるのかが実に正確に記されていた。ウィロビーさんの苦心と苦労をしのばせる労作だった。僕たちの手間を省くためだと言っていたが、その顔に浮かんだ表情はまったく別の話を物語っていた。

正直言ってこの瞬間、僕たちは戦いに敗れたと覚った。ウィロビーさんはここに置かれた本が心底から好きだった。それが一ペニーの価値がないものであっても、彼にとっては実はどうでもよかった。虫に食われていようが、ボロボロだろうが関係ない。時間をかけ、着実に図書館を築き上げてきたのだ。ウィロビーさんにとってはそれが大切だった。そのコレクションをリサイクルに出す。そう考えただけでもウィロビーさんには耐えられなかったのだろうが、おそらくそれが唯一妥当な処分の方法だった。

ウィロビーさんのコレクションを搬出するのに丸一日かかった。* 念入りに整理され、丁寧にリストアップされた棚の中身は、膨大な費用をかけて巨大なバンに積み込まれ、ロンドンの街を横切り、「アザーセラー」** に運ばれていった。本はいまでもそこに置かれたままである。

11　適性見習い訓練

もう五時半になっていた。お客さんが死にものぐるいで僕に割り算を教えてくれていたのだが、成果はまったくうかがえなかった。僕がうっかりしていたせいだ。世間話のふりをして、数学は大の苦手だとそれとなく言っておかなかったからだ。しかし、その女性のお客さんは、これは自分に課されたある種の個人的な使命であると考えていた。親切心に駆られてのことだったのだろうが、その思いもすぐに救いようのない無力感に変わった。僕はポカンとした顔で数字の並んだ紙を見ていた。紙に書かれた数字は、力ずくでも僕の頭に割り算の意味を叩き込もうと、彼女が最後の手段として走り書きをしてくれたものだった。

この状況から僕を救い出してくれるもっとも身近な人物は、クリスをおいてほかにはいないだろう。当店の〈博物学〉部門の担当者だが、店でいちばん賢いのでそれだけ疲れるときもある。同僚のなかでは群を抜いて興味深い顧客リストを持っており、もっとも高額な本を、もっとも頻繁に見つけてきては顧客に提供している。それだけに、その大きな脳をいつも忙しく回転させておかなければならない。それを可能にする唯一の方法は、皿回しよろしく、たくさんの大皿をできるかぎり回転させつづけることにつきる。そうした大皿は幾何学から顕微鏡、進化論にまでおよぶ。僕が知るかぎり、彼の仕事でいちばんの問題点は、自分の純粋な興味だけにもとづいて、担当部門そのものを立ち上げたことぐらいだろう。僕自身はクリスとの親交を大いに楽しんでおり、いっしょにいるとワクワクするものを見せてくれる。

しかし残念ながら、僕がこのとき直面していた問題に介入する気分ではなかったようだ。割り算について人から説明されるのが嫌だったからなのだろう。その女性客はイギリスに来たついでにサザランを訪れ、相当な努力をして僕に説明しようとしたはずなのに、僕は彼女の期待を裏切るようなことをしてしまった。

ありがたいことに、店が僕の教育に手を貸してくれたのはこの女性客だけではない。新入りの僕を一人前にするため、アンドリューは大金を投じることなく育成できる巧妙な手段を思いつき、政府が支援する見習いの訓練プログラムに僕を登録した。この制度を利用すると、サザランが僕に職業訓練を行っていることを証明できるかぎり、僕の賃金の一部を政府が払ってくれる。ただ、サザランが創業した一七六一年以降、「見習い《アプレンティス》」の定義が変わったこと、こうした制度は配管工

＊不思議なのは、それらの本をアンドリューはどこで見つけたのかである。
＊＊アザーセラーについては「34　地下牢投獄」を参照。

や電気技師、美容師など、社会で実用的な役割を果たす人たちをもっぱら対象にしているという考えは、アンドリューには思いもよらなかったと僕は思う。それでも、小さなデスクと「マイク」「ピーター」「ジョン」と適当に書かれた名札から好きな名札を選べと言われたときには、もう後戻りはできない状態になっていた。

店で働き出してしばらくしたころ、政府出資の善意あふれる適性見習い訓練センターから、僕に関して電話がかかってくるようになった。最初はみんなイタズラ電話だと考え、しばらく無視していればそのうちやむだろうと適当にあしらっていたはずだ。たしかに電話は長くは続かなかった。

おそらく何度電話をしても耳障りなビープ音しか聞こえないことに戸惑ったのだろう、*結局、あらためて手配がされたようだ。こうしてカイリーが店にやってきた。バインダーの束、テイクアウトのコーヒー、ラップトップのパソコンバッグ、そして訓練プログラムに対するあまりにも全幅の信頼感を携えていた。彼女もはじめてサザランに足を踏み入れたとき、誰もと同様な反応を示した。物音ひとつ聞こえない静寂に凍りつき、何事かといぶかしむと、やがて照明に慣れ、誰か人間を探すために動き出した。自己紹介が交わされたものの、話す場所がないので、僕とカイリーは目録が積まれている人目につかないカタログルームの隅に退いた。たしかに密談を交わすにはいい場所だ。

面談の出鼻をくじかれてしまったのは、ジェームスが介入し、カイリーが飲むコーヒーは容認しがたい危険物であると言って、まるで不安定な同位元素のように扱い、取り除いてしまったからである。脅威が取り除かれたあと、ようやくプライバシーが確保された。ここなら無限に続く本の山にさえぎられ、ほかの人の目や関心も気にする必要はなかったが、そのあと、パソコンを接続するためにコンセントを探すはめにおちいる。結局、コンセントはテーブル下の隠しスペースにあったが、そこにいたる途中、ケースにぶつかってふたが開き、なかからワグナーの巨大な金属製のデスマスクが出てきた。慌ててもとに戻してふたを閉めようとした際、金属がこすれ合う耳障りな音を立ててしまった。

このとき、カイリーはある種の悪夢にとらわれたような顔をして僕を見ていた。だが、彼女は礼儀をわきまえていたので、自分の頬をつまんだり、悲鳴をあげて部屋のドアに向かって逃げ出したりはしなかった。しかし、僕の印象では、その礼儀正しさゆえに彼女が申請書の書類に署名したわけではないはずだ。

ファイルで身構えた彼女は、そのなかから見習い制度の手続きを完了するために必要な書類を取り出した。書かれたリストどおりに、順に作業の話を始めた。コンピューターやレジスターの

＊サザランの電話には自動応答システムが備わっているが、まともに機能するのは一〜二日ぐらいでしかなかった。以前は毎晩リセットが必要なものを使っていた。リセット作業は僕が見習い時代に担当していた仕事のひとつだったが、手順が会得できず、そのためにこうした装置を使いこなせる進化を阻むことになってしまった。それについてはいささか責任を感じている。店の電話機を買い替えたとき、最新鋭の応答システムを備えたものを導入したが、システムの構成は僕たちの能力を超えていたので結果は同じだった。

取り扱いに関する質問に対して、首を横に振るか、「そうしたものは店にはない」と素っ気なく答えた。書籍の目録作りについて説明しようとしたときは、彼女は文字どおりポカンとした顔をするばかりだった。夕方になるとゴミがどこに消えてしまうのかわからないので、ゴミ捨てを手伝うことさえ期待されていないと言うと、びっくりした彼女は砕けてほとんどこなごなになりそうだった。

質問はようやく終盤に差しかかった。彼女は疲れたようにため息をつきながら、「お客さまへの対応方法は教えてもらえましたか？」。この質問なら前向きな返事が引き出せそうだと期待しているようだったが、そのとき僕の頭のなかでは未確認生物の一人、〈スピンドルマン〉をほうきで追い払っているイメージがよぎった。しかし、彼女を失望させるなどどうしてできようか。「はい、それだったら問題ありません」ときっぱり答えた。ようやく見つかった糸口を命綱のように握りしめ、カイリーはなんとか立ち直ることができたようだった。だが、きちんとした接客を彼女に見せてあげられるだろうか。

売り場に戻ると、カイリーはアンドリューに向かい、自分は店内に座って、僕がどう接客するのかを検分しなければならないと（こちらが屈辱を覚えるほど長々と）説明した。そう言うと、店の奥にあるスツールに腰を落ち着け、クリップボードを取り出して客がドアから入ってくるのを待ちかまえた。二時間が経過した。カイリーはいまにも客が入ってくるかもしれないという募る一方の期待に押しつぶされ、徐々にしおれていくように見えた。彼女は本当に何を言っていいのかわからないようで、僕は僕で彼女を慰める言葉を持ち合わせていなかった。

僕にとっても、カイリーにとってもありがたかったのは、すべて順調にいっていると説明した短いがみごとな文章を、アンドリューがカイリーのために書いてくれたことだった。ようやく願いをかなえたカイリーはそれを握りしめると、僕を脇に連れ出し、ありったけの威厳を込めてこれで査定は終了、すべて満足のいくものだったと高らかに宣言し、書類を何枚か残していくので、必要事項を記入しておくように言われた。その書類は僕が書類を保管しておく場所、つまりデスク脇のガラクタ入れに入れておいた。だが、その日の夜のうちに書類は消えてなくなっていた。

12　〈スピンドルマン〉

午後三時半、〈スピンドルマン〉が歯ぎしりをするほど怒っていた。唾が僕のデスク一面に飛び散っている。「それ以上の価値がある本だ」と言って譲らず、地団駄を踏んでいる。目を皿のように見開いている。「それだけの価値はある。もっとだ。そう、もっとだ」。そう言いながらデスク越しに本を押し戻してくる。僕は頭を振って、膝の上に押しつけるのを穏やかに阻んだ。「その価値はないよ」。即答はせずに、ことさら落ち着いた声で応じた。これ以上相手を刺激したくはない。「すまないけど、これは古書店向きじゃないし、いまはこの種の本は売れない」。〈スピンドルマン〉は声をあげた。恨みとつらみが入り交じった声だ。「いや、めったにない本だ」と言って口をつぐもうとはしない。「これだけの本はほかにはない。あるはずがない」。僕は眼鏡をぬぐい、何が問題なのか説明することにした。〈スピンドルマン〉が持ち込んできた本は、とくに歴史的に価値がある磁器セットを詳細に説明したカタログからなり、どれもとても分厚いものばかりだった。

僕は本をデスクに並べた。「そうだね。たしかに見つけるのは難しい本だ」と認めた。〈スピンドルマン〉は二言三言喜びの声をあげ、片脚で小さく跳びはねた。勝利を確信したときに彼が見せるいつものしぐさだ。

人の関心を手持ちの稀覯本に向けるうえで、最初にして、誰にもはっきりしている最大のハードルは、その本の希少性だ。なかなか見つからない本であることだ。稀覯本の古書店に人がお金を払ってくれるのは、ほかの手段では手に入らない本を見つけることができるのでお金を払ってくれる。書店側もそれなりの値段をつけられる理由のひとつは、買い手にそう信じ込ませる表情ができ、「これだけではない」と提案できる能力*があるせいだ。

本を売るために店に来る人たちも、このビジネスのそのあたりの勘どころや仕組みについてはある程度通じている。古書市場に大量に出回っているような本なら、好きなように値段はつけられない。関心が珍しい本を探すことにかぎられるなら、実はとても簡単だ。統計的に言うなら、二十世紀に刊行された本の残骸を掘り起こしてみれば、たいていの本は珍しいものになる。

「でも、問題はそれだけじゃないよね？」と僕は続けた。相手は不機嫌そうに顔をのけぞらせた。僕の言うことなど先刻お見通しだと言わんばかりだ。〈スピンドルマン〉はけっこうな年齢で、経験の浅い店員を手玉にとって本を売りつけようとたくらんでいる。「ここを見て」と言って本を裏返すと、「ほら、背が傷んでいるよね？　それに背表紙も色あせしている。状態がよくないね」。

こちらを勘違いさせようと思うなら、本の状態はよくなければならない。ある人が『ジョセフ・アンドリュース』[訳註]を持ち込んできたとしよう。もちろん僕は跳び上がるほど興奮するが、二枚目の別刷り図版《プレート》（悪い知らせに気絶するファニーが描かれているはず）が欠けていることに気がついた。** 一瞬にして、何千ポンドもの価値があるかもしれない本が、価値などまったくないものになってしまうのだ。

本の状態にともなう価値は単なるスライド方式で決まると思われがちだが、その価値をどう評価するかはとても複雑だ。状態がよければそれだけ価値は高まる。だが、状態がその半分程度にとどまる場合は価値も半減し、二分の一の価格でしか売れないということではない。それどころか、売る価値などないと評価される可能性のほうが高くなる（前述した「良好《グッド》」の本は業火にさら

［訳註］**『ジョセフ・アンドリュース』**：「イギリス小説の父」とされるヘンリー・フィールディング（一七〇七～五四）が一七四二年に発表した小説。代表作『トム・ジョーンズ』に次いで知られる作品。

＊ これはジェームスのお気に入りの駆け引きのひとつだ。

＊＊ フィールディングの『ジョセフ・アンドリュース』は僕の好きな小説だ。その理由はこの本が英語圏でもっとも早い時期に書かれた小説（実際にそうだ）であるとか、この時代のほかの作家を揶揄《やゆ》するために書かれた（これはそうだった）からというだけでなく、たいていの場合、図版ではかなり不名誉な姿で描かれることが多いブービー夫妻というキャラクターが登場し、主人公の恋人ファニーが誘拐されつづけるというストーリーが延々と続くからでもある。海賊版が頻繁に出版されたため、初期の版の図版はかなりいろいろなものが入り乱れているが、一見の価値はあると考えている。

されてきた本という話を思い出してほしい）。古書店の人間はその理由について永遠に論じられるが、古書の世界はコレクターたちが集まる世界であり、彼らもほかの分野のコレクターと同じ原理に支配されている――つまり、買おうとするアイテムについては最良の良品を求めている。

とくに古書の世界ではそれが重要だ。買おうとする本がそれ一冊しかないというケースはそれこそまれで、そうであるなら複数あるなかから、いちばんの良品を見つけられるかもしれない。要するに、大半の古書は人が思っているよりもはるかに新品な状態でなければ、進んでその本を買おうとする人はいない。

〈スピンドルマン〉は少しムッとしていたが、僕の反論に準備不足のまま来たわけではない。「これ以上の美品はない」と言い返して、僕も相手のほうが正しいかもしれないと思った。この本はこれからも同じような状態で出てくる可能性が多々あったからである。つまり、彼は僕を追いつめたことになる。こっちはこっちで切り札をひそかに用意しているが、しかし、〈スピンドルマン〉は耳にはしたくないだろう。とくに、おなじみの例のカートから同じような本を取り出し、僕のデスクの上に置きはじめた場合だ。

僕はデスクの上に手を置いて、〈スピンドルマン〉の荷降ろし作業をさえぎった。彼の体に触れてはならない。こんな場合、それは賢明ではないのだ。「買い取らない本当の問題は――」と切り出すと、あらゆる書籍販売の核心にある黄金律を表現するうえで的確な言葉を見つけるように努力した。その言葉は誰もが聞きたがらないので、人には言わないようにしており、その本がきわめつきの珍本で状態も完璧でありながら、一ペニーの価値もないもっとも単純を極めた理由だ。主観的な要素であることこのうえなく、その決定権は書店員が握っており、その判断に対してはいかなる異議を口にすることは絶対にできない。「いいかい」と言うと〈スピンドルマン〉の表情が険しくなった。「こうした本は誰も関心がないとしか思えないんだ」

その日の午後遅く、僕たちは〈スピンドルマン〉が書いて寄こした長いクレームの手紙を読むことになる。用紙一枚半をかけ、店のサービスに不満がある理由を具体的に書きつらね、今後は二度と店に行かないとわざわざ断言していた。＊僕はあれこれ気をもんだが、「あいつの機嫌を損ねるのはこの店の店員にとって通過儀礼だ」と言われ、その心配は解消された。

13　ジェームスと巨大なゴミの山

ゴミの問題は切実な状況におちいるまで真剣に考えない問題のひとつだ。だから、こなごなになった瓢箪を抱え、どうしようという罪悪感に駆られながら必死になっている者、あるいは申請書がなくなり、無駄になってしまった見習いプログラムの書類の束を抱えていささかとはいえご機嫌斜めだった者がいたことについて、いささか思い出をめぐらせてみてほしい。しかし、こうしたセンシティブな問題は残らずゴミ箱に隠し、あとは自然の摂理に任せてしまうのが賢明だし、

＊絶縁状を送ってきても〈スピンドルマン〉は店にやってくる。

またそうであるはずだ。とはいえ、サザランではゴミに関する事情はそう単純ではなかった。ゴミ箱がゴミを入れる容器としてより、なんにでも使える再分配システムとして機能していたからである。

僕がその現象に気づいたのは、使えないホチキスを処分しようとしていたときだった。ジェームスはホチキスにはおしなべて反対で、本のページにホチキスのいまいましい針が残っていると、それが酸化してあらゆるタイプの見苦しいシミを残してしまうかもしれないからだ。ホチキスは僕にも支給されていたが、それは小さなデスクの小さな引き出しのなかに入っていたものだった。しかし、使えないとすぐにわかった。針の送りに妙なクセがあり、紙をとじるかわりに、緩んだ針をあっちこっちに射出していた。

ホチキスがデスクにあることにすぐに気づけなかったのは見落としていたせいだ。狭いワークスペースに前任者が残していったきわめて怪しげな道具は、ホチキスだけではなかった。数え上げてもきりはない。錆びだらけのペーパーナイフ、象牙の柄がついた謎めいた道具（用途はいまもって不明）、ほこりまみれのフロッピーディスク、そして、針仕事で使う色とりどりの飾りピンが詰まったケースがあった。

壊れたホチキスについて、僕はごく常識的な行動をとり、それをくず入れに入れた。ホチキスを捨てるまで、夕方になるとゴミが残らずどこに行ってしまうのか気にもならなかったが、このときを境に〝なぜ〟という思いが頭をもたげはじめる。翌朝、捨てたはずのホチキスが引き出しに戻っていたのだ。はじめは記憶のいたずらかと思いつつ、前日と同じくず入れにホチキスを捨てたにもかかわらず、翌日の朝になるとそのホチキスは僕のデスクまわりのどこかにかならず姿を現した。こんなことが際限なく続いた。「グラウンドホッグ・デイ」［訳註］のシナリオさながらの展開だった。

なんとしてでもこのホチキスを排除しようと、さらに遠くへ追いやり、店内のあちこちのゴミ箱に入れた。僕とのあいだに十分な距離を開ければ、さすがに帰り道がわからなくなるかもしれないと思った。しかし、そうは問屋が卸さなかった。どんなに計略をめぐらせても、ホチキスはブーメランのようにかならず戻ってきて、どうしても捨てることはできなかった。

どうしても捨てられないのはホチキスだけではなかった。捨てたはずの紙くずも、不思議なことに書類の山の上やデスクに戻ってくる。パンフレットやリーフレットは気づかないうちにフォルダーに入っていた。数カ月後、電線や廃棄されたはずの電気製品が入った箱を見つけてしまう。ついに「もうたくさんだ」となった。聞いたら後悔するような返事かもしれないが、店の人間に直接聞いてみようと意を決した。話を聞くなら相手はあの人をおいていないと考え、階段の下にある小さな事務室に向かう。この部屋でイブリンは、店が破綻せずにやっていけるよう、数字と文字の果てしない繰り返しに倦むことなく取り組んでいる。

［訳註］　**グラウンドホッグ・デイ**：グラウンドホッグ（ウッドチャック）が二月二日に巣穴から出てきて、自分の影が見えるかどうかで春の訪れを調べるという伝説にもとづいた行事。穴から出て自分の影を見ると、ウッドチャックは驚いて巣穴に戻るとされ、晴天で影を見た場合、冬はあと六週間続き、曇りや雨で見えない場合、春の到来は間近とされている。

「清掃員がいるのよ」と当たり障りのない答えで、それだけでもう十分でしょうとでも言っているような返事だった。清掃員がいるのははじめて知った。それにしては店にはほこりが積もっている。だが、こちらの疑問は後日にしたほうがいいだろう。ほかにこれという説明はなかったので、この問題はもうおしまいとイブリンは考えたようだ。それに、見知らぬ女性から歌を歌ってやると脅されたことを考えれば、僕が対処すべき問題は消えては現れるホチキスではなく、こちらの問題のはずだ。

謎が解けたのは、それから数カ月して、とりわけ粘着質な客につき合って夜遅くまで店番をしなくてはならないはめになったときだった。その客は閉店間際にやってきて（閉じかけた格子シャッターをくぐり抜け、まんまと店内に潜り込むと）、今日こそは店の奥のいちばん上の棚にある本を残らず見てやろうと心に決していたようだった。しかも見るのは一度に一冊ずつ。だが、店内を横切って棚におもむく気はさらさらなく、一冊ずつ僕に持ってくるように要求した。この時点で店のほかのスタッフはみんな夜の街に退散していたが、逃げ出す際、僕のほうを申し訳なさそうに見ていた。ジェームスはそんなことはなかった。彼は夜遅くまで店によく残っており、それは僕も知っていたが、噂では夜半過ぎまで残ることも珍しくはない。古くさい絵本を持って厚かましい客のもとを何度も行き来していたが、相手はそのたびに「懐かしい！　申し分ない！」と口の両端にいささか泡をたてながらぶつぶつと声をあげている。そんなことをしているとき、店内を探索しているジェームスに気づいた。

彼の動きにはどこか慎重さがうかがえた。さりげなく目で追っていると、デスクからデスクへと移動していき、ゴミ箱をのぞき込んではなかに入っているものを慎重に取り上げている。一見すると、在庫を調べるようにゴミ箱の内容物を確認しているようにも見える。あるものはゴミ箱から出され、恭しく店の床に戻されたり、隙間にしまい込まれたり、人目につかないように厳重に隔離された。きまりの悪い真似を僕に見られていると恥じる奥ゆかしさはわずかに感じられたが、人目を避けようともせずに作業は堂々と進められ、恥じ入るという慣れない感情は、作業の手順を変えさせるほど深刻なものではなかった。

一連の光景に僕は目を奪われてしまい、厚かましい紳士のことなどすっかり忘れてしまった。当の紳士はそのとき『りすのナトキンのおはなし』[訳註1]に夢中になっていた。やがてジェームスが集めた救出するに値しないゴミは徐々に山となり、それらのゴミはへそ曲がりのクランプス[訳註2]が作ったような黒いずだ袋に入れられていった。ジェームスは気難しい顔をしたまま、集められたゴミを極刑に科すかのように、その袋を自分の自転車の荷台にくくりつけた。* 複雑な結び方で荷台に固定されると、ジェームスはようやくこれで満足したようで、件《くだん》のずだ袋に目を光らせながら、

[訳註1] **『りすのナトキンのおはなし』**：一九〇三年に刊行されたビアトリクス・ポターの「ピーターラビット」の絵本の一冊。

[訳註2] **クランプス**：半分ヤギ、半分悪魔の姿をして、〝良い子〟にするよう人びとを叩いてまわる恐ろしい怪物。クリスマスのころ、聖ニコラウス（サンタクロースの起源とされる人物）に同行する。良い子供にプレゼントを配る聖ニコラウスとは逆に、クランプスは悪い子供に警告して罰を与えるため地獄へと引きずっていく。

キーキーと音を立てて自転車をこぎながら夜のなかに去っていった。

翌日の朝、僕は何人かの同僚に昨夜の件をそれとなく話してみた。仲間の圧力という微妙な影響が関与することで、ゴミとはいえ勝手に持っていってはならないという常識が支持されるかもしれないと考えていた。だが、程度の差こそあれ、この件については店の誰もがすでに知っていることに気づいた。みんなこの事実とともに生きていくと決めたのか、あるいは口にする習慣を無意識のうちに変えていたようだった。

14　ディドロと居眠り病

閉店後のジェームスには、人目をはばかる奇妙な癖があったが、昼間は精力的に仕事をしていた。時間がたつにつれ、誰もが覚えているかぎりでは、サザランは見習い店員を楽しませてくれるような店ではないことに気づくようになった（少なくとも正社員ではない者にとっては）。僕の前任者はみんな野心満々の人たちばかりで、親戚の叔母みたいな人たちに「出世しなさい」と言われつづけてきたのかもしれない。みんな正社員として採用はされたものの、日をおかずさっさと別の就職先へと移っていった。

前任者のなかには骨董品や稀覯本の売買の経験者がおり、大半が学位やなんらかの資格を持っていた。それらを活用すれば、自分の気質に合った仕事先が選べたのだろう。それに比べて僕は、見習いとなったことで食物連鎖の底辺に置かれることになった[**]。学位もなければ、大志もない。

僕自身は当てにならない目盛りの巻尺であり、同僚たちは言っておかなくてはならない忠告はなんでも口にしていた。彼らの名誉のために言っておくと、忠告を与えるのは、ひとつには自分たちの責任だと誰もが考えていたからである。子供を育てるのに村全体でかかわるように、一人前の書店員にするには、たぶん店全体で取り組まなくてはならないのかもしれない。

こうした共同作業に貢献する一環として、ジェームスはいつも僕に何かをさせておくのが好きだった。僕はつねに忙しく手を動かしていた。たいていの場合、ジェームスが命じるこうした仕事は、彼が自分一人では実現できない（あるいはやりたくない）壮大な計画にかかわっていた。その壮大な計画とは、ジェームス自身がいつか自分で没頭するために機会をうかがっていたものの、志願して名乗りをあげる共犯者がいないために手控えていただけにすぎず、そこで僕を都合よく

＊ジェームスの自転車をどう説明したらいいだろう。車輪が二つあるのは立派だが、ただし、どちらももともとは別々の自転車の車輪ではなかったのかと僕は疑っていた。全体的にはもとの骨組みのかけらも残らないほど、ひとつひとつの部品が取り替えられている印象を帯びていた。さながら、同一性のパラドックスで知られる「テセウスの船」のようだった。後輪の軸とかごにはプラスチックや紙製のストラップが取りつけられていたり、結びつけられたりしており、ジェームスが何を運んでいるのかは巧みに隠せた。

＊＊僕より前に入り口脇のデスクに座っていた者たちは、驚くような技術的な発明を生み出したり、あるいはほかの書店の正社員になったりすることで、それぞれが思い描く成功の実現を遂げていた。その際、サザランに在籍していたことが、さらなる高みに到達するためのスプリングボードとしてよく使われていた。

共犯者に仕立てあげたのではないかという印象を強く抱いていた。

何かがおかしいと気づきはじめたのは、ディドロの『百科全書《アンシクロペディ》』を扱っているときのことだった。サザランは数年前、ドゥニ・ディドロらが中心になって一七五一年から七二年までの約二〇年かけて編纂された『百科全書』のセットを買い入れていた。本の編纂は、啓蒙主義と隣り合わせの楽観主義にもとづいた大事業で、本文一七巻の膨大な本には門外漢が知りたいと思うようなあらゆることが書かれていた。

買い入れた時点で、一七巻のうちの数巻は経年劣化や湿気、ネズミなどのせいでむごたらしい運命に置かれていた。そこで、そうした巻は分割することで苛酷な運命を克服し、図版とページに分けたうえでコレクションに加えられることになった。「針仕事」に関するものが少々、「ロブスター」に関するものもある。「眼鏡」も数点あった。こうしたコレクションが膨大な数のフォルダーに収められ、それぞれのフォルダーにはリストが詰め込まれた。きわめて具体的なリストで、そのコレクションが何巻のどのページから切り取られたものかが特別な順にしたがって記されており、目録化の徹底ぶりから僕の前任者はきわめて細部にこだわる人物だったことがわかった。見習いになって数カ月したころ、このリストを再確認して、リストにまちがいがないかを残らず確認するようにと命じられた。作業そのものは単純だったが、しばらく手間取るかもしれない。平穏な場所のほうがいいので、カタログルームにこもってリストに目を通すことにした。

さて、ここで少し告白しなくてはならないことがある。サザランで働く以前、僕はかならずしも模範社員と呼ばれるようなタイプではなかった。働いてきた会社ではどこでも、「いささか覇気に欠ける」「心ここにあらず」とか、そうでなければ「最近の出来事にうとい」という評判をちょうだいしてきた。* そんなことの繰り返しだったので、最後に働いていた会社では追い出される前にさっさと辞めてしまった——そんな辞め方も二度と繰り返したくはない、不愉快な経験だった。自分が疲れてしまうのは、早すぎる仕事のペースのせいで、みんなも同じ思いをしているといつも考えてきた。たぶん、世界でいちばん疲れそうにもないと言われそうなリストチェックをするために座ったとたん、突然に眠気の波に襲われた僕は、実は何かとてつもない早とちりをしていたことに気づいた。

どう考えても、座ってリストをめくっているだけでこんなに早く疲れるはずはない。時間がたつにつれ、これまで仕事に支障をきたしてきたあの症状が出てきた。頭がぼんやりする瞬間だ。デスクの前で船をこぎ出し、頭のない鶏がうろうろして壁に衝突するように何度もデスクに頭をぶつける。働き出して三カ月を過ぎるころに居眠りなどすれば、普通は上司と何度も話し合うことになり、「夜遊びもほどほどにして、真剣に仕事に取り組むように」と言われる。仕事以外の時間はずっと寝てばかりなので、夜遊びどころではないと言い張っても、そんなことを言えば「しっかりしろ」と言われるだけで、あらためて厳しい叱責を浴びることになる。結局、僕は闇

＊自分の未熟な仕事ぶりには、いまだに心を痛めている事件がある。法律事務所で事務職見習いとして働いていたころ、ある裁判のきわめて重要な書類を僕は誤って綴じてしまった。その裁判が高等法院に審理される直前、法廷にいた原告側と被告側の全員が審理は事務的なミスにもとづいて進んでいることに突然気づいた。もちろん、僕が綴じたあの書類のせいだった。

のなかにこそこそと立ち去り、二度とふたたび見られることはない。なぜ同僚に追いついていけないのか、僕にはどうしてもわからなかった。

ほとほと困ったのは、少しでも本を読んでいると、驚くほどの規則正しさで夢の国へ行ってしまう点だ。当然ながら、本を読むのはサザランでは仕事の一部だ。デスクを前にして一日に何度もハッとして目が覚めることがあったが、とにかく恥ずかしかった。そんなこんなで時間が過ぎていったが、とくに何も言われないまま、同じようなことが繰り返された。一度など、出席していたオークションの最中に眠ってしまい、手にしていたものを落としてしまったことがあった。それでも叱られはしなかった。

急にせっせと働き出したり、突然静かになったりと、意識の縁にいながら僕は最初の一年をサザランで過ごしたが、誰も何も言ってこなかった。前の職場では一週間もしないうちにこうした状態を指摘され、あれこれ言われ出したら、その時点で仕事を辞めた。マネージャーであるアンドリューのデスクは僕のデスクから二メートルしか離れていないが、僕がぐったりしても、いらぬ干渉はしないと考えているように見えたし、少なくとも問題にするほどのことではないと考えているようだった。なぜだろうとよく考えてみたが、おそらくサザランのスタッフのほとんどが、自分なりの病気を抱えて闘っていたからだと思う。そして、彼らには自分にふさわしい方法で向き合えばいいと見なされ、そうすることにある程度の威厳さえ認められていた。*

居眠り病《ナルコレプシー》と診断されたあと（そして、投薬治療を始めてから）、僕の状態に何か違いを認めたとしても、アンドリューは決して何も口にしなかった。いまにして思えば、僕がこの病気に向き合うようになるまで、書店の眠気を誘うような雰囲気が病気をカモフラージュするうえで役に立っていたと考えるようになった。ただ、医学的な助けを得たとはいえ、僕個人は大半の人よりもたもたしているし、マイペースで仕事から仕事へと漂っていく点では変わりはない。

ディドロの図版をセクションごとに分類し、前任者の一人で、顔も知らないマイクが残したリストと照らし合わせる作業に二週間もかかってしまった。マイクは実に詳細な目録の記述を残していた。自分の仕事をやり遂げようとするとき、「疑わしきは罰せず」でいいのだと悟ったのはこのときだったと思う。どんなに時間がかかっても、必要な時間はやはり必要で、それについて問われることはない。それまで僕は自分の全人生を通して、僕が怠け者だとか、わざと手を抜いているのだと決めつける人たちを相手に悪戦苦闘してきた。しかし、サザランでは頼みもしないのに暗黙の信頼を得られたことは、僕にとってはディドロの図版一〇〇〇点以上の価値があった。

15　生化学の実験

その男性客は、大きな箱を小脇に抱えて店に入ってきた。なんとも悪い来店時間を選んでいた。客足がピタリととまる午後の時間帯で、精力的なジェームスがこの客に狙いを定め、どうすれば

＊アンドリューにとっては不名誉な話だが、彼は若いころアントニー・トロロープの本が詰まった箱を持ち上げたとき、ぎっくり腰になってしまった。その治療のためいまでも頻繁に姿を消していた。

すばやくこちらを振り向かせるかさっそく知恵を絞った。二人は物陰でしばらく話していたが、そのあとで今度は僕が呼ばれた。僕は用心しながら近寄っていった。ジェームスがチャーチルの古い胸像が入っている箱を発見したときのことを覚えていたからだ。このときは箱を開けてみると、出てきたのは蜂の巣で、店にいた全員が表通りに逃げ出した。

客が箱に入れてきたのは薄い革表紙の本だった。先祖伝来の本ではあるが、一家で売ることに決めたという。箱には黄ばんだ『尺には尺を』が収められていた。一六二三年に印刷されたシェイクスピアの戯曲集で、一般に『ファースト・フォリオ』として知られる作品集から抜き出して製本されたものであるのは明らかだ。『ファースト・フォリオ』こそまごうかたなき稀覯本中の稀覯本で、シェイクスピアの戯曲のうち約二〇作品について唯一信頼できる資料でもある。わずか七五〇冊しか印刷されておらず、そのうち数百冊は個人や公的機関に所蔵されている。

書店員といえども、これほど希少で圧倒的に有名な古書を市中で実際にお目にかかれることはめったにない。現存する本の多くはすでに所在が確認されており、誰かが手放すとはとてもではないが思えない。持ち込まれた『尺には尺を』は作品集から切り離されていたが、見ていると優しい声で語りたくなるような雰囲気を漂わせていた。誰かが店に赤ちゃんを連れてきたみたいだった。*

ご想像されるように、さすがにこれだけの本を手に入れるには、店としても大枚をはたくことになるので適正な判定は絶対に欠かせない。サザランでは『ファースト・フォリオ』の一葉を壁飾りとして、かなりの金額で販売したことがあった。それほど希少価値が高いアイテムなのだ。

持ち込んできた客は、鑑定のために本を店に預けると言って帰っていった。まもなくかなり高額な小切手を手にできると確信しながら今日一日を過ごすのだろう。

店では、みんなが本を囲むなか、鑑定の行方を見守った。いつもの手順にしたがい、さらに慎重にチェックが行われた。落丁の有無はもちろん、独特の色使いや印刷方法など、贋作の可能性が考えられるあらゆるポイントが確認されていく。そのときだった。ジェームスの目がきらりと光る。慌ててデスクに戻ると、何かを探していた。しばらくして小さな懐中電灯のようなものをいじりながら戻ってきた。紫外線ライトだと説明してくれた。スイッチを入れて点灯させた。「時によっては、紫外線を使うことで、機械的もしくは化学的に修理が施された紙を識別することができるんだ」と話を続けた。

説明を聞きながら、僕は本扉のページに目を凝らしていたが、紫の光が恐怖の物語をすでに見つけていた。真実を告げる冷たい光は、この本が数々の罪を暴く証人であるだけでなく、紙の一部が巧妙に修復されている事実を見る者に明かしていた。肉眼ではわからないが、異質な紙が混ぜ合わされている箇所を身も蓋もない鮮明さで浮かび上がらせていた。ライトがゆっくりと消され、それ以上何も語られることはなかったが、それでもこの本はサザランの在庫となった（ジェー

＊実際に赤ちゃんを店に連れてこられても、これほど畏怖の念は抱かないだろう。そのかわり、親御さんに「そろそろ、この子に読み方を教えてあげたらいかがでしょうか」と強く勧めることになりそうだ。

ムスは、魔法の杖を持っている者だけが確実に見抜けるダメージに、さほど動揺はしていないようだった）。もちろん、「修復」が行われたことを明記したカタログが作成された。

見習い修業が進むにつれ、それを口実にさらに見極めが難しい本が僕に任せられるようになった。もっと古く、装丁がそれまで以上に特殊な本、数奇な過去や出自を持つ本などだ。おぼつかない専門用語に慣れさせるという理由もあったが、店の人たちには手に入れた珍品を見せびらかしたいという思いもあったのだと思う（そうしたことに不満はない）。山羊の毛で作られた尻尾がついた本や、一ペニー銅貨よりも小さな『聖書』もあった。

ジョージはよく両手に何か奇妙なものを持って僕に近寄り、「これのどこが珍しいのかわかるか？」と聞いてくる。たいていの場合、僕の理解を超えていたが、それでも万にひとつのチャンスがあるかもしれないとあれこれ類推して、しばらく検分したあと、潔く負けを認めた。ジョージにはディテールを見分ける才能があり、ほかの人なら見過ごすようなちょっとした違いをよく指摘していた。毎週、かならず何かしら難解を極めたものを手に僕のもとを訪れた。蛇腹楽器《コンサーティーナ》のようにたたまれた巨大な地図を広げて見せてくれたり、愛用する台形型の拡大鏡を使い、かすかにわかる色調からこれは贋作だと見分けて指摘してくれたりした。

何度も機会を授かったにもかかわらず、ジョージの待ったなしの挑戦に僕はまだ満足がいく答えを出したことはない。だが、繰り返される失敗を補って余りあるのが、ジョージ本人からじかに説明が聞ける機会だった。実は、古書店とは骨董ビジネスや美術界の醜い継子《ままこ》のようなもので、店の棚には魅力的で奇妙な本や品物がたくさん並んでいるが、僕たちが多大な努力を払って説明しないかぎり、訪れてきた客にはまったく気づかないものばかりだった。

ある日の早朝——といっても正午の五分ほど前の時間だが、レベッカ（並の書店員とは思えないほどの徹底ぶりで、現代文学の初版本を勤勉に管理している担当者）が丁重なメモをまわして寄こし、毒にまみれた本について知っている人はいないかと問い合わせていた。回覧の結果、その毒まみれの本についてはジョージが知っていることが判明する。彼が担当する棚の一画に、穏やかではあるが殺虫剤が染み込ませた本があると確認され、それがコーナー全体に広がり、そのうちの一冊が遠く離れた別の棚の蔵書、さらにそこから遠く離れた販売カタログへと広がっていた。元凶となった本は、もともと高湿度の地域で販売されることを想定して作られた本だった。高湿度ならすなわち本に湧いて紙を食べてしまう紙魚《しみ》がつきもの、こんな発想に触発されたある聡明な人物が、野心的かつ楽しそうに、しかもきわめて短絡的にこの害虫を退治する方法を編み出した。だが、そうやって作られた本は、革の手袋をしていなければ読めなかった。

装丁に塗布された殺虫剤については脚註部分に記載されており、天気予報でも語るような気楽な調子で書かれていた。実際、その記述はこの本を手にしたとき、いちばん最後に目にするものだった。本を手にする前に説明文をきちんと読まなかった人にとってはまったくかわいそうなことになった。普通なら「他人事」として放っておいていたかもしれないが、僕も毒にやられ、骸骨となった自分が毒まみれの本を握りしめ、階段の下で発見されるイメージが頭にこびりついてしまった。ためらいつつもみんなにメールを送り、その結果、汚染された本を見つけ出すため、大々的な一掃作業が実施されることになった。[*] 捜索の結果さらに七冊の本が見つかり、そのうち六冊は隔離されて一冊が処分となった。

命にかかわるような本がある一方で、違法な本にも警戒する必要がある。死に対するジョージの無頓着な態度とは対照的に、ジェームスのほうは、本の販売業者が法の網の目から逃れるためのさまざまな方法について、僕に教えてくれることに心から喜びを感じていた。いまでも頭にこびりついて忘れられない教えは、骨を思わせるような白くて不気味な何かで綴じられた小さな祈禱書を持ってきたときだ。「セルロイドだ」ときっぱり答え、僕にはわからない楽屋オチのジョークのように大げさに片目をつむった。ずっとあとになってからだが、ある種の業界では、人工象牙を「セルロイド」（あるいは「フレンチ・アイボリー」「アイボリン」）と呼んでいるのを知った。象牙で装丁された書籍の売買は法律で禁じられており、そもそも象牙に言及すること自体が悪趣味で、そうした微妙な違いを理解しない税関職員に押収されるリスクもある。

いまでも本の装丁の話をするとき、いたずらっぽい顔をしながら、「セルロイド製」と言っているのを耳にすることがある。同じように、装丁の資材には他種多様なものがあると知識を披瀝《ひれき》するのも考えものだ。そうした資材のなかには人の心をかき乱さずにはおかない素材もあるからだ。レベッカは人皮《にんぴ》装丁本——つまり、人間の皮膚を材料にして装丁された本について、ある程度知識があるのではないかと僕はにらんでいる。もちろん、サザランではこうした本は扱わない。あらゆる本が古書店の棚に適しているわけではないのだ。かりに扱ったとしても、その本を海外に送るとき、申請書類にはなんと記入すればいいのだろう。「人体の残り、化学反応で褐色に変化《フォックスト》あり」とでも書くのだろうか？

16　エロチカとキュリオサ

稀覯本の販売には不文律がたくさんある。そのひとつに、「誰かを助けるために努力するほど、長い目で見た場合、相手からわざと迷惑をかけられるおそれが高まる」というものがある。そして、〈マリナー〉はこの不文律どおりの人物だった。その日、〈マリナー〉は怪しげなものが詰まったケースを後ろ手で引きずりながら店に入ってきた。小柄で針金のように痩せており、取りつかれた（そして、どこか海上を見張っている水夫のような）表情で、つねに相手の肩越しに目を凝らしているように思えた。危険を察知して、その場から逃げ出したほかの店員をやりすごしながら、〈マリナー〉は用心しつつ店のなかを進んでいった。

何気ない決断が人生を大きく変えることになる状況とは、こういう状況を言うのだろう。彼の相手は僕がしたが、彼の希望がかぎられた僕の専門分野外であることを期待していた（そうであれば、僕も自分の仕事に戻れる）。だが、僕の笑顔は彼には届かず、いかなる反論も許しはしない強い意志で、僕のデスクのあちこちに本を投げ出しはじめた。そして、自称インキュナブラ〔訳註〕であるというこれらの本がいかに重要で、どれほどの価値があり、そしてみごとなものであるかにつ

＊自分の命を大切に思う人には、ひと言忠告しておく。ヴィクトリア朝時代に作られた本で、毒々しいほど鮮やかな緑色の布張りの本には手を出してはいけない。こうしたクロスはヒ素で着色されているので、厄介な事態を招くことになる。
＊＊もちろん、純粋な学術的関心からのはずだ。

いて、息も絶え絶えに怒鳴るように話しはじめた。

丁重に相手をさえぎること四度目、ようやく本を取り出す手を止めさせ、何が希望なのかを聞き出せた。幸いにも、売りつけようとしている本は断じてインキュナブラではなかったので、僕が断っても叱られはしないだろう。できるだけ課された責任から逃れ、相手を店から退去させることを考えながら、やんわりと売り込みを断った。だが相手は、骨まで凍りそうな目で僕をにらみ返してきた。気がすむまで立ち去る気などないのは明らかだ。自分の本に対する僕の「この店には向かない」という客観的な評価も、生涯におよぶ〈マリナー〉の苦難を踏まえればなんでもないというような確信にもとづいていた。*

なぜだろう。上階からなんの前触れもなく人が姿を消し、助けてくれる仲間がいなくなっていた。結局、〈マリナー〉の人生の長ったらしい抄録（おもしろいことはおもしろいが）を聞かされるはめになった。抄録のご本人は遠く離れた港で船を降り、いまは航海先で手に入れた宝物を売って気楽な老後を送っているひたむきな元船乗りとして描かれていた。一方、僕はまだ書店員として神格化される段階にはいたっていなかったので、その場をとっとと切り上げるような無礼な真似をするつもりはなかった。ということで、結局最後まで相手の話を聞いた。店を出て行くとき、〈マリナー〉は「本屋は病院で話を聞いてもらうよりもいい」と大声でのたまうと、「また寄せてもらう」と荒々しく宣言して帰っていった。

それから数カ月がたって、もしかしたらあの出会いは自分の思い込みだったかもしれないと思うようになった。しかし、その考えは虫がよすぎた。

〈マリナー〉は大きなスーツケースを引きずりながら戻ってきた。スーツケースのなかにはコンパスや湿気が残る貝殻のコレクションなど、海にまつわる道具や品物が入っていた。「心配するな」と言って、前回と同じように僕のデスクの前に腰をおろすと、「若いの、おまえさんには手は出さないから心配するな」と吠えた。

そう言われるまで、自分が危険な目に遭うとは思ってもいなかったが、このひと言を聞いて、「危ないかもしれない」という思いが頭にこびりつく。店に来なかったあいだ、〈マリナー〉はキャラクターに磨きをかけることができたのだろうか、その日は海賊よろしく眼帯をつけていた。前回は一方的に話す隙を相手に与えてしまったが、今回は感情的に呑み込まれてしまった。眼帯をしていないほうの目を希望の光で輝かせながら、〈マリナー〉は売り物を取り出しつづけた。この時点ですでに、僕は弱りはててその光を消すこともできないと覚っていた。一冊ずつ本を出してきたが、どれもどうしようもないものばかりだった。便通について論じた表紙の取れた本。こんな本は手に取る気にさえなれない。ボロボロのディケンズの本？　これも無理だ。スーツケースの底に金色に光るものがあり、〈マリナー〉は最後にそれを取り出した。最後の

［訳註］　**インキュナブラ**：グーテンベルクによる活版印刷の発明から一五〇〇年までに印刷された書物や一枚ものの総称。「インキュナブラ」はラテン語で「ゆりかご」の意で、揺籃印刷本とも呼ばれる。

＊古本の売り込み法の戦術として珍しいものではない。この戦術は書店員が感情的にへとへとになるまで消耗させ、追い払うにはもはや買い込むしかないとまで思わせるように組み立てられている。うまくいくので、昔から使われてきた。

最後に最高のものをとっておいたようだ。* 僕はすがる思いでその本に目を凝らした。この本もだめなら、もう一度あの苦労話を聞かされてしまうことになる。心の準備ができていなかったので、もし何かを買えば、相手はすみやかに立ち去ってくれるだろうという思いが頭をよぎった。寛容の見返りに捧げる、海をつかさどる神への生贄《いけにえ》だ。

その最後の一冊を渡すとき、〈マリナー〉はこの本については自分の右腕と頼む人間が一ページ一ページ念入りに確認しているので、完璧なものだと断言した。さらに話を続け、「念のため、友人や知人にも回覧させて確認してもらっている」とも言っていた。何気なく本のなかを見ていたら、そこまで念入りに確認していた理由がすぐにわかった。官能的な写真がこれでもかと並んでいたのだ。

言っておくが、サザランもこの種の本の扱いに慣れていないわけではない。実際、普通の古書店の多くは、少なくとも数点は所蔵している。だいたい、棚の上段や隠しキャビネットに置かれており、あるいはガラスケースに保管して、決してほこりがかぶらないようにしている。時折のことだが、こうした本も店の蔵書のコレクションの一部であり、また、こうした本にも生来備わる価値があるのだ。書店側もしばらくすると、自信を持ってこうした本を取り扱うようになる。人類の歴史において、人間はつねに猥雑な本を作ってきた以上、その是非を論じても、論じるだけ無駄だろう。それにもっとも大切な点は、こうした本にもとても高額で売れる本があるという点だ。

おおまかな目安で言うと、裸の人間が写った本を探しているとき、すぐに見つかるように配慮している店なら〈好色本《エロチカ》〉のコーナーを探すといいだろう。巧みに隠している店なら、〈珍本《キュリオサ》〉と表示されたコーナーを見てみるといい。稀覯本の世界に深入りしすぎるようになると、多くの店で表示のない棚があることに気がつく。特筆すべき点を店側が単につけられなかった場合もあれば、あるいはその店でこれは〝ファインアート〟と見なされているのかもしれない。芸術としてのファインアートは、美術館や高等教育機関で残り火のようにかろうじて命脈を保っているようだが、こうした書店では、「ファインアートとは何か?」という定義は客個人の考えに全面的に委ねられている。

実際、稀覯本の世界を歩きまわってみると、現代の作家が考えているアダルトコンテンツとその他のコンテンツの違いについて、決定的な一線を設けていない書店が多いことに気づくはずだ。サザランの棚でも『たのしい川べ』[訳註]と並んで、第二代ヴェイン子爵の夫人の奔放な冒険について語った本が置かれている。言い伝えによると、十八世紀を生きたこの夫人には一〇〇人の恋人が

＊書店員やコレクターは光沢に富んだジャケットを好む。サヴォイ・ホテルのチーフ・バーテンダーが編纂した『サヴォイ・カクテル・ブック』はまさにそうした本だ。アールデコの時代に刊行された傑作であることはさておき、ジャケットに描かれた銀の羽根のようなデザインのせいで、この本は昔から渉猟されてきた。時代がかった輝きを見れば、多くの書店員が是が非でもわがものにしたいと貪欲の火を灯すのはまちがいない。

[訳註]『**たのしい川べ**』：ケネス・グレアム（一八五九～一九三二）が一九〇八年に発表したイギリスを代表する児童文学作品。人里離れた静かな川べで素朴な暮らしを楽しむモグラ、川ネズミ、ヒキガエル、アナグマの四匹が繰り広げるほほえましい事件が描かれている。

いた。カップルがさまざまな姿で愛し合っている北斎の絵が、彼の風景画とともに展示されている。僕に言わせるなら、書店員はその商品がポルノかどうかという難解な議論にはあまり興味はなく、むしろ、どのくらいの期間で売れるのか、その売上げで別の本を仕入れることに気をもんでいるのではないかと思う。

とはいえ、たまたま見つけたのが時代錯誤の代物か、あるいはどう見ても意味もなくむやみに煽情的な本なら、それは十中八九女性の体に関するもので、解剖学的には異様なほど体の曲線が誇張されていたり、奇妙なほど不自然な姿で描かれていたりする。だが、それを見る男性には、女性の体が忠実に再現されているかどうかは関係ない。*

若くて疑うことを知らなかった僕は、思いもよらない場所でうんざりするほどこうした本を見つけた。そうしたわけで、自分はゆがんだエロティシズムに関してちょっとした専門家だと考えている。それから頑固な装丁師によく見られるケースだが、熱意があり、人間が実際にどのような姿をしているのかについては自分の好きなように理解しており、黄金の乳房（なんと言っていいのかわからないが、芸術的にはなんでもあり）を高級な革装本に貼りつけることはあっても、金ピカの男性器をあしらって驚かされたことはない。僕からすればかなり不公平に思えると言わざるをえない。

さて、〈マリナー〉が最後に取り出したのは、申し訳程度の面積の服を着た女性がカメラに向かってポーズを取った写真でいっぱいの本だった。最初は月並みな写真ばかりだったが、ページをめくっていくうちに、使われている小道具や女性のポーズがだんだんと狂気を帯びはじめていく。フランス風のメイド服に変わり、木こりの装束やカウボーイ姿、潜水士が使うヘルメットを被って出てくる。ますます奇妙になっていく数々の小道具だが、この雑誌の読者にはおそらくエロチックなのかもしれない。だが、僕にはまったくわからなかった。モデルたちが銃を突きつけあったり、同性愛のようにたがいにむつみ合ったりしている写真を見た時点で、「これは絶対に買わなくてはならない」と僕は決めた。

そんな僕の熱意が世に知れわたったのか、鞭打ちの歴史に関する本、ヴィンテージもののランジェリー・カタログなどをはじめ、いかがわしい品々が僕のところに次々と持ち込まれるようになった。そのほとんどはすぐに売れて新しい持ち主が見つかった。古書店員の僕のキャリアにおいて、この時期はのちに「オリバーの猥本期」と呼ばれるようになるが、僕自身はまったく後悔していない。

＊奇妙なことだが、書店員はみんな男性でしかも性的には全員がストレートだという思い込みが行きわたっている。それをつくづく思い知らされたのが、別の店で働くかつての同僚が暇をもてあましたあまり、ずうずうしくも僕に対し、仕事をうまくやっていた〝褒美〟として、彼が個人的にコレクションしている画像を送りつけてこようとしたときだった。これもまたある種の職場のハラスメントであるのはたしかだ。ただ、僕がとりわけいら立ったのは、僕には別の嗜好があるかもしれないと、相手がこれっぽちも考えようとはしなかった点だった。

17 ビッグマネー

地下鉄のホームに立っていた。約束の時間にはどうやら遅れてしまったようだ。はるばるサザランから殺風景きわまりない地下のこんな場所に注文された本を持ってきていた。注文した本人とは会ったことはない。これまでのやり取りは口数の少ない、甲高い声の執事と電話越しで進めてきた。客の名前は知らなかったが、オカルトに関する本を何冊か注文し、それらを茶色の包装紙で丁重に包んだうえで、指定された場所まで持ってくるように言われていた。

そんな理由でこんな薄汚れた場所に来ていた。地下鉄の薄汚れたホームで高価な書籍を抱えながら、重い荷物を床に置かなくてはならなくなる前に、左右を見渡して相手が現れるのを待った。最近、地下鉄を警備する警察はかなり大きな銃を持つようになっていたので、警官の耳に届くような場所でうっかり自分のことを「販売員《ディーラー》」と言ってしまったら、ずっと尾行されてしまうかもしれない。

執事はホームの端の薄暗いくぼみに立っていた。ささやくように話しかけ、気ぜわしく取引を始めた。相手は厚手のコートを着ており、何かから身を隠すようにコートの前をしっかりと握っている。そして、ほとんどしゃべらないまま本を受け取ると、ブリーフケースにきちんとしまった。取引はこれで完了。ポケットの懐中時計を見ると針が止まっている。ときどきネジを巻くのを忘れてしまう。とはいえ、次に会う約束をしても、またもや遅刻してしまうのは自分でもとっくにわかっていた。

僕がはじめてお客から四桁の支払いを受けたのは、赤く革装されたジェーン・オースティンの豪華なセットを売ったときだった。その場で心臓が止まるかと思った。買ったのは贈り物を探してぶらりと店に入ってきた客で、なんの気負いも感じられず、まるで鉢植えの花を買うように一カ月分の給料に相当する額をカードで払って素っ気なくサインをしていた。

僕の実家は金持ちではなかった。また、店で担当している書籍の総額は書店員としての僕の生涯年収をうわまわり、そうしたものを売りながら終日過ごしていたので、はじめのうちは緊張の連続だった。数千ポンドもの代金を古ぼけたカード読み取り機で何気なく操作すること自体どれだけ緊張を強いられる作業なのか、その点については誇張しても誇張しすぎることはないだろう。いまでもうっかり指を滑らせ、小数点の位置を左右どちらかにずらしたらと考えただけで真夜中に跳び起き、心の支えとなる本に手を伸ばしてしまう。

目が飛び出るような高額な商品は秘蔵されているが、数千ポンドの商品はカウンター近くのガラスキャビネットに置いておくのが普通で、つねに誰かの目にとまるようにしている。サザランよりも資金力がある古書店は本を買いだめ、お客の目に触れない思いがけない場所に隠しておき、ここぞというときにまるで帽子からウサギを取り出すように差し出す。こういう芸当ができない僕たちは、高価な商品を買い入れるときには慎重のうえにも慎重を期して選ぶしかない。売れなければ、きわめて値の張るただのガラクタにすぎなくなってしまうからだ。なんだかんだ言っても、それに何千ポンドもの価値があるのは、誰かがその値段で買ってくれるからにほかならない。

さらに稀覯本を扱う古書店ならではの事情がある。高価な品々を手元に置いておく期間が長引けば長引くほど、それらが捌《は》けていく見込みはますます薄くなっていく。やがてその商品はお客の記憶にも刻まれる。目にする回数が増えれば増えるほど、「この商品はどこかに問題があるにちがいない」とか、あるいは「やっぱりものが悪い」と思うようになるのが常識というものだ。新車は購入されてショールームから出たとたんに価値がさがると言われるが、稀覯本は棚に並べたその瞬間から価値が下落していく。

こうした事情こそ、僕たち古書店員が値切り屋や特売品ハンターに弱い理由なのかもしれないといまさらながら思えてくる。一冊の本が立派なキャビネットのなかでそのまま放置され、呪われたアホウドリへと徐々に朽ち果てて心理的な負担を感じるより、少しでもいいからお金を稼いでくれたほうがいいと心の底ではそんなふうに考えている。

以上のような理由から、店のスタッフがかなり高額な本を仕入れる場合は、それなりの計画を立てることが求められている。仕入れから販売にいたるまで、その本をどう扱うか、なにがしかの方法を考えておくのだ。当店の〈科学〉分野の守護神であるクリスが、かりに近代解剖学の創始者ヴェサリウスの巨大な骨格標本の本を手に入れようと考えたとしよう。シベリア出身の妖艶な女相続人の手から本を奪取するためにまるまる二日かけてフランスを往復しても問題とはされない。だが、クリスはなんとしてもこの本を売らなくてはならないし、おまけに店に持ち込んだときには九万ポンドの価値があった本が、一滴また一滴とその価値を徐々になくしていく様子を目の当たりにしなければならない。

本の価値が高ければ高いほどそのプレッシャーは強烈なので、高額の買い取りをする際に僕はものすごく苦労する――期待という重荷を背負うことがどうしてもできないのだ。しかも、古本の売買は気まぐれなので、見通しは簡単にひっくり返されてしまう。

その格好の見本こそ何年も前からサザランにある『カジノ・ロワイヤル』だろう。店としては数万ポンドで売るつもりだったので、いくらで仕入れたのかは想像がつくと思う。心臓が止まってしまうような金額だ。この本がとくに貴重だったのは、イアン・フレミングの署名本だったからで、本そのものもすでに希少だったが、著者のサインがあったことでさらに貴重な本になっていた。店のほうも資料調べを行い、この本の出どころをさかのぼって調べ、さらにスパイ小説に詳しい同業者から「本物である」というお墨付きをもらっていた。これ以上ないほど確実な本だった。

だが、目が飛び出るような高額の値札がついた本を扱うと、話が話を呼んでニュースは業界全体にあっという間に広まる。そうすると、どういうものか「あのサインは偽物」という噂が立つのも時間の問題で、『カジノ・ロワイヤル』は突然売り物にならなくなってしまった。古書の販売は信用にもとづく商売だからこんな噂はすぐに広まる。少しでも疑われてしまっただけで、売れる見込みがなくなってしまう。せっかくの下調べも無駄になる。*結局、『カジノ・ロワイヤル』は噂が消えるまで店頭には置かず、しまっておかなければならなかった。

大金の話になると、物事は非常に奇妙でシュールなものになる。画廊レベルの作品をめぐる取引になると、購入者はかならずしも本を所蔵することにこだわっているわけではないことに気がつく。作品の購入というよりも意思の表明なのだ。鳥類図譜の描き手として名高いジョン・グールドが十九世紀に亡くなったとき、サザランは残された図譜を購入、長いあいだ所蔵してきた。一〇〇年以上にわたり地階から地階へと移されたのち、このままにしておくのではなく何か手を打つことが決まり**、数年を要して天文学的な金額の価値がある作品を購入できる人物を探した。最終的に作品は売ることができたが、購入した客はただちに図書館に寄贈したと記憶している。図書館では館内の棟に寄贈者の名前を記したが、分類上はむしろこうした方法のほうが賢いと思うのだがどうだろう。

若き書店人の一人として、本来あるべき床の位置に本が平積みされているかどうか、僕はしっかりと目を光らせている。これは、セールスパーソンならではの妙技の結果などではなく、床を見ていないと、不安のあまり心臓が口から出てきて歩けなくなってしまうからだ。書店人としてまぎれもなく成功するには、おそらくギャンブラーに通じる精神が必要なのかもしれない。だが、なまじ注目を浴びたばかりにあれこれ詮索されるぐらいなら、そこそこの成功ぐらいのほうがいいと僕は思っている。

18　サザランの呪い

それなりの格式がある古書店には謎と呪いがつきもので、それらは店の礎にしっかりと刻み込まれている。サザランの歴史ははるか一七六〇年代初頭にさかのぼる。店を開いた初代サザランはもともと薬剤師だったが、そちらの仕事に見切りをつけ、トッドという共同経営者とともに引退した書籍商の在庫いっさいを買い取ったのが店の始まりだった。当初はヨークで商売を営んでいたが、開店早々にサザランとトッドが大げんかを始める。何をめぐっての紛糾だったのかは今日まで正確には伝わっていないが、店の歴史について書いた人が数世紀を経た時点でその片鱗をたどれるほど険悪な大げんかだったようだ。***その後、サザラン家の相続人の一人によってロンドン支店が開かれるが、なんらかのトラブルに巻き込まれてしまい、ヨークからほど遠いロンドンであらためて店をかまえた。

時間を一〇〇年ほど早送りしよう。最後にサザラン姓を名乗ったヘンリー・サザランは、店を出た直後、ピカデリーで路面電車にひかれて死亡した（と本には書かれている）。当時の新聞の切り抜きがいくつか残されているが、そこに書かれている話は微妙に異なる。ヘンリーは泥酔して大声をあげていたとか、路面電車ではなく自動車にひかれたという記事もある。それぞれで微妙

＊サイン本の真贋を試みたことがある人なら、それがいかに不可能な試みであるのかがわかるだろう。店が過去に問い合わせた署名研究の専門家は、確実なことは何も保証できないと言い、数ある推測のうちもっとも妥当な推測を述べているにすぎないので、これで確実だと安心するにはたいした助けにはならないと明言していた。

＊＊〈包装部門〉では一時期、数点の版画をトランプ用のテーブルとして使っていた。

＊＊＊サザランの歴史については、ビクター・グレイという学者が書いた『本屋』［未邦訳］に詳しい。気軽に読める本とは言わないが、店の全容を知ることができるだろう。

な点は違うものの、店のすぐ近くで死んだという点ではどの記事も一致している。おそらく、いまでもヘンリーの幽霊が店に現れるのはそれで説明がつきそうだ。

幽霊としてのヘンリーは、まがまがしくもなければ、決して理不尽でもない。知られているかぎりでは、取りついて人を殺したこともないし、ガス漏れを引き起こしたり、浴室の鏡に不穏なメッセージを書いたりすることもない。不意にかんしゃくを爆発させる癖はあったが、彼は礼儀をわきまえた幽霊だ。だから誰もいないのに、棚から本が飛び出すなど、不可解な出来事はどれもヘンリーのしわざだ。厳密に言うなら、ヘンリーが何に腹を立て、鍵のかかったケースの扉をきしませながら開けたり、あたりに置いてある本のページをはためかせたりするのか、その原因は不明だが、一貫してうかがえる兆候から、僕たちが何かを決めるたび、そのほとんどを不愉快に考えているのはまざまざと感じられた。

店の階段の吹き抜けには、サザラン家でもとくに名前の知られた二名の肖像画がかけられている。二名の名前はトーマスとマリア、いまではほこりまみれの記憶となったサザラン王朝を築くうえで、中枢を担った夫婦だと聞かされた。トーマスはどちらかというとお茶目な顔をしており、マリアは彼にうんざりしきっているように見える。どちらの肖像画も以前は地下室で別々に置かれていたが、ここに飾られるようになって以来、二人とも階段を行き来する人たちを一人残らず見た目で判断できるようになった。

むしろ二人はこの場所が気に入っていると僕には思える。二人にとっていまの運命がどんなに不愉快であろうと、サザランを記念する場所としては、これ以上の場所はないと納得せざるをえないのは疑いようがないからだ。サザランには店を記念するモニュメントがひとつだけある。通りの向かいに建つ教会の壁に作られた無骨な洗面台で、二人の義理の娘、つまり息子の嫁ロゼッタに捧げられたものだが、モニュメントとは言いながら、いまでは誰にも見向きもされず、ハトが好んで糞をする場所になってしまったからである。

古くから続く古書店なら、どこでも幽霊の一人や二人は住みつくと、古書店の店員なら誰も考えている。以前、ある同業者がバークレー・スクエアに所有していた建物には、かなり有名な幽霊がいて、叫び声をあげては人を狂乱状態におとしいれるのが大好きだという話を聞いたことがある。たしかに邪悪な霊と店舗をシェアしていたが、店の評判はそれで傷つくことはまったくなかった。あれこれ考えると、サザランはむしろ幸運だったと思う。いささか反社会的な意思表示をするときもあるが、店に住みついているのは、その程度で満足してくれる物静かな幽霊だ。まして最近では、誰かがトイレに行くたびに、一時間もパイプを鳴動させるような真似はやめたようなのだからなおさらである。

ヘンリーは間借り人としては素直なほうのようだが、彼こそ（あるいは幽霊に関する世間の常識に照らすと）サザランが長年にわたって財政上の荒波にもまれてきた原因をもたらし、*呪われた本が店に引き寄せられてくる理由でもある。近年、ヘンリーの憤怒がいくらか和らいだのは、

* 創業した一七六一年以来、サザランは「閉店まであと一年」というのが、店内とくに帳簿をつける者たちのあいだでは定番の冗談のようになっていた。

トーマス夫妻の肖像画を地下室から階段の吹き抜けという至高の場所で祀るようになったからではないかと僕はにらんでいる。ここに移した結果、財政上の荒波も目に見えて和らいだ。

サザランの伝統である呪われた本は『オマル・ハイヤームのルバイヤート』に始まる。「ペルシャの天文学者にして詩人」で知られるオマル・ハイヤームが書いた四行詩集の英訳選集のタイトルで、数えきれないほど多くの版が作られつづけてきた。サザランが所蔵しているのもそうした本の一冊だ。コレクターのなかには『ルバイヤート』だけで構成されたコレクションを自慢している人もいる。

二十世紀はじめ、サザランは常とは異なり、資金不足ではなく、ありあまる余剰金の使い道に苦しんでいた（よくあるつかの間の出来事だったが）。そこでサザランも独自に装丁した『ルバイヤート』の製作に乗り出した。退廃的とさえ思えるほど贅をつくした一冊で、装丁は当時優れた才能で知られていたサンゴルスキー&サトクリフ工房——宝石をちりばめた宝石本を復活させたことで名をなした工房である。たぶんサザランは「費用は問題ではない」とでも言っていたのだろう。かくして史上もっとも高価な本が誕生する。呪いをもたらしたそもそもの行き違いは、サンゴルスキーが民間伝承に不案内だった点にもっぱら認められる。表表紙と裏表紙の双方をサンゴルスキーたちは、豪華な孔雀の意匠であしらっていた。だが、孔雀の羽根にちらばる文様は「邪眼」であるとされ、古くから凶兆だと考えられてきた。

尊大な自信にさいなまれながらも、サザランはこの本を売ることは不可能だと考えた。そこで、一九一一年にこの本をニューヨークに送り、もっと安くてもいいから買い手が見つかることを期待した。だが、ニューヨークの税関で課税されてしまう。宝石本を作るためにありったけの資金を使ってしまったので、サザランは税金の支払いを拒否するしかなかった。

本は帰路の旅につき、ふたたび大西洋を越えてロンドンに到着すると、そこでオークションにかけられた。落札したのはガブリエル・ウェルズというアメリカ人で、泣きたくなるような無残な値段で引き取られていった。本をアメリカに送り出そうとしたが、当初予定していた船に乗せることができなかった。そこで、かわりにこれから処女航海に出ようという豪華客船に託される――万全を期して預けられたその船こそ、あのタイタニック号にほかならない。以来、本は大西洋の底に沈んだままである。

だが、災厄はこれだけにとどまらなかった。本が海に沈んでから数週間して、先見の明のある装丁家サンゴルスキーが溺死してしまう。工房の共同経営者サトクリフは、いまはなき本の復刻版を手がけ、できあがった本は銀行の金庫に厳重に保管されていたが、折から始まった第一次世界大戦の際、ドイツ軍による空襲でその金庫はこなごなに破壊されてしまったのである。

以上の物語のポイントは、「本が呪われるなんてありえない」と言うのは、まだそうした本に出会っていない人だけだということである。

サザランで呪われた本が売られている伝統は今日まで根強く残っている。たとえば最近の話だと、例の瓢箪《ひょうたん》の衝動買いとは別に、アンドリューは〈特装本《ファインバインディング》〉というカテゴリーに分類される実にみごとな本を仕入れた。特装本はレンガのように厚い紙の束に革を貼りつけた装丁で、その価値はもっぱら装丁師の技量に負っている。アンドリューが手に入れたのは『ファニー・ヒル』

の特装本で、贅沢に革が使われていたうえに、必要もない金の箔がしたたるかと思えるほどあしらわれていた。見るからに人目を引かずにおかない贅がつくされた一冊だった。

ご想像のとおり、この本もサザランにとって不名誉な経歴を残すことになった。本を引き取ってくれる客を探すため、アンドリューも想像する以上の時間を費やしていたが、それにもかかわらず本はずっと棚に置かれつづけ、やがて悪運を呼び込むお守りだと見なされるようになった。

遠くからでも目立つ本だった。〈一般文学〉の棚に並べられなかったのは、威厳をたたえた本の陳列がカーニバルのアトラクションになってしまうからだった。単品で展示しておくと光に蛾が集まってくるように、好奇心旺盛な客が寄ってくるが、掲載された図版をひと目見るだけで、この本がどんな物語かすぐにわかってしまうので意味はなかった。そもそも『ファニー・ヒル』を手に取った人の大半は、自分がどんな物語に巻き込まれるのかわかっているとは思えない。それをはじめて知り、顔を赤らめながら、慌ててもとの場所に戻す人もいる。

週に数回の頻度で「見せてほしい」と言われたが、それは不幸な行きずりの人が、願ってもいない十八世紀イギリスの官能の世界との出合いを、不快な思いをしながら立ちつくしていることを意味する。こんな出合いはご本人も御免こうむりたかったはずだ。哀れな本は店のカタログというカタログで紹介されていたが、そんなことをしても店はやけっぱちになっているとしか見えず、そのころには当の僕たちもそんなふうに感じるようになっていた。

仕入れてから一年後、ある裕福な顧客――なんにでも手を出す「スマウグ」タイプのコレクターが、大量の名作文学といっしょにこの本を注文してくれた。だが、結局返品となってしまう。

あまりに居心地が悪いというのがその理由だった。その顧客もこの世の人ではない。その後、二人目の客から注文を受けたが、発送前に忽然と姿を消してしまい、その後音信不通になった。三人目の客も現れたがやはり返品された。しかも背表紙が傷んでいたので本人に確認したが、案の定、何も知らないと相手は否定した。

書店員であれば、時に呪われた本に遭遇することにやがて慣れていく。ただ、残念でしかたがないのは、その話をしても誰も信用してくれない点だ。しかも、経理部や店の取締役会の年次報告で、「在庫の一部商品に実際には販売できないものが含まれている。その理由は購入を試みる客の命を奪いつづけるからである」と説明するのはきわめて困難であるからだ。

呪われた本、未確認生物、消えるゴミ箱という嵐にさらされながら、入店後の数カ月は何がなんだかわからないまま過ぎていった。給料にふさわしいだけの仕事をなんとかこなしながら、僕の毎日は混乱の連続だった。クセだらけの同僚や暗闇から聞こえる物音、午後は午後で古書用語辞典を必死に読みあさって、「この『嵐が丘』角折れあり《ドッグイア》」のようなふさわしい表現を探した。この嵐から抜け出すには、とにかく頭を低くしてやりすごすしかないと考えた。たとえどんなことがあろうと、少なくとも古書店という存在は、自分の心の拠りどころになるものだと思った。置かれた状況がどんなに悲惨であっても、四方の壁が自分の頭の上に崩れ落ちてくることはない。そう考えれば慰めでもあった。

しかし、毎度のことながら、僕はまたしても早とちりをしていた。

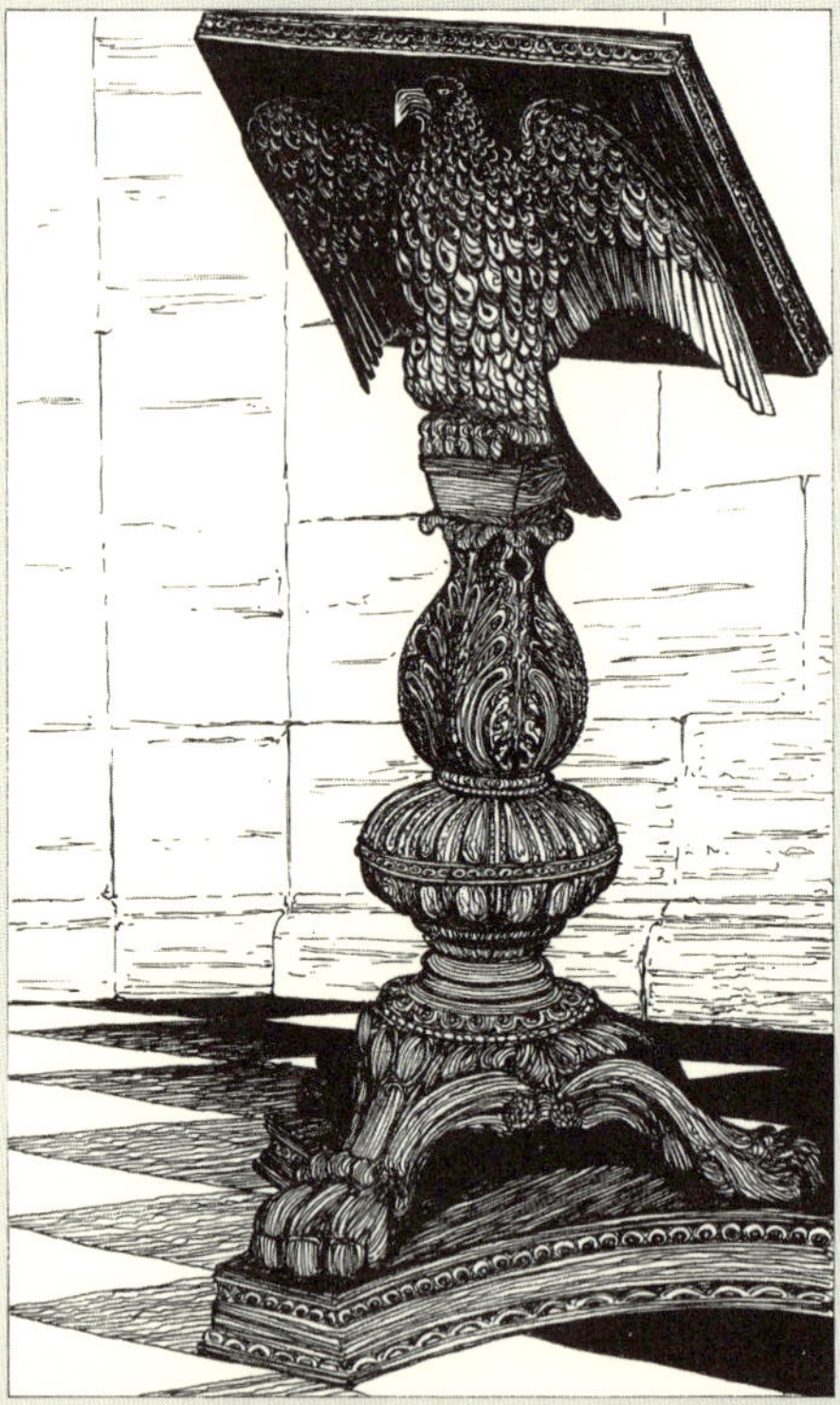

鷲の彫刻が特徴的な力強さにあふれる書見台。
宗教儀式もしくは式典のために制作された。
（追加の送料を別途いただきます）

第2章　アート&建築

——店周辺のたたずまいについて。サックヴィル通りだけではなく、店の配置やきわだった特徴などを明らかにする。

年代物の建物で商売を営む古書店なので、想像されるように、どの棚の下にも建築や改修の際に加えた怪しげな仕掛けがたくさん埋もれている。〈アート&建築〉部門は数年前になくなったが、そこに置かれていた本を整理する作業は遅々として進まず、実際にいつまでたっても終わりそうにもない。器としての本屋がそのなかにいる人や物にどんなふうに影響を与え、またその逆もあるという事実については、実に多くのことが語られてきた。

＊＊＊＊＊＊

19　脱皮について

サザランは決して変わらない場所、時間のなかで凍りついた古書店という印象を与えていたら、それは僕がミスリードしてしまったせいだ。ただ、そんなふうに古書店について考えるのは心が和む。年月が経ても何ひとつ変わらず、時の川のなかで穏やかにたたずんでいる姿は、その川に投じられた奇妙な錨のようでもある。しかし実際には、変化をまったく受け入れない古書店はいずれ破綻し、歴史の奔流に消え去っていくのがこの世の常だ。古書を扱う仕事に不安定な資金繰りという一面があり、過去一世紀足らずのあいだでいくつもの古書店が財政破綻の波に呑み込まれてきた。

　サザランはたしかに一七六一年から続く世界最古の古書店だが、こうした言い方は多くの点で正確ではない。なぜなら、現在のサザランと創業当時のサザランでは同じではないからだ。創業者のサザラン一家はずっと昔に全員が死に絶え、ヨークで開店した店は結局ロンドンで落ち着くことになった。店舗の移転も一回だけというわけではなく、認知症を病む本好きのカエルのように、何度もピョンピョン跳ねながらようやく最後にサックヴィル通りにある現在の店舗にたどりついた。風船のようにいくら話を盛ったり、見栄えよく整えたりしてもそうした事実は変わらない。何が言いたいかというと、見た目とは裏腹に、サザランという古書店は変化とは無縁の店ではなかったという事実だ。サックヴィル通りに移ってきても、たいていの場合、フロアの半分しか借りられず、店が必要とするスペースをまともに満たすことができなかった。

それだけに、〝大変化〟のときを迎えても、間借りする住民にはさほど驚きではなかったはずだ。いまあるサザランについて知るには、この大変化にもいささかなりとも通じていなくてはならない。イモムシの生態に詳しい方ならご存じだろうが、蝶として変身を遂げるため、イモムシはさなぎとなってみずからを閉ざし、そのなかでおのれを再構築する。その点ではサザランも同じだった。ただ、それまでの数十年、比較的平穏で繁栄が途切れることなく続き、そうした時代を謳歌していたので、店の人間にすれば変身の驚きはイモムシが感じる以上だったと思う。常連客にかぎって言うなら、サザランはそれまでずっとサックヴィル通りにあると記憶しており、店の内装は大洞窟のような一階に広がりつづけ、呪われた地階の現象も徐々に記憶から薄れはじめていった。

大変化の問題は一九三〇年代のサックヴィル通りにまでさかのぼる。当時、店を切り盛りしていた良心的なストーンハウス氏は、新しい店舗としてサックヴィル通り二の五に建つ物件を借り受けることにした。賢い同業者の多くは、手ごろな価格の物件を探し出して購入していたので、「のちのち買い取りを検討してもいい」と氏も考えていたはずだ。だが、この見通しは二十一世紀になると暗い影を落とすようになる。サックヴィル通りのような商売には不向きな立地の物件でさえ高値で取引されるようになり、店の悩みの種になっていた。当然、大家たち――石からであろうが一滴でも多くの血を絞り取ろうとする連中――は、書店の家賃をあげることにした。ハゲタカが頭上を旋回する音が聞こえてきそうな話だ。

賃貸料は誰もが不満を口にするので、この話もありきたりな愚痴と思われてしまいそうだが、書店の場合、この商売ならではの泣くに泣けない事情がある。ほかの小売業と比較すると、本を売るためにはとにかく広い床面積が必要で、それは破格の大きさと言ってもいいだろう。だが、よく知られているように、そのわりには商売の収益率は低い。そんな矛盾を抱えながら、神経衰弱の一歩手前でこのビジネスは成り立っている。

僕たちは店の〝最高幹部〟についてあまり語りはしない。最高幹部とはサザランのオーナーたちのことで、独裁者や後援者の役割を果たし、必要とあれば店が正しい方向に進むように鋭い一撃を与える人たちである。ヘンリー・サザランが事故――この事故は本人の軽はずみな振る舞いのせいで起きたのは誰もが認めるところだ――で亡くなると、そのあとは裕福な同業者やコレクターの援助によって店は持ち直してきた。この人たちはサザランのような場所が世界には必要だと考える慈善家でもある。*

以来、サザランの経営はそうした人たちの手から手へと渡り、つねに店を支援しようという愛書家たちの優しい腕に抱かれ、最終的にいまのオーナーたちのもとにたどりついた。彼らは何十年にもわたって、気まぐれな市場の変化から断固として店を守ってきてくれた。とはいえ、僕たちが個人的にこうした人たちと会う機会はめったにない。困っている書店に手を差し伸べる愛書家として、内気とも思える気配りに富んだ距離をとりながら、店の経営を進めている。

書店よりもはるかに重大な問題で多忙を極めているはずの人たちだが、時折、サザランの状況を確認しにやってくる。はるかに規模が大きく、騒々しい実業の世界に携わっているので、古書店に立ち寄ってから、静かに飲んで過ごすのもいいものだと思っているのかもしれない。だが、いまの時代、ロンドンの中心部にある路面店の賃貸料が年々高騰している事実を認めるなら、オーナーたちも「何か手を打たなければならない」と決断する日が来ても誰も驚きはしない。そして、決まったのが建物の主要部分、たとえば壁や床、天井など、数カ所の部分に手を加えることだった。店内レイアウトを改善する計画も立てられ、店内の一部を仕切って、そのスペースをよその会社に貸し出せば賃貸料の足しになる。

大変化の第一波の揺さぶりを感じはじめるようになってから一年後、僕が知っていた古びてほこりっぽいサザランは戦場と化した。壁はうがたれ、書棚はあっちこっちに移動させられた。本が詰まった輸送箱はねぐらを失った鳥のように群れをなして、ロンドンの市内をぐるぐる動きまわっていた。上階の床は残らず解体されてからふたたび設置されたが、その面積は縮小していた。空いたスペースを貸し出せるようにするためだ。

外界から隔絶された小さな天国で、僕のお気に入りのカタログルームは取り払われてギャラリースペースに変わってしまった。僕にとってこれは大きな損失だった。ところどころに旧店舗が応戦した跡が残っている。一階に置かれた厳めしい金庫は動かせないとわかり、ギャラリールームの真向かいに置かれたまま、うれしそうにギャラリーの雰囲気を台なしにしている。

＊そうした慈善家の一人、ガブリエル・ウェルズの尽力については、それだけで一冊の本が書けるぐらいだ。ウェルズもまたサザランという網にかかった、こよなく本を愛する人物の一人である。一九二八年、倒産寸前の店を買収して救ってくれたのがウェルズだった。その決断はブラックホールを買うようなものだったが、このブラックホールの重力からウェルズは逃げきることはできなかった。

工事のほこりが落ち着いたころ、僕たちはもう以前とは同じではなかった。もちろん、サザランはサザランだが、やはりかつてのサザランとは違っていた。あるところは小さくなり、あるところは広がっている。どうしてもきちんと閉まらない呪われたケースをなんとか店内に据え置くと、ゆがんだ什器も時間をかけて慎重に店のなかへと運んでいった。

20 新しいデスク

変化はチャンスを呼び込む。時間をかけて店内の配置換えをしていると、棚が抗議の声をあげるように、四六時中ギシギシと音を立てるが、そんな作業の最中に奇妙な什器や備品がいくつも姿を現した。地階では蜂の巣の形をした陶器の樽のようなものが中身をポタポタ垂らしながら現れた。なんと言うか絶望のような臭いがした。以前は棚の上のほうに置かれていたが、周囲のスタッフの遠回しの指摘（と詮索好きの客の根ほり葉ほりの質問）のせいで展示台に押し込まれてしまった。その奥からふた付きの収納ケースが二つ出てきた。うちひとつは、その場で料紙箱として徴用された。*

埋蔵されていた宝物のなかでも秘宝中の秘宝は、天板の広い、大きなライティングデスクだった。僕のような身分の店員なら、喉から手が出るほどほしがるデスクだ。そのころ使っていたデスクは足乗せ台として使ったほうがふさわしい代物で、このライティングデスクを見てしまうとペーパーウェイトのように思えた。店内の新しいレイアウトが姿を現すようになると、このライティングデスクを手に入れることが、僕に課された前世からの因縁であると考えるようになり、どうやってわがものとするか、悪魔に魅入られたようにそればかりを考えつづけた。

驚いたことに、僕の嘆願はアンドリューによってただちに認められた（いつもは物憂げな目で遠くを見ていることが多かったが、改装後はそうしている余裕もなくなっていた）。入念にリハーサルを繰り返した嘆願だったが、そんなことにはほとんど目を向けずゴーサインを出してくれたのだ。広々としたデスクが店の入り口近くに配置されると、僕としては珍しく執拗な執念深さに駆られて、それまで使っていた小さなデスクをこの世から消し去った。もちろん、二度と罪のない者を苦しめるような真似をさせないためだ。

さらに、大きな間仕切りを手に入れると、僕は快哉の声をあげながら戦利品を新しいデスクに並べた。古書店の仕事に長く携わるなら、自分の関心に合わせた参考書を一式そろえ、デスクまわりを飾ることになる（普通は図書館やほかの書店から借りてくる）。広々としたデスクになって、僕はＬ・Ｗ・カリーの『ＳＦとファンタジーの作家辞典』やＰ・ギャスケルの『西洋古版本の世界』を置いておけるスペースが確保できた。そればかりか、デスクには引き出しもたくさんあるので、考えたくないものを隠すにはぴったりだった。

そんなわけで、新しいデスクに足を投げ出して使い心地を満喫しつつ、勝利の温もりに浸りな

＊残るもうひとつのケースは、今日にいたるまで、ふたは閉じられたままである。振ってみるとカタカタという音がする。

がら、ちょっと貴重な十八世紀の年鑑のページをぼんやり眺めているときだった。背後で店のドアが開いた。もちろん、僕は振り向かなかった。相手は自分から口を開く気はないようで紋章のように立っている。僕は僕で相手が誰であろうと、自分の新しい領土の検分を優先させることにした。書店の命運を握る〝最高幹部〟が一人で僕たちのもとを訪ねてくるのはめったにない話はすでに述べた。みんな忙しい人たちだ。そうした状況にいささか居心地のよさを覚えるようになっていたのかもしれないと思う。しばらくして、「コホン」と控えめな咳払いが聞こえ、僕はびっくりして立ち上がった。背筋を伸ばして立ち上がろうとしたが、慌てたあまり大きな物音を立ててしまった。

書店員はたまたま立ち寄った客の意見にはたいして気にはとめないが、店のオーナーの意見ともなると話は別だ。どんなに些細な発言でも当然ながら大きな影響力がある。たまたま耳にした僕の広々とした机をめぐる発言——悪いものではないが、大きすぎるし、客に尻を向けて置かれている——には、誰かが僕の墓の上を歩いているような戦慄を覚えた。

翌日、出勤すると自慢の机は撤去されることになっていた。撤去されるだけでなく、破壊されてしまうらしい。アンドリューは謝ってくれたが、たとえばドアを開けておくのを忘れてしまったときに詫びるその場しのぎの調子で、人の夢を切り刻む命令を受けたときのような謝罪ではなかった。私物を片づけておくように言われた。それが終わったら、オーナーがまた来る前にデスクを運び出しておがくずにする。いささか憤慨しながらも、僕は粛々とデスクに並べた本を集め、床の隅に積み上げた。ほかに置くスペースがなかったからだ。積み上げられた本は、僕の立ち退きを記念する小さな聖廟だった。それからデスクはギーギーと唸りながら引き立てられていった。なんの苦もなく退去させるにはあまりにも大きすぎるデスクだった。*

読者のみなさん、僕は泣かなかった。僕にできるのはデスクが店の向こうに運ばれていく作業が始まるのを見ているだけだったが、ノコギリの音が聞こえてくるともうじっと見ていられなくなった。「こんな立派なデスクを切り刻んで薪《まき》にするのは本当に罰当たりな真似だ」と誰もが承知していたが、「こうするよりほかにない」と口々に繰り返していた。

デスクがなくなった以上、自分の荷物を置く場所が必要だと思いつくまでに少し時間がかかった。地下室に入って調べると、アンティークの洗面台が見つかった。バケツを脚がわりにすれば荷物を入れておけそうだ。大きさは最初に使っていたデスクよりも小さかった。それに僕の座る場所は店のドアのうしろ側の片隅に移された。結局、仕事を始めたときよりも悪い状況におちいってしまった。その場で辞書を出して、もっともやりがいのある仕事——たとえば衝突実験用のダミーのような仕事に転進するのを我慢するには、相当な意志の強さが必要だった。**

当時、僕はデスクを見舞った悲劇に心を奪われ、店の仲間の動きにはあまり関心がなかったが、店に起きていた変化は石材と漆喰だけではなかった。こうした変化に続いて、アンドリューが煙

＊　基本的に僕は恨みを抱かないように努めているが、もちろん例外がないわけではない。
＊＊　なぜ、そうしなかったのだろう？　要は居心地がよくなってしまったからだと思う。これは危険な心の状態で、こうなってしまうとどんな失望や失意に直面しても痛みを感じなくなってしまう。

のように店から消え、近所の古書店に移ってしまった。聞いた話では新しい店に移ったアンドリューはのびのびと働いており、売上げのことであれこれ聞かれる必要もなくなったという。サザランのような古書店の改装を監督するほど胆力のある人物でも、もっと静かに働ける店を選んだということ以外、アンドリューの退職理由については僕には推測できなかったし、するつもりもなかった。だが、僕を採用してくれた彼には感謝しており、その彼が店を去るのを見るのはしのびなかった。

アンドリューの退社にともない、新しいマネージャーを見つけなくてはならなくなった。後任には〈博物学〉部門から昇格したクリスが就任し、サザランが不死鳥のように復活する指揮をとることになった。

21　消えた保存記録

サザランのホームページは、ごく最近まで黎明期のウェブサイトがどんなものだったのかを示す壮大な証しで、ほとんど機能していなかった。操作していると、心の奥底でバベッジ〔訳註〕の亡霊のカチャカチャという音が聞こえてきそうな代物だった。本の購入手続きは複雑奇っ怪を極めていた。何を注文しても数日待たなければ注文品が届かなかったのは、店の誰かがサイトのチェックを思い出し、（しかも気前よく）対処してくれなければ処理されないのだから、まったく機能していなかった。ウェブサイトは店がお客からお金を得ることをむしろ積極的にさまたげる能力ばかりを発揮して、毎年のウェブセールスは二桁に達するのがやっとという状態だった。それでも、このサイトを本当にうまく使いこなせる人がいるということは、それだけ一途なお客がいる証しだと僕には思えた。

ほとんど使いものにならず、あまりにも効率が悪かったので、ネットで古書を販売するのは不向きと見なされ、サイトの改善に投資するのはばかげているとされた。そしてこの自己成就的予言は、待ってましたとばかりに二〇年以上にもわたって信奉され、その間ウェブサイトは店の視野と記憶から姿を消した。*

店の古いホームページは、「ヘンリー・サザラン商会」がいかに歴史ある古書店であるかをあらためて認識させることに大半が費やされていた。一七六一年という時代は、負債に苦しむ店員、中毒に悩まされた公証人、跡形もなく姿を消した店主などによってこき使われてきたと知られる書店にとって、たしかに遠い昔だ。店のホームページには、「サザランは世界最古の古書店」と記されていたし、（前述したように店も変化はしてきたが）それにほとんどまちがいはなかった。

サザランがいかに格調高く、由緒ある書店であるのかを知らしめることに関して、ジェームスは創造的なアイデアと魅力的な記憶の源泉で、こうした記憶に関して彼こそ唯一の目撃者だった。

［訳註］　**バベッジ**：イギリスの数学者で計算機科学者のチャールズ・バベッジ（一七九一～一八七一）のこと。現代の電子計算機研究の始祖といわれ、プログラムができる計算機をはじめて考案した。

＊この状態を心から喜んでいたのがジェームスで、彼とコンピューターの関係は〝冷戦〟とたとえるのがピッタリだった。

司祭と信者が交互に祈りを唱えるように、ジェームスは自身が真実と信じる事実について、揺るぎない確信とともに折を見つけては繰り返してきた。そのおかげで、しまいにはみんなも一言一句たがわずにそらんじられるようになった。

「イーヴリン・ウォーは作品のなかでサザランについて語っているか?」。語っているとジェームスは断言していた。では、ウッドハウスは?［訳註］その答えはそのときどきで変わっていた。「サザランは王室御用達だったか?」。これもほとんどの場合、そうだと断定していた。だが、許可書はないので、失効してしまった。事故でなくしてしまったのだ。来歴を裏づける歴史的証拠は、ジェームスにとってヴィンテージワインのようなもので、理屈から言えば、特別な場合のためにとっておくものだが、そうした証拠を披瀝するほどの状況があるとも思えなかった。

「世界最古の古書店」についても、これまで主張してきた話同様、ジェームスははばかることなくそうだと唱えてきた。ペルーの書店から遠回しな脅しとも取れる連絡を定期的に受けていたからなおさらだった。そこには「世界最古」というタイトルは自分たちに独占使用権があり、サザランがそのように唱えることを彼らは侮辱と受けとめていたらしい。具体的な内容はともかく、サザランは、ある種の神秘な雰囲気と伝説のベールに覆われており、それらは「サザラン」というまぎれもなく豊かな遺産を備えた古書店の周辺のみでしか見ることはできない。そのせいもあり、店のホームページでは、サザランの歴史について、ある種の人たちには非常に魅力的なやり方で叙情を込めて記述されている。

研究者たちが店のサイトに集まってくるのもそのせいだ。彼らはフンの山にたかるハエのように集まってくる。古書店の多くは悪意とは無縁のこうした学者たちに根強い恐怖心を抱いている。数多くの資格を備えた大学の研究者は、骨の髄まで好奇心の塊なので、書店側にとっては、店の在庫や仕事内容、場合によっては帳簿から遠ざけておきたい存在だ。ジェームスの吟遊詩人めいたつきせぬ印象的な表現のせいか、あるいはサザランという看板とイギリス中に送られるカタログのせいなのか、勤勉な学者たちが確認したくてたまらない質問を抱えてサザランの入り口を目指して途切れることなく訪れてくる。

「依頼」と題されたメール、緊張した声音の電話、厳めしいレターヘッドの手紙はほぼ毎日のように店に流れ込んでくる。どの問い合わせもとりあえず丁寧な口調ではあるが、サイトの開設から二〇年にわたって苦心の末に整えてきた店の命運がかかる伝説の一端について答えを求めている。たとえば、『極楽鳥』を紹介している一八七一年のカタログを所蔵していますか？」とか、あるいは「ホーレス・マネーブラザーの生涯を調べています。ホーレスは一九〇一年にサザランの顧客だったはずですが、それに関する購入記録はありますか？」である。カレッジや大学が学期中だと、急《せ》きたてるようなこの種の依頼がさらに頻繁に寄せられ、書籍の注文や顧客の対応が追いつかなくなる。

きちんと調べて適切に回答するには、専任の人間一人では足りないぐらいだ。下っ端の見習い

［訳註］　**ウッドハウス**：イギリスのユーモア作家ペルハム・ウッドハウス（一八八一〜一九七五）のこと。代表作は「ジーヴス」シリーズ。

だったので、僕がその担当として試されたときもあったが、僕に任されたのはきちんと処理することが期待されたからではなく、僕に任せることで自分のデスクからこんなメールを追い払えると考えたのが理由だと薄々わかるようになった。肝心なのは、その仕事を誰か別の人間に渡してしまうことで、運がよければそんな問い合わせについてもう考えるのはそれっきりになることだと、最後には僕も確信した。

アンドリューから渡された依頼の調査について、どうして自分にはできなかったのか弁解がましく説明したことがある。そのときの彼の顔を僕は決して忘れはしないだろう。その調査は数日前、彼からじきじきに任された問い合わせだった。アンドリューは僕が口にする理由を理解できないような、まったく不思議そうな顔をしていた。彼にすれば自分がこの任務を与えたのだから、それがどれほどの艱難辛苦《かんなんしんく》をともなう調査であろうと、崇高な自己犠牲を払ってでも任務をなし遂げてしかるべきだと考えていたのだろう。

このような依頼に取り組んでもミスはつきもので、相手の求めている回答がないこともある。そうした質問はたいていの場合、時の彼方に消えてしまったもの、あるいは最後にサザランの人間が目にしたのが数十年前という忘れられた店の宝物にかかわるものだ。また、問い合わせ主とのやり取りが数週間におよぶこともある。そのたびごとに研究者はテンションを募らせ、やがて最高潮へと達し、ついにはずっと聞きたかったが、勇気が出せずにぶつけられなかったあの質問が口を突いて出てくる――「貴店の保存記録を見せていただくことはできますか?」。高まる一方の希望と押し殺された恐怖、そして静かな満足感が入り混じった奇妙な質問で、まるでチェックメイトに追い込まれ、逃げ場を失ったような感じだ。*

保存記録がないという事実はサザランでは公然の秘密だった。ここで言う「ない」とは携帯電話や財布をなくしたりするような意味での「ない」ではない。アトランティス大陸やバビロンの空中庭園と同じように、「失われた」という意味である。ジェームスは「戦争で焼きつくされた」とかたくなに主張して譲らない。

この件はサザランが創業二五〇年記念のイベントを控えていたことから、かなり大きな問題になっていた。おそらく、そのイベントに合わせ、店の誰もがうんざりするぐらいまでこの問題について議論を交わしたはずだ。アンドリューはビクター・グレイという学者に店の来歴に関する調査に協力を求めることにした。グレイは強い意志を秘めた研究者で、サザランの歴史について書き記すことをみずからに課した〔一〇七ページの傍註***を参照〕。

目標を達成するためグレイは、自身で見つけた店に関するこまごまとした資料を探し出し、規模こそかなり劣るがきちんとした保存記録を残してくれた。近隣や遠方の図書館や全国の自治体に残る店の過去を示す痕跡を徹底的に調べあげた。集めた資料は丁寧に整理したうえで残らず箱に入れられ、それぞれの箱にはラベリングがしてあった。感動を覚えるほどのかいがいしい仕事

＊保存記録まで調べようとする有能な学者や研究者にすれば、サザランのような由緒ある古書店に、きちんと整理され、もれなく記載された保存記録がないという事実は信じがたいと思う。専門家のこうした楽天主義は爽快なぐらいだ。

ぶりだった。そればかりか、できたばかりの保存資料を詳細に列記した小さな目録まで作ってくれた。労力を使い果たしたグレイは帰路についたが、満足がいく仕事ができたことにきっと喜んでいたはずだ。

読者のみなさんには、驚かないで聞いてもらいたい。この新しい保存資料もサザランはなくしてしまった。

いつなくなったのか正確には不明なままだ。知っているのは、何年か前、資料が置かれた部屋にある、別の箱にしまっておいた小さな印刷機を僕が探していたとき、暗いキャビネットのなかに資料を列記した目録をたまたま見つけたことぐらいだ。もちろん、好奇心にかられて手に取ってみたが、見習いだった僕のもとには例の調査依頼が殺到しており、それをこなしていく手段もなかったので、新しい保存資料がどこにあるのかアンドリューに聞いてみた。そして、誰も知らないことが判明する。もしかしたら、バーミンガムの倉庫にあったのかもしれないという漠然とした疑惑がいまもあるが、バーミンガムには店舗がなく、スタッフも常駐していないので、誰が好きこのんでわざわざそんな真似をするとはどうしても思えない。

22　予防措置

例の未確認生物〈スーツ姿の紳士〉が突然店内に現れた。店の入り口のドアを開けて入ってきた形跡はない。悪意に満ちた意図でもあるかのように、サスペンダーを鳴らしながら滑るように階段を進んでいった。まるで蛇のようだ。普段は二人連れのはずだが、この日はいつもより多い三人。だが、いつもと同じようにその身なりは非の打ちどころがないほど洗練されている。三人は政治関連書の棚のあたりでうろうろしていたが、そのうちの一人がまるでヒドラの頭が分裂するように仲間から分かれると、僕のほうにやってきて、これまたいつものようにアイン・ランドに関する本はあるかと問われた。

正しい棚に案内して、アイン・ランドの関連本を紹介する。そうしているあいだも三人は、強風に煽られている木のように体をもじもじさせたり、揺すったりしている。それぞれ順に本を手にしながら、輝くばかりの白すぎる歯並びを僕に向かってきらめかせると、次々に「これはみごとだ。ただただ、みごとのひと言につきる」と輪唱する。それからある質問を受けた。彼らがはじめて口にする質問だ。「時間がたてばこの本も傷んでしまうのか？」。本は新品同様でなければならない。店がどうやって本をそうした状態に保っているのか彼らは知っているはずだ。

古書店の店員は、本の収集の旅についたばかりの人たちから、本の手入れ方法についてよく質問される。大半の人は思っていた以上に本に資金を使ってしまい、本を大切にしたいのでそうした質問がおのずと浮かんでくるのだろう。どうすれば経年による本の傷みを押しとどめられるのか。避けようのない劣化はどうすれば押し戻せるのか。僕たち店員は自分が知らない何かを知っていると考えている。本に不死の命を授ける書店員ならではの秘術を知っていると思っているのだ。コレクションを始めたばかりの人を幻滅させてしまっては礼を失してしまうだろう。そこで、たいていの場合、僕たちは光に当たって本が退色する「ヤケ」について話すことになる。スマウグもドラキュラも光に対しては激しい嫌悪を抱いている。

店の窓際のスペースにはのしかかるようにそびえる棚があるので、店内からその日の天気の様子を知るのは以前から難しかった。〝大変化〟のあとも、おもな窓には背の高い棚をいくつか置いて、ある角度から差し込んでくる自然光はできるだけさえぎるようにしてきた。それでもとくに日差しの強い日、スモッグが和らいで、頭上から日の光が無残に降り注ぐ日には、店のスタッフが一〇フィート（約三メートル）のポールを手にして前の通りに出て、店舗のかたわらでいつもの作業に悪戦苦闘している姿を見かけることが少なくない（店内からでは誰も見ることはできないが）。

遠目には一方的な馬上槍試合にも見えるが、運に見放された騎士は、窓の上側の壁をポールの先端にあるフックでひっかけようとしては何度も失敗している。精緻な槍の舞いは通りの歩道全体をふさいで演じられるので、決して見逃すことはない。通りすがりの人たちは行く手を阻まれてしまうので、通りの反対側の歩道に渡ってよけなければならない。たいていの場合、いまいましい顔をして何かつぶやいている。

誰よりもこの作業を楽しんでいたのがジェームスだったのかもしれない。作業そのものは日の光に脅える書店ならではの慣習で、ジェームスは毎日、窓から日差しの照り具合を確認しては、ショーウインドウに陳列された本に危険な光が降り注ぎだすのを待っていた。そして、突然身をひるがえすと、店の薄暗い片隅に飛んでいき、何本もあるポールのうちの一本を手に取ると店の前の通りに出ていった。

店の正面にある日よけは、ギリシャ神話の工匠ダイダロスの手になるような巧妙なデザインで、使わないときは折りたたみ、レンガ造りの壁に収めて外からは見えないようになっている。そもそもこの設計を考えた建築家は、こうした使い方になんらかのメリットがあると考えていたのは明らかだ。だが、日よけを壁に隠し、まったくなじみのないポールでしか引き出せないやり方で得られるメリットとは何かがよくわからない。ポールをそっと扱って小さな穴にフックをかけなければ広げられない仕掛けになっており、操作は慎重を要するうえに、引っかけたら道路にまで出て日よけを確実に広げなければならない（まれにしか車が往来しないサックヴィル通りでも、車にはねられるリスクがあった）。こうして広げた大きな日よけで、日差しが本に当たるのを防いでいるのだ。

ただ、困ったことにこの独創的な装置の設計者は、いくつかの点を見落としていた。まず、ポールの片方もしくは両端で通行人を串刺しにせずに設置作業を完了させるのは、実際にはかなり難しかった点だ。第二に、日よけを支える支柱を完全に伸ばした状態にすると、身長一八〇センチ以上の人の頭にぶつかる高さになった。その結果、軽度の脳震盪《のうしんとう》を起こした長身の歩行者の山積みができあがるときもあった。*

僕が見習いとして働きだしたころ、日よけには見苦しい穴がいくつも開いていて、雨よけとしては十分ではなかった。〝大変化〟の際に日よけは新しいものに取り替えられた。しかし、その

＊こんなことがきっかけで、店に出入りするようになる客もいるのではないかと思う。

直後からそれが賢明な判断ではなかったことが明らかになる。それがなぜ悪いことなのかは、動乱の時代に明らかになった。雨が降り出すと、その下に人が集まって大声で電話をするようになったのだ。以来、「何事も決して修繕してはいけない」という教訓として、僕は心に刻んできた。

日よけの操作は、ジェームスがサザランに伝わる秘術を操るのを満足させるためだけではなかった(もちろん、それもまちがいなくあった)。人の体と同じように、稀覯本もほとんどの場合、もろい有機物からできている。続けざまに何時間も太陽のもとにいれば日焼けするように、稀覯本も無防備のまま強い日差しにさらされつづけていれば、本の劣化が始まってしまう。たとえば、〝大変化〟前の旧店舗のレイアウトでは、店の奥に大きな天窓が二つあり、メインフロアの奥のほうまで自然光が届くようになっていた。僕が入店したころ、その天窓はジェームスが茶色の紙をつぎはぎして作ったパッチワークですでにふさがれていた。古い書店に差し込んでくる陽光は、じわじわと焼いていく放火魔に等しいことをジェームスはわきまえていた。

現在、店の正面の窓には陽光を遮断するフィルムが貼られ、日中はできるだけ多くの本が直射日光を浴びないように店内の什器は配置されている。本によってはほかの本よりも傷みやすいものもある。おもな原因は次の二点だ。

①**赤と紫**　この二色が禁断の色とされるのは、一筋の光が当たっただけで染料が醜いピンクや茶色に退色してしまうからだ。とくに紫は茶色に変色することはよく知られており、ちょっとしたジョークにもなっている。気をつけないと、もとは紫の装丁だったことに気づかず、

カタログに茶色と記載してしまうことがある。

②ヴェラム　昔から子牛の皮から作られてきた皮紙。蠟《ろう》のようなきわめて独特の白い仕上がりで、製本の資材としては高価な材料だ。それだけに、気温の変化に弱い点がいっそう残念でならない。ヴェラムの本を明るいところに置いておくと、死んだ蜘蛛《くも》のように丸まってしまい、一度癖がついてしまうともとに戻せない。数カ月間、万力にはさみ、奇跡が起こるのをただ願うしかなくなる。*

光に当てないようにしておけるなら、本の保存の半分は成功したようなものだが、実はあまり満足できることではない。愛蔵書を地下室の暗い箱に閉じ込めてしまえば、本を目にすることができなくなる。底知れぬ誘惑の声に心惑わされて、最後には本を書架に並べるのは愛書家の業であり、こうして珍しい本がわずかずつ書架に加わっていく。

日光恐怖症《ヘリオフォビア》についてここまで話してきたとき、〈スーツ姿の紳士〉は大仰に手を振って僕の談義を中断させた。その場から離れていくと三人で手短に意見を交わしあい、ふたたび戻ってきてこう言う。「秘術はそんなに単純な方法ではないはずだ」と言って譲らない。本当の秘密を握っ

＊ジェームスはヴェラムを使った本は、残らず地下の給湯室の奥にある隠しキャビネットで保管することにこだわっていた。ときどき地下に降りていき、冷暗所に置かれたことで、丸まったヴェラムがもと通りになっているかもしれないと期待しているかのようだった。

ているはずにちがいない。「それを教えてくれ」と声をそろえて問い詰めてくる。執拗なプレッシャーにさらされ、いやいやではあったが、ブックオイルが使えるかもしれないとそれとなく教えてやった。

店でそのオイルを「ブックオイル」と呼んでいたのは、成分表が仕入れ先によって門外不出とされているからである。スフィンクスのように謎めいた仕入れ先のひとつで、電話番号とそのイニシャルが載ったボロボロの電話帳でしか連絡を取ることができなかった。そして、当の電話帳はアンドリューのデスクで書類といっしょに積まれていた。*

ブックオイルは、褐色の分厚いガラスでできた無印の瓶に、ブックオイルであることを示すラベルとともに、おそらくそれと思われる有効成分名が貼りつけられた状態で店に届いた。ヴィクトリア朝時代のチンキ剤のような雰囲気があったので、サザラン家の人たちがオーナーだったころも大満足していたはずだと思う。ひと吹きすれば馬も倒れるほど強力で、店に入ってきた客はその日の一日、誰もがずっとハイな気分で過ごせた。

オイルは表向きには革を処理する薬剤で、かつてはサザランでも売っていた。安全で効果的な使い方を唯一知っているジェームスは、「布の切れ端やボロ布に少量取って塗り広げるのが理想的で、それ以上布にオイルを吸わせてしまうと、効果も何もあったものじゃない」と実際的なアドバイスをしていた。正しい使い方をすれば、色あせた革装に新しい命が吹き込められるのだから、若返りの泉だ。

ジェームスは、「量は少ないほうがいい」とも脅すような調子で言っていた。しかし、オイルの量が少なすぎれば、致死性があり調整されていないガスに無駄に身をさらしただけの結果になり、逆に使いすぎれば、乾くまでに何年もかかるようなベタついた液体に本を溺れさせてしまうことになる。正直に言うと、たとえうまくいっても、油が革になじむまでに一〜二日はそのままにしておき、それからようやく棚に戻せる。しかも作業の途中、オイルのせいで何かが起きないという保証はどこにもなかった。そんな結果になっても、サザランでは返金には応じなかった。

サザランでは数年前にブックオイルの販売をやめた。毎晩のように来ていた地元の郵便配達員がある晩、爆発するかもしれないものを郵送するのは違法だと教えてくれたからだ。その話を聞いて激論を重ねた末、最後の数本は安売りして処分し、その後仕入れはやめることになった。販売中止に不満を抱えたお客から問い合わせの電話がいまだにかかってくる。興味深いのはこうした電話を寄こす客の多くが、自然保護に関する会話に妙に興味がある点だ。こうしたお客には信頼できる仕入れ先から入手した別の商品を勧めている。オイルよりワックスに近いもので、開封したときオイルのようなクラクラする気分は味わえず、どういうわけかお客の病みつきぶりもオイルほどではない。

さて、以上のような保存方法でも物足りなければ、もうひとつ方法がなくもない。サザランのギャラリールームには、前述したように巨大な金庫がある。台数は二基。この建物が作られたと

＊この電話帳は、僕も一時期管理していたことがあった。しかし、なかを見ても僕が知りえたのは、供給元についてはは本当に何も知らないという事実にすぎなかった。

きに設置された金庫で、レンガ造りの壁のなかにはめ込むようにぴたりと据えつけられていたので、撤去を依頼された業者はその出来栄えにむしろ笑い転げるほどだった。どちらも複雑で巨大なタンブラー錠を備えたタイプで、サイバー犯罪がはびこる時代には実際に使うことが推奨されそうな金庫であるのは、この金庫を破るために訓練する者など誰もいそうもないからだ。

二基のうち一基は二〇一八年以来扉を開けていないので、誰も開け方を知らないのはなんとももったいない話だが、そこから何か必要なものを取り出す日が来ることを僕は恐れている。デリケートな本を傷めるものから遠く離れた場所に保管しなくてはならないとき、本は暗闇へと降りていき、仲間とともに金属製の牢獄で日々を過ごすことになる。この保管法は本の老いを癒やす治療法にはならないが、ほかのどんな保管法よりも優れている。

こんな話をお客たちにすると、相手から「自分も同じような予防措置を講じるべきか?」と聞かれるが、この質問に僕はこんなふうに尋ね返す。「では、なぜ本を買おうとするのですか?」。返事が本を楽しむことに関係しているなら、僕は光が閉ざされた独房に本を入れ、二度と扉を開けないようにする保管法は勧めない。なぜなら、本とはアートのひとつの形態であり、アートは五感で感じるものだからだ。時間の流れを止める方法などないし、最後には破損してしまうのを阻む手段もない。本をしまい込み、誰も鑑賞しなかったとしても、そうした本もまた人間と同じようにいずれは塵《ちり》と化してしまうのだ。

僕たちが店でやっているのは古書店ならどこでもやっていることであり、次の持ち主が現れるまで、本を確実に生かせておくことなのだ。誰にでもできるのは理にかなった予防措置を講じることなのだ。火に近づけてはならない。水たまりに落としてはならない。そして、本というものを心から楽しむことなのだ。

23　サックヴィル通り界隈

サックヴィル通りには、常の世とはまったく異なる世界の雰囲気が漂っている。と言ってもいたずら好きな妖精やきらきら輝くユニコーンのようなものではない。その雰囲気はたとえば、子供に近寄ってはいけないと厳しく命じるような、奥深い田舎に残る得体の知れない石塚、あるいは代々家に伝わる歯をつないだ首飾りを見て思い浮かべるような一種異様な雰囲気だ。

ヘンリー・サザラン商会は一九三〇年代、老朽化で取り壊される寸前のそれまでの建物を逃れ、いまあるサックヴィル通り二の五にある店舗に移転してきた。借りたのは「サックヴィルハウス」と呼ばれるジョージアン様式の立派な建物で、当時サックヴィル通りの麗々しい再開発事業の第一歩として宣伝されており、最初のテナントとしてサザランは喜んで入居した。移転事業は、にぎやかなピカデリーの旧店舗から本（と棚）を人通りの少ない通りに残らず移すという思いきった決断がともなっていた。以来、今日にいたるまでサザランはここで店舗を構えてきた。

もちろん、通りのほかの店舗のように、再開発で約束されていた通りのアップグレードという恩恵にはあずかれず、時が止まったような通りにサザランはひとり取り残された。この通りは、開店と閉店を一カ月で経験するという不幸に見舞われたレストラン「サックヴィル」のように、多くの新興企業の没落を先導してきた。想像されるように、サザランにすれば、こうした興亡は一瞬の瞬きであり、店舗に掲げたプレートに名前を入れるのにいくらかかったかを考えれば、恥ずかしいことでもある。

界隈で人や会社が出入りを繰り返しているので、隣人が何者か突きとめるのが難しい場合がある。ロンドンの多くの通りと同様、このあたりでもさまざまな建築様式の建物でごちゃごちゃしており、新進気鋭の起業家の頭のなかから、前衛的なアート作品が生まれることもなくはなかったが、展示された作品は入念に練られていないアテネの神像のようだった。たとえば数年前、段ボールで巨大な両脚を制作し、それを自室の窓から通りに向けて突き出そうと決心した人物がいた。その両脚の本質（もしくはその建物の本質かも）について芸術的な点からたしかに大胆な論評がされていたが、だが、その脚をどんなに見つめても、何が起きているのか、誰も正確にはわからなかった。

しばらくして、ロンドンの半永久的に続くような霧雨の時期を迎えると、脚は雨を吸って徐々にゆがんでがに股になり、しまいには放置された自転車ラックにまたがる恐ろしい怪物になってしまった。最終的に展示作品は、白いつなぎを着た疲れた顔の男性によって撤去されていった。思い入れたっぷりに制作された作品が死を迎えるたびに、その亡骸を始末するために現れる人間のように思えた。

二番目に近い店の隣人はサザランの上階のオフィスに入居している会社だ。もともとサザランの中二階だったスペースだが、店が手放してからもう数十年になる。その後いろいろな会社がここに入居してきたが、見かけるのはほんのたまにでしかない。そのたまの機会というのがほこりにまみれた本を一度にたくさん開いてしまい、そのせいで火災報知機が作動して、ビル全体に警報音を鳴り響かせてしまったときだった（こうした誤作動がよく起こるのだ）。また古い建物なのでちょっと変わった仕掛け――緊急避難用のトンネルがあり、そのトンネルは上階の会社がある部屋に直接つながっており、いざとなれば深海から現れる伝説の巨大イカ「クラーケン」のように、いつでも上の会社に現れることができる。上階の住民はこのトンネルの存在に気づいていないと思うので、完璧なタイミングを見計らっていつか脅かしてやろうと考えている。

通りに出ると新聞販売店がある。時間の経過も家賃の高騰も湿度の上昇も、この販売店を追い払うことはできないようだ。ここで働いている人間は未知の環境要因に応じてだいたい一年か二年で入れ替わっているが、たぶん鮭が回遊するようなものだろう。新しい人間が働き出すたびにサザランとの絆を深めるためになにがしかの贈り物をしようとたくらむ。善意からかもしれないが、こちらとしては結局、不幸をもたらす贈り物になってしまう。

最近、ここで働くようになった連中は、サザランは空の段ボール箱を必要としていると勝手に決めつけ、山のような空箱を頻繁に持ってきては店の入り口の前に積んでいく。飼い猫が捕まえたコウモリを家に引きずり込み、ご主人様にプレゼントするような感じだ。彼らがどのようにしてこんな結論にいたったのか知らないし、どんなに熱心に説明してもこの行動をやめさせることはできなかったので、唯一の礼儀として段ボール箱の海で溺死することを決意した。

店の反対側にあるのがマイアー&モーティマーだ。葬儀屋のような店名だが、実は仕立ての世界ではかなり有名な店で、ピカピカのボタンで知られている。店に誰かが入っていく姿も出ていく姿も見たことはないが、一度だけ小包を届けようとしたことがあった。しかし、親方の威厳とともに裁ちバサミを操る門番があまりにも不機嫌そうだったので、店を通り抜けられなかった。

稀覯本を扱う古書店とテーラーは奇妙な共生関係にあり、注意深く観察すると、ビジネスとしてはしばしば同じ生態系に生息しているのがわかる。だが、古書店とテーラーが話を交わすことはほとんどない。僕たちのジャケットの肘当てが自然の摂理に対する冒瀆だと考えているようだが、僕たちにすれば新しいスーツを仕立ててもらう余裕はないだけなのだ。それにもかかわらず、高価な稀覯本を買う人は、三つぞろえのスーツを新調できる人が多い。つまり、古書店とテーラーとは、客をめぐってはバランスのとれた関係にあり、その運命はたがいに結び合っているはずにもかかわらず、両者は決して触れることができない運命にあるのだ。*

サックヴィル通りにとって路面店が圧倒的に不足していたことが黙示録さながらの終末だったとすれば、弔いの鐘はつい最近まで車を乗り入れられない事実ということになる。ロンドン中心部の複雑な一方通行というシステムの犠牲になっていたのだ。どの地図を見ても、この通りまで車で行くには、曲がりくねった路地と狭い街角を通ってたっぷり三〇分はかかると書かれている。だから、たまたまでもなければタクシーでさえサックヴィル通りには現れなかった。

近年、地元議会が打ち上げた〝再活性〟を目的にした仰々しい計画にともない、ここを通る車の進行方向を逆転させることが決まった。理論上、サックヴィル通りに行くのは簡単になるはずだったが、それから一年、人びとは好きな方向から通りに入ってくるようになり、その結果、行き当たりばったりに車を停めだし、通りは寸断され、タクシーは何度もハンドルを切らなくては進めなくなってしまった。

ところで、〝大変化〟の際、家賃の高騰に対処するため、店舗の一部を貸し出した話はすでに触れた。そのとき店がなんとか募集できたテナントについて想像できるだろうか。改装の最中、メインの店舗部分と別に一定のスペースを仕切ったのは、哀れな人をだまして大枚をはたいて借りてもらっても、店としてはそれまでと変わらない規模で営業が続けられるという腹づもりがあった。そこで、十分な資金力があり、なおかつサックヴィル通りにまつわる伝承に疎そうな相手に目をつけて、テナントを探すことになった。その結果、たどりついたのがバイタル・イングリーデントというチェーンのサラダバーで、その後数多く現れることになる潜在的犠牲者の第一号だった。

サザランのスタッフは数カ月前から、店の一部がサラダバーになることを客に知らせなければならなかったが、バイタル・イングリーデントは実際のスペースをちらりと見るや、そのまま夜の街のなかに消えていった。その後、アパレルショップ、期間限定のワインバー、お化け屋敷などさまざまなテナント候補を相手に同じような失敗があいつぐ。一歩足を踏み入れてしまうと、

＊この原稿を書いているとき、マイアー＆モーティマーが移転すると知った。悲しいことだが、そのあとにワインバーができるらしいと知って気を取り直した。テーラーはほかにもあるが、サザランにとってテーラーとはマイアー＆モーティマーを意味するのはまちがいないと思う。

悲しいトロンボーンの音《ね》を響かせて話はそこで立ち消えとなった。

お断りが続くのはおそらく物件の内装と関係があったのだろう。書店スペースのほうは少しずつ手を加えられていき、本屋らしくなるように修繕されていたが、貸し出そうとしていたスペースは、魚のように内臓が抜かれ、手つかずのまま放置されていたからだ。棚(と床)は剥ぎ取られ、天井からは配線が何本もぶらさがって心配になるし、配管にいたってはまったく通っていなかった。要するに、サザランが貸し出そうとしていたのはお化け屋敷だった。

問題をさらに厄介にしていたのは、このスペースができてから数カ月もすると、サザランのスタッフが忍びこんできては、少しずつ奇妙なものをここに置くようになり、その結果、古い家具や半端な骨董品、怪し気な黒バッグ、たがいに押しつけ合ってきたアクルリ樹脂製の巨大なブックスタンドの王国ができあがっていた。

借り手を探す冒険の旅は何カ月にもおよび、そうしているあいだも引きも切らずに人がやってきて、「それであの部屋はどうなった?」とにこやかに聞かれつづけたが、そう聞く当の本人は、あのスペースが見捨てられたホラーショーであることをよく知っていた。やがて、神様が憐れんでくださったかのように借り手が見つかった。ザ・リアルマッコイズ[訳註]という日本のアパレルショップだった。ここの状態をマイナスとは見ずに、むしろ自分たちはチャレンジャーだと考えており、興奮した面持ちで入居してくれた。内装の飾りつけはこれ以上ないほどの離れ業の連続(サザランの古い本棚も利用)で、本当にすばらしいショップに変身させ、実際本当にうまくやっていると僕も聞いている。いまはなきヘンリー・サザランもきっと喜んでくれるはずだ。もちろん、革ジャンがきっとよく似合いそうだからという理由だけではない。

24　泥棒たちと盗賊《とうぞく》改方《あらためかた》

ピーという音が繰り返し聞こえる。勇気を振るってなんの音か聞いてみるまで三〇分もかかった。店の入り口あたりから聞こえてくる、くぐもったような小さな音だが、店のみんなそれを無視している。もしかしたら、自分の耳鳴りのせいか、あるいは何かの機械が不調なせいなのかもしれないと考えながら、そっとジェームスのところに行って、「何か音がするけどだいじょうぶ？」と聞いてみた。

おかしいのは自分でもわかっていたが、変だと思われずに聞くには、なんと尋ねればいいのかわからなかった。だが、明らかにみんなにも聞こえているはずだ。午前中から経済学の棚の前に潜んでいたあの〈スーツ姿の紳士たち〉まで、まるで犯罪現場を取り押さえられたみたいに慌てふためいて周囲を見まわしていた。タブロイド紙の束から顔をあげたジェームスは、もじゃもじゃ眉の眉間に皺《しわ》を寄せて店の入り口のほうをにらむと、この気がかりな音の正体にはたと気づいたようだった。入り口のほうに行くと、そこにかけられた布を取り除いた。現れたのはプラス

[訳註]　**ザ・リアルマッコイズ**：ザ・リアルマッコイズ・インターナショナルのこと。ミリタリーやアメリカンカジュアル、モーターサイクルウェアの製造・小売をおもに行っている。

チック製の棒のような一組の装置だった。古めかしい感じだったが、万引きを発見する装置のようだった。ジェームスがすばやくひと蹴りを入れると音はしだいに静まり、最後に哀れな声をひとつあげると、それと同時にやんだ。

ロンドンの古書店に入ると、ケースの大半はガラスで覆われ、勝手に開けるのを防ぐためにケースはしっかりと閉ざされていることに気がつく。サザランの上階部分、つまり一階のフロアもその点は同じで、ケースというケースに鍵がかかっているので、お目当ての本を見るには店のスタッフに開けてもらわなければならない。こうしたやり方は店では昔からいろいろ言われてきた。ケースにしまってしまえば本を見たがる客を遠ざけると考えるスタッフがいれば、「この店を泥棒の巣窟にしたいのか」と反論するスタッフもいる。

だが、稀覯本は万引きのターゲットとしてはきわめて不向きだ。理由はいろいろだが、いちばんの理由は古書業界がきわめて狭いからである。珍品このうえない一点物の古書を盗み出せたとしても、転売先に向かう道なかばで半径一〇〇マイル（約一六〇キロ）圏内の古書店に盗まれた事実がもれなく知れわたっている。地元の古書店協会にメールをすぐに送るだけで、潜水艦の探針音《ピンガー》よろしく、特定の書籍が消えた事実を知らせる警戒のメールが四方八方の古書店に発信される。古書店は格別に高価な本を大量に扱うことはないとはいえ、展示している本をベッドに行く前に確かめるのは、自身が有する経済的利益を確認する権利だと考えている古書店は多い。したがって、用心深い泥棒は、買ってくれる人間を見つけるまで、盗んだ本を長いあいだ置いておかなければならない。

キャリアを積んだ泥棒は、図書館や施設にある本をターゲットにする場合のほうがはるかに普通だ。蔵書は書店よりも多いうえに職員に課されている負担が大きいので、本が紛失しても数週間から数カ月のあいだその事実に気づかれない場合もある。その間に泥棒は本を処分して利益を得、霧のなかへと姿をくらます。

それでも、手っ取り早く売りさばき、どんでん返しを狙う日和見主義者が書店の棚の陰には少なからず潜んでいる。そのためにサザランの階段上に置かれた小さなデスクのうしろには、数枚のピンぼけ写真が貼られている。ジェームスが貼ったえり抜きの写真（店にある旧式のＣＣＴＶのカメラで撮影された）だが、ガラス製のハンマーみたいにものの役に立たない写真だ。ジェームスの話では写真に写っている人物は、盗みを働こうとして彼が捕まえた地元の泥棒たちだという。「奴らとは直接対決するのではなく、あとをついてまわる」と詳しく教えてくれたうえに、どうやって彼について店のなかを回るのかその技まで実演してくれた。その技とは自分の手が何をしているのか絶えず相手に見えるようにしておき、一見すると本に関係する仕事に無邪気に没頭しているように見せる点にあるのがはっきりわかった。

そして、こんな技をもっぱら駆使する標的こそ〈カカシ男〉にほかならなかった。一か八かの運試しのために定期的にサザランにやってくる男で、ジェームスは個人的な恨みのようなものさえ抱いていた。たいていの場合、〈カカシ男〉の来店に先立って、古書店協会からこの男が現れたという連絡があった。界隈でその姿が目撃されると、やれやれとばかりに通知する習慣が協会にはあった（その習慣はいまも続いている）。

〈カカシ男〉はいつもロングコートを着ており、忍び込むように店に入ってきた。こうして追いつ追われつのゲームが始まる。本人を前にCCTVの不鮮明な写真に目を落とすと、なんとなく似ているような気がしなくもない。顔にうかがえる最大の特徴はその目だ。眼窩《がんか》の奥底に深く沈んだ目は、いつも陰に飲み込まれている。大きなつばの帽子を被ってきたり、長いスカーフを巻いてきたりするときもあったが、カカシ男が店の敷居をまたいだ瞬間を察知できる第六感がジェームスにはあり、時には店に入ってくる前に予知することさえあった。何か不快なものが漂っているかのように、ジェームスが首をかしげて立っていると、不吉なことが起きつつあると知ることができた。*

どんなところにも〈カカシ男〉のような生き物が潜んでいるので、店は店でセキュリティーについて考えておかなければいけない。サザランの店内の隅々に置かれている展示ケースは先の改修工事の際、インテリアデザイナーが惚れこんで処分を免れたもので、それぞれのケースには盗難を防ぐために小さな鍵がついている。しかも、そのほとんどは特注品だ。鍵を作ってもらった会社はいまでは存在しない。店で働きだした最初の週に店内を案内してもらった際に、ケースを開ける鍵をまとめたキーホルダーを二組見せてもらった。ただ、束ねられた鍵のすべてが使えるというわけではなく、それぞれいくつかの鍵が使えるだけだったようだ。双方のキーホルダーには五〇前後の鍵があった。どちらもまったく同じわけではなく、やはり大半の鍵は使われていなかった。とはいえ、いつか必要となる場合に備え、そうした鍵を捨てる勇気を持ち合わせているスタッフは誰もいなかった。

ほかにも、サザランのそれぞれのデスクには鍵をランダムに集めたコレクションが置かれていた。店中の箱やドアや錠を開ける鍵だと思われた。そのなかにはラベルが貼られているものもあったが、ラベルがあるからといって、ラベルがない鍵より役に立つかというと、実はそうではなかった。ロンドン・リンネ協会で購入した展示ケースの鍵のラベルには「リンネ」と書かれているだけ、こんなラベルで展示ケースが見分けられると思っているようだった。

重要な鍵なのにキーホルダーからはずされていたものがあったのは、似たような鍵と勘違いしてしまうかもしれないからで、はずした鍵はまったく別の場所に隠されてしまった。もちろんスタッフには悪気はなかったが、そのせいでいまにいたるまで開けられないケースもある。隣のケースを開け、隙間から本を差し入れたり、あるいはケースの背中のほうから入れたりしている。

大切な本は施錠可能なケースに入れる、自宅に置いておく、四六時中デスクから離れず、食事中も棚に目を光らせてデスクで食べる――書店員ならそれぞれ本を守る独自の方法を編み出しているはずだと思う。僕が入店する前、サザランでは一時期電子タグを導入したことがあり、万引きした本を持って店を出ようとするとアラームが鳴る仕組みを整えたと聞いた。だが、箱に入ったままの未使用のタグを見つけ、店にある本という本にタグをつける作業がいかに大変な作業

＊結局〈カカシ男〉は刑務所でしばらく過ごすことになったと聞いた。だが近年、通りをふたたび徘徊する姿が目撃されるようになり、しかもその頻度は増えつつある。この原稿を書いている時点で、〈カカシ男〉の存在は古書販売に取りついた悪意に満ちた禍々《まがまが》しいマスコットのようなもの、あるいは空恐ろしい怪物や干魃《かんばつ》をもたらす水妖《ナックラヴィー》のような悪運を振りまく邪悪な霊に変身を遂げつつある。

だったのかと気づいた。

僕は個人的に「徹底混乱戦術《トータル・コンフュージョン》」とでも呼ぶ作戦を立案した。担当する高額本をデスクに置き、レファレンス関連の本とシャッフルして積んでおくという作戦だ。この作戦は、（a）ありきたりな泥棒には高額本とそうでない本の区別がつかないこと、（b）一方、やる気満々の泥棒は、鍵がかかったケースがいっぱいでも、無施錠のデスクの引き出しに高額本を置いている店員はいないはずだと考えるだろうという見立てにもとづいていた。僕自身、はじめて目にする本の価値がどのくらいかひと目でわからない以上、万引き犯が僕の目の前で本を盗む程度の時間で、その本の価値をたちどころに見抜けるわけはないと考えている。

店から消える本はてんでバラバラで、値段も判型にこれというパターンがないのも、きっとそのせいだ。目立つ棚から本が消え、行方について誰もきちんとした説明ができない場合、その本は万引きされたと考える傾向が僕たち書店員には認められる。*

25　書見台効果について

過去数年、店で売るために運び込まれた骨董品のなかでも、実に厄介で場所ふさぎになってしまったものこそあの書見台「一一四ページの図参照」ではないかと思っている。扱いにくさの点ではこれにまさるものはなかった。高さは五〇～六〇センチほど、木製のゴシック調のものだが、使命感みなぎる説教師がそこに向かい、人生の選択をめぐって信徒たちの気を滅入らせるには十分なスペースがあった。『聖書』を置く面は羽を広げた大きな鷲の彫刻で支えられていた（手が自由になるので、説教師は激しい身ぶり手ぶりで教えを説くことができた）。この鷲の彫刻は、信仰の場において信者が期待するように雄弁ではあるが、すぐにはわからないメタファーだと僕は理解している。翼と死が飛び交う頭上から、聖なる神の爪が舞いおりる様子を意図しているのだろうが、古書店に入ってくるなりくちばしを突き出した神の怒りに直面して、店に来た人たちはギョッとしていたようだ。

書見台が店に届いたとき、奇襲を受けたように思えたのは、その少し前、アンドリューがヨーロッパのオークションで購入したものにもかかわらず、当の本人が仕入れたことを忘れていたからだ。店に荷物が届くまで、経理部には黙っておきたくなるような買い物だった。落札したときにはいいものに思えたとアンドリューは言っていたが、大陸を横断してサックヴィル通りに運ばれてきた以上、持ち帰ってもらうなど絶対にできない。それだけでなく、この仕入れがよかったのか悪かったのかと論じても意味はない。そして、書見台は店を入ってすぐの場所に置かれた。あまりにも重くてやむなくの判断だった。

なんとか売ろうと手をつくしたが、書見台は売られていくのをかたくなに拒んだ。値札がすぐ

＊数年後、消えていた本が別のコーナーから現れることもあるので、僕たちの判断は正しくもあればまちがっている場合もある。だが、最悪の事態を想定しなければ捜索は打ち切れず、その本を探すのをやめることができない。時いたればその本がおのずと現れる道を用意することにもつながる。

に落ちてしまい、下に置かれた箱の底をのぞいてまで数字を確かめる客がいなかったばかりか、フォークリフトを持参して持ち帰ってくれる客もいなかった。しばらくのあいだ、お客にも迷惑をかけていたが、歩行器でやってくる例の〈エンシェント〉のような常連客は、店に入ってくる流儀を変えようとはせず、迷子になったロボット掃除機のように頑として以前どおりのまま店に入ろうとあがいた。だが、ゆっくりとではあるが数カ月をかけて書見台の軍門にくだっていった。

同化は忍び足で始まり、肉眼ではその変化はほとんど感知できない。箱を持ちながら一心不乱に仕事に集中しているさなか、何か用事を思い出し、箱を置かなければならないときがある。急いでいるし、あたりの床は本でいっぱいだ。そのとき、高価な売り物ではあるが書見台の上にちょっとだけなら箱を置いてみてもいいのではないかと考える。誰も気づかないだろう。

そしていったん店を出て、書痴という病に取りつかれた人たちの相談に応じる。二、三日して店に戻ってみると、そこには売り物として書見台はなくなり、什器と化した台だけが置かれていた。こうしてあの書見台はあとかたもなく店に吸収されてしまった。

サザランは骨董品という売り物が祀られた墓場であり、それらの品々は什器の一部になってはならない。店が改修工事をしていた最中、ガラス製の鐘のなかからデーブが見つかった。動かなくなった旅行用携帯時計《キャリッジクロック》の裏に置かれていた——時計は毎週ジェームスがハンマーを使って〝修理〟をしていた——厚いほこりをかぶっていたので、すっかり背景に溶け込んでいた。床に置いてひと拭きしてみると、そのなかに剝製のフクロウ［二一〇ページの図参照］が隠されていたのだ。このフクロウに名前を授けようと思い、僕はクリスに命名を頼んだが、これがとんだまちがいだった。てっきり、「アロイシウス」のような異彩を放つ名前で落ち着くものと見込んでいたが、クリスが授けたのは「デーブ」という名前だった。かくしてフクロウのデーブは、非公式ながらサザランのマスコット的存在として、スタッフチームの一員に加わることになった。

鐘のなかには装飾として植物があしらわれていたが、すでに腐ってしなびており、ふしくれだったワラビのようになっていた。デーブの羽は幽霊のように真っ白だった。クリス――当店専属の博物学の専門家――が鳥類学にもとづいて調べたところ、デーブはフクロウ目メンフクロウ科に属するフクロウで、アルビノ化は加齢によるものだと判明した。そもそもデーブがどこから持ち込まれたのか誰も正確には知らなかったものの、大昔のサザランで働いていた責任者が保管のために預かったという説もある。

いずれにせよ、いまやデーブはサザランのものとなり、僕たちのマスコットだ。たとえクリスがデーブのことをあまり好きではなく、誰も見ていないところでいつも誰かに売ろうとしていてもだ（うまくはいっていない）。それに、不気味なオブジェが身近にあっても、それでスタッフの士気が高まるなら、それでよしとすることを学ぶのも、管理者たる者が負わなくてはならない重荷のひとつなのだと思っている。

ところで、店に入ってきて目を凝らしてもらうと、入り口のドアの脇に一対の胸像〔二四六ページの図参照〕が置いてあることに気がつく。ジェームスはいつも、ひとつはシェイクスピアの胸像だと言っていたが、詩的な表情をした髭面の男なら誰でもシェイクスピアに見えてくる。もうひとつは『失楽園』を書いた詩人ジョン・ミルトンで、こちらはもっぱらその不機嫌そうな表情からすぐに見分けがつく。いずれもかつては販売するのが目的だったが、最初の一体はシェイクスピアだと証明できず、また後者は誰が見ても不満げな表情をし、その結果、売れ残ってそれぞれの個性を十分すぎるほど育むことになってしまった。店では季節によって二人に帽子を被せたり、マスクをかけたりしている。

ミルトンの気難しさが鼻につくときは、ドアストッパーとして使うこともある。だが、たいていの場合、二人を引き離すことには抵抗がある。生涯をずっと同じ冊のなかでともにしてきた二頭の動物のように、離ればなれになると寂しい思いをするのではないかと感じている。どんなものでも、目にとまる場所に置かれつづけていると、それ自体が店の一部になってしまうのだろう。店のキャビネットのなかや棚の上には、どこにでもなにがしかのものが置かれているが、それらはかつて誰かにとって大切なものであったはずだが、いまではすっかり影を潜めて店の背景に溶け込んでいる。おそらく、これが古書店ならではの魅力のひとつなのかもしれない。どんな本でも骨董品でも例外ではない。

26 上水道

毎日五～六人の人がサックヴィル通りを歩いて通う。自分がそのうちの一人だったとしよう。そして、進行方向に混乱をきたしたタクシーにひかれるのをなんとか避け、またサザランの日よけに吊るされることがなければ、通りの先の舗装が店の前と違っていることに気づくだろう。

うっかりミスと思われそうだが、サザランの前はコンクリートと正方形の分厚いガラスの組み合わせで舗装されており、上からのぞき込んでみると、どのガラスも何十年もの年月をかけて蓄積された汚れのせいで灰色に変わっている。もっとも、気になって二度見しようという通行人はいないだろうが、なかにはわざわざガラスを踏みつけていく人もいる。

　地表の奥深く、ガラスパネルの一部を通して、日の光が店の下を通る廊下に差し込んでいる。珍しくはあるが、実用的ではないこの建築の特徴は、かつてサザランの従業員として地階で働いていたノット氏という人物によるという話が伝えられている。（この伝説が本当なら）頭上にガラスパネルを欲しがったのは、ノット氏なりのいささか淫らな理由があったようだ。伝説の真偽はともかくとして、このガラスを設置した人物は建築家として失格だった。数年のうちに汚れが層をなしてガラスを覆い、差し込む光はやがて薄れ、地下の廊下は薄暮に閉ざされていった。下から手を伸ばして掃除できるほどの高さのハシゴはない。つまり、ありがたいことに掃除をする必要もないが、記憶にあるかぎりこれらのガラスは汚れたままだ。下から見上げると、まるで土牢に閉じ込められているような気分になる。

　やがてノット氏は鬼籍に入《い》り、ガラスを敷石として使ったそもそもの意図は忘れ去られた。しかし、変わらなかった事実もある。それはロンドンのような街の通り、またサックヴィル通りのような歩行者の少ない通りでも、建設資材としてガラスを用いるのはきわめて不適切であるという現実だ。頭上からは絶えず踏みつけられる音が聞こえ、地下は地下でいつもガラガラと音が鳴りつづけ、ガラスには少しずつヒビが入りはじめる。

その結果、雨が降ってくるたびにヒビの隙間から水が漏れしたたり、地下にまで流れ込んでくるようになった。ロンドンでは一時的に激しく雨が降るときもあるが、そうした場合はポタポタと雨水がしたたり、地下ではわずかな湿り気として現れ、冬になるとさまざまな支流ができて床にまでチョロチョロと水が流れ込んでくる。その際、かならずと言っていいほど照明のスイッチが流れに巻き込まれてしまう（スイッチを設置した電気技師は、晴れわたった夏の日に作業をしたにちがいない）。そのため、サザランたりとも冬はとくに陰気な雰囲気に包まれてしまう。床に達した支流は合流してひとつの流れになり、傾斜をくだって給湯室のあたりで池となる。

この問題に対して〝有効〟な解決策も講じられてきたが、わずかに二回、たったの二回しか実施されてこなかった。

まず、家主に苦情が出された。遠くのオフィス街にいる顔の見えない相手に届くまで、店のスタッフは繰り返し不平を言いつづけた。こんなふうにして伝えられた苦情は、一種のまじないのように働くもので、一人の老人が修理のために召喚された。だが、老人が手にしているのはウレタンボンドの入った小さなチューブだけで、ほかにこれという道具を用意している気配はまったくうかがえない（現れるまでに三日かかり、待機が永遠に続くのではないかと思いはじめたころにやってきた）。

老人は来意を告げようともせず、作業に取りかかった。その様子は窓越しに見ることができた。相手は路面に目を凝らしながらシーシーと歯笛を吹いていたが、そんな様子は客を失望させることは請け合いと心得ている職人の流儀だった。道に立って路面を見つめていても不審に思われないぎりぎりの時間までそうやっていると、やがて、やれやれとばかりにため息をつき、隙間という隙間をシリコンでふさぎはじめた。だが、老人が立ち去ってしまうやいなや、ロンドンの地下を揺らす鳴動がその努力をなきものにしようと図り、数日後、ガラスのパネルからは以前と同じように水がしたたるようになった。

この老人については、店の誰も氏名も資格も確認していなかったので、もしかしたら大家とはまったく無関係の時間とウレタンボンドを持て余した悩める地元の住民だったのかもしれない。その可能性に気づいて以来、僕は夜ごとそれについて考えてしまうようになった。

さて、もうひとつの解決策とは何か？　バケツだった。ジェームスは容器をため込むのが好きだったので、雨が降りはじめると種々雑多のバケツやボウルを次から次に取り出し、記憶にしたがって水がしたたってくる場所に注意深く並べていった。雨がよく降る季節になると、地下通路は半分の水がたまったバケツがずらりと並ぶ障害物競走のコースとなり、そこをホップ、ステップ、ジャンプしていかなくてはならなかった。

本をいかに湿気から守るかが商売の基本である点を踏まえると、実際のサザランはいつも湿気にさらされている環境にあるように思えた。僕が見習い修業に入って数年したころ、一階入り口正面の半円アーチ周辺の平屋根部分に水がたまりはじめるようになった。排水パイプがあったが、たった一本きりで口径も十分ではなかったうえに、そのなかに雨水で流れてきたゴミがたまってパイプをふさいでしまった。最初、問題は誰にも気づかれることなく進行していったが、募っていく湿気のせいで悪臭を放つようになっても、どこから臭うのか場所を特定できなかった。ある晩ついに、店の後壁から水が染み出す。貴重な本が並ぶ周辺の棚が残らず駄目になってしまったばかりか、床には強烈な悪臭を放つ水たまりができてしまった。

棚を動かしてみると壁一面にカビが蔓延していた。横から見ると顔をしかめたような形をしている。カビは取り除いたものの、悪臭はますます強烈になり、店全体がすえた死の臭いを放つようになった。本を買う気のない通りすがりの客に対しては小気味のいい抑止力になりそうだが、こんな臭いがするそばで働くのはごめんこうむりたい。

またもや家主宛に手紙が書かれ、「血の通った人間をはばかることなく敵視する環境では、われわれはビジネスを営めない」と訴えた。かなり待たされたあげく、巨大な除湿機が何台も導入されたが、一年の大半をロケットが飛び立つようなひどい音を鳴り響かせるような代物で、人を遠ざける点にかけては悪臭と大差はなかった。

厄介ではあったが、僕にとってはつかの間、店を空ける格好の口実となり、実際にそう訴えて外に出ていた。だが、こんな騒音のもとでは僕の声など聞こえるはずもない。僕はてっきり彼らも同意していると思っていた。こうして、僕の見習い教育は次の段階に向かおうとしていた。

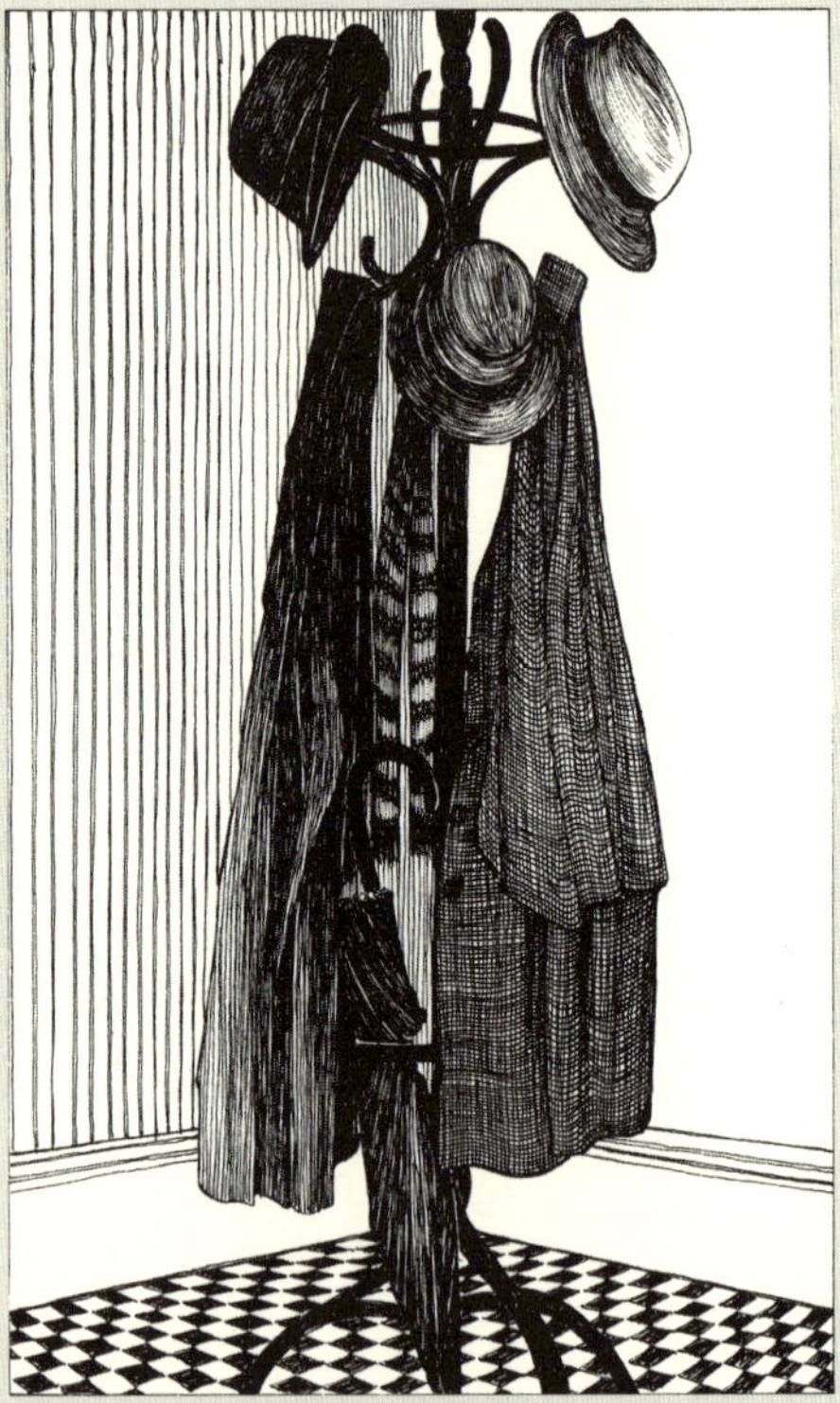

木製の帽子かけ。
これがあるから楽しい集いへの期待が高まる。
由来については諸説あり。

第3章　旅行&探検

――書店の神聖なる壁の向こうで営まれる日々を書き記したもの。壁の向こうの世界では、われらが主人公ははじめて知る不思議な環境に身を置く。とはいえ、たいていの場合、それはみずからの意志にはもとづいていない。

書店員は、一般に「いろいろなところに行く」職業とは見なされていないが、実はさまざまな場所に出向かなければならない仕事だ。〈旅行&探検〉部門は外国で起きたこと、外国で端を発したことなどを扱っていると言っていいだろうし、そもそも外国語で書かれた本だと言ってもいいかもしれない。「イギリス以外に関するあらゆること」なら、それは実に大きな範囲におよぶので、この棚を担当するジョージが気分しだいで本を入れ替えてくれなければ、店の壁全面は大陸ごとに整理されることになってしまう。そして、世界がいかに広大であるのか実感したいのであれば、まず〈旅行&探検〉部門から始めてみるといい。

＊＊＊＊＊＊

27　営業時間

明るく輝くロンドンの朝、僕は駅の人混みをかきわけながら前へと進んだ。バッグのなかの本を傷つけないよう、あまり揺らさないようにしている。たいした理由もないのにまたもや遅刻しそうだったが、首都に住むゲイの男性が慣れ親しんだ速度でピカデリーを足早に進んだ。車二台と馬一頭に危うくひかれそうになりながら、工事現場を横切っていった。永久に作業をしているように思える工事現場だが、近道として使える。途中、いつもの郵便配達員に「おはよう」と挨拶を交わしたものの、相手は近くの店の主人と口論の真っ最中だった。奇妙なカーペットを売っている店で、窓には怖い虎の像が飾られている。

書店員の毎日はどちらかと言えば移動することが多く、下っ端の見習いでも、ファンタジー系のゲームの低レベルとは思えないようなミッションをこなしながら、あちこち走りまわることになる。

見習いがあちこち走りまわっているので、営業時間中は誰かが店頭に常駐することが優先される。だが、そうした役割は誰もが望んでいることではない（こんなとき、「猫の群れを集める《ムリムリ、ゼッタイムリ》」という言いまわしが思い浮かぶ）。ジェームスとはいっしょに店にいることが多かった。彼はなかなか家に帰ろうとしなかったし、店にいるときは受付のデスクで客の応接に当たるのは見習いの僕に課された仕事だったからだ。ことに土曜日は二人きりになることが多かった。だから、僕にすれば毎週土曜日は何か新しいことや本について知るチャンスだった。ジェームスも一週間かけて話題を用意しておいてくれ、二人きりになるとそうした話題をめぐっていろいろ話し合った。もちろん、仕事の手を止めずにだ。ジェームスという人は、自分についてあまり話したがらない内向的な人間だと知るようになった。それだけに、僕に垣間見せてくれた彼の人生の一コマ一コマは僕を信頼しているなによりの証しであり、自分の軽はずみな言動でその信頼を裏切りたくはなかった。

ある意味で、ジェームスと僕は似たような人生を歩んできた。僕が準備もないまま稀覯本の世界に足を踏み入れないよう、ジェームスはとても気にかけてくれていたようだ。毎週本の山といっしょに、お気に入りのスツールを僕の狭い小さなデスクまで持ってきて話を聞かせてくれるほどだった。コンピューターを毛嫌いしていたので、ジェームスの豊富な経験は店のカタログにこそ載ってはいなかったが、その頭脳には彼の生涯にわたる実践的な書籍販売の経験が蓄積されていた。小出しにではあったがその多くを僕に残してくれた。ただ当時の僕は、彼が何を言わんとしているのかよく理解できなかった。

その後、店の土曜営業は基本的に廃止された。* それまで店のスタッフのあいだでは、土曜日の

＊十二月になると場合によってはいまでも土曜日に営業することがある。これにはスタッフのほぼ全員が怒っているし、まごついてもいる。

担当は争いの種になっていた。誰も週末には働きたくないので、慎重なうえにも慎重を期して当番表は決められていた。サザランの内部文書として、この当番表ほど注意深く、そして一貫性が保たれてきた書類はなく、その意味では、あまりありがたくない栄誉を今日にいたるまで守ってきた書類だ。順番では土曜日ごとに二人のスタッフが配置されるので、このパターンでは週末には別のスタッフと働く場合もあった。実際にはそれぞれの担当部門に合わせたり、また、折り合いの悪いスタッフが一日中顔を突き合わさないようにしたりと、当番表は調整されていた。

たとえば、アンドリューとジェームスは〈文学〉部門でぴったりとデスクを並べていた。つまり、二人は週日でさえたがいに避けることはできなかった。そのうえジェームスのデスクは散らかり放題、引き出しに隠したものを取り出す以外に使えなかったので、ジェームスはほとんどの仕事を、即席のライティングデスクを兼ねたガラス張りの小さな展示ケースの上でやっていた。このケースはアンドリューのデスクにぴったりくっついて置かれているため、一日の大半をたがいの縄張りを見つめて過ごしているようなものだった。週五日、たがいのパーソナルスペースを侵犯していれば、六日目の土曜日をそのように過ごすことに二人とも魅力を感じていたとは思えない。

土曜日の営業は店の伝統だったが、営業時間はいささか短くなっている。その理由——僕の知るかぎりだが——は、一般に書店がもっとも混雑する時間は開店直後の午前九時と閉店まぎわの午後六時なので、開店時間を少し遅らせ、閉店時間を若干早めれば、土曜日のシフトに入ったスタッフは混雑を免れることができるからである。

こうした調整はサザラン特有のことではないと思う。営業時間に関しては、大半の古書店がそれぞれ独自のしきたりにしたがっている。たとえば、サックヴィル通りのずっと向こうにある書店は特定の曜日しか営業していない。特定の時間帯しか店を開けないところもある。なかにはさまざまな組み合わせを楽しんでいる店もあり、半日営業というまぎらわしい営業カレンダーを作り、傍《はた》から見ると、店のなかには誰も入れないとたくらんでいるような書店も存在する。

ほかの古書店と比べて、当時のサザランの営業日は週六日、そのうえ長い時間店を開けておくことができた。使い勝手がいい店と思われるかもしれないが、これはおもに受付カウンターで客の応接をするスタッフがいることで実現できたのは昔もいまも変わらない。そして、古書店のスタッフは店内で働くだけでなく、それとほぼ同じ頻度で店の外でも働いていた。店で売る本を渉猟して国中に出向いているのだ。せどり屋に持ち込んでもらうこともあるが、棚に並べる本を探すため、荒野を目指す余裕も古書店の人間には必要なのだ。

経験を積むにつれ、もっと羽ばたきたい、もっとわくわくするようなものを発見したいという気持ちが高まってくる。見習いから一人前の書店人になるにつれ、僕もまた巣立ちを控えて店の外の世界を思い描くようになっていた。

28　障害物レース

一見するとなんの変哲もない手紙だった。サザランには毎週こんな手紙がたくさん送られてくる。送り主の身元は判然としないが、便箋のレターヘッドには忘れ去られて久しい名家をしのばせる紋章が刻印され、いずれも内容は、「親愛なる皆様《ディア・サーズ》」という旨の挨拶で始まり、拙宅にぜひご来駕《らいが》いただき、亡くなった遠縁の者が遺した蔵書を査定してもらいたいというもので、故人は稀覯本や麗々しい本を集める習慣があったことはたしかだとわかった。寄せられた問い合わせのうち、スティーブン・キングの小説の序章のような内容でない手紙には返事を書き、残りはゴミ箱に捨てられていた（もちろん、それらの手紙はジェームスによって回収された）。

たしかな依頼と見なされた場合、その蔵書のジャンルになんらかの知識を持っているスタッフ、依頼主にいちばん近くに住んでいるスタッフ、そうでなければ貧乏くじを引いてしまったスタッフに任せられることになっている。この日、僕の手元にあった手紙は行き場がなかった。あまりにも素っ気ない手紙でどう判断していいものかわからず、別の機会であれば捨てられていただろう。ただ、店以外の場所で本を見て、自分の経験値を積もうと考えていたので、その手始めとしてこの本は格好の機会だと決心した。電話をかけてみると、声こそか細かったが、分別をきちんとわきまえた声が返ってきたので、訪問する日時を決めた。結局、僕一人で出向くことになった。

僕にとっては大事な節目となる訪問だった。規模の小さなコレクションやロンドン市内の個人宅にはすでに何度か足を運んでいたが、今回はそうではない。一軒の家に遺された蔵書を僕一人で残らず確かめられるチャンスだった。未開の荒野で貴重な宝庫を見つけ出せたら店のみんなの覚えはよくなるし、僕自身、心のどこかでそのような発見に出くわす瞬間を待ち望んでいた。経験豊富な古書店員であれば、慎重に扱わなければならないと心得ているトレジャーハンターの本能かもしれない。

旅の計画は可能なかぎり念入りに検討した。目的地までの列車、そこから訪問先まで歩いていく最適のコースなどだ。そのあたりについては地図にもあまり詳しく記されていなかったが、どうやら、まっすぐに突き進む遠征になりそうだった。運転しなかったので車やタクシーで行くことは思いつかなかったが、予報では晴天だったので、駅から颯爽《さっそう》と歩いていけば気分転換にもなるはずだ。

明るい春の朝とともに出発した。列車は地方の駅に停車した。駅舎は古びていたが、廃棄はされていない。ネットの接続は安定していなかったが、携帯電話に表示された地図は荒れ放題の脇道を示していた。公共の歩道というより、狐が走っていそうな野原のようだった。

地図によると、目的の家は歩いてすぐのところにあった。意を決して緑の森のなかへと入っていくと、その控えめな表現の奥深さがつくづくわかった。道のかたわらにはチクチクするイラクサが一定の間隔で生いしげり、茂みには油断ならない脇道と曲がり角が織り込まれている。狐や野良猫、アナグマのようなものまで、さまざまな動物がおそるおそる道を横切っていく。やがてその道は徐々に消えていき、僕は森のなかをただ分け入って進むはめになり、こんなルートを選んだ自分を呪った。ねじれた金属製の格子の壁がところどころに現れて道をふさいでいる。こんなもので傷を負ったら、まちがいなく破傷風になってしまう。しかたがないので、カカシが立っている畑やイバラの茂みを通るしかなかった。

道が現れたり、消えたりするたびにＧＰＳと格闘して方向を確認したが、そのうちここにいるのは自分一人ではないと気づきはじめた。道のうしろ、ほとんど見えないところで何かがあとをついてきている。一瞬、「地元の人にちがいない。だったら道を聞いてみよう」と思ったが、そのあとすぐ「こんなところに人など住んでいるんだろうか?」「なんでこんなに大きいのだろう?」という重大な疑問が次々に浮かんできた。ペースをあげて前へ前へと進んだ。トゲや木々の葉っぱだらけの道を行くには軽率な判断だったとはいえ、それでも影のようについてくる同行者は引き離せなかった。途中、無邪気なハイカーが追い越してくれるかもしれないと願い、あえて待ってみたが誰も来はしなかった。

歩き出してから一時間後、GPSがふたたび点滅して命を吹き返し、森のなかを走る線路に続く石段があるのを教えてくれた。列車が驀進《ばくしん》してくるのではないかとちらりと考えながら、線路を大急ぎで渡ると、向こう側の石段につまずいてしまい、そのまま麦畑に飛び込むとカラスが大声で鳴きながらいっせいに舞い上がっていった。

目を血走らせ、長い脚を引きずりながらなんとか道を進んでいくと、垣根を抜けて静かにたたずむカントリーハウスの庭に出た。きれいに剪定された木々に囲まれ、秋のような落ち着いた気配が漂っている。落ち葉の山を歩いていると、まるでひとつの季節から別の季節に足を踏み入れたかのような錯覚におちいる。屋敷の表には車が停まっていた。僕はトゲに覆われ、泥ゴミの山に引きずり込まれたような姿でよろよろとそちらのほうに歩いていった。玄関にいた紳士はショックを受けたような顔をした。「歩いてきたのか?」と聞かれた。「このあたりでは誰も歩いていない。みんなそう言うはずだ」と言われたが、僕はその話には取り合わず、本を見せてほしいと頼んだ。

家のなかを案内されながら、屋敷の女主人はしばらく前に亡くなったと教えてもらった。どうやら霊的なことに執着していたようで、人生の大半をそれに費やしていたらしい。「祈ってばかりいた」と紳士は不吉なことを言っていた。彼女が遺した財産と言えば、崩れかけた邸宅となんのために使っていたのかわからない家具、そして古い蔵書ぐらいのもので、古書の多くもフランス語で書かれていた（ので僕には読めなかった）。ゴシック詩集を手に取ってみたが、関心からそうしたのではなく、そうするのが礼儀だと思ったからだ。そして、家具をめぐって相続人たちが始めた口論を聞いていた。

それ以外は驚くほど静かだった。だが、肝心の本のほうは調べてみればみるほど、ほとんど救いようがないほど朽ち果てたものばかりだった。装丁の革はしなびて紐になり、指の下でバラバラになっていくのがわかる。明るい朝の時間が過ぎ、灰色の午後になっても、文字どおりめぼしいものは何も見つからない。家のなかに散らばっている一族に問いただされるかもしれない。彼らの視線にもっと気をつけたほうがいいかもしれない。とっとと出て行けと言われるはずだ。この屋敷は鍵箱だったはずなのに鍵が一本も入っていない。そんな家について僕は何ひとつ知らないのだ。時間がたてばたつほど、彼らとのやり取りは険悪なものになっていくような気がして、僕を値踏みするようないら立ちがはっきり感じられるようになった。

家中が静まり返ったとき、キッチンの下の部屋に入った（ゴシック詩集をお守りのように握りしめていた）。亡くなった女主人はこの部屋も本の宝庫として使っていた。部屋の壁一面が天井まで本棚になっており、本はジグザグに詰めこまれていた。部屋には明かりがなかったので、スマートフォンのライトをつけて棚を見てみた。『われらが主によってなんじを救いたまえ』というタイトルの本に続いて悪魔祓いや悪魔を前にして主の奇蹟を描いた子供向けのさまざまな本が並んでいる。

時間をかけて見るまでもなかった。僕は階段を駆け上がり、玄関へと向かった。すると人影が現れ、鑑定は終わったかと尋ねられたが、手にしていた詩集に納得してくれたようだった。いいものを手にしていた。「そろそろ暗くなりそうなので、おいとましたほうがいいようですね」と尋ねると、相手もうなずいてくれた。つっけんどんな質問だったかもしれない。けれど一刻も早くこの家を立ち去りたかったので、そのまま失礼して、雑木林や曲がりくねった路地を抜けて一目散に駅まで戻った。帰り道はあとをつけてくる者の気配はなく、駅までの旅はまたたく間に終わった。まるであの家から一冊の本を持ち出すことで、あの一族が欲しがっていたものを差し出し、この悪夢から解放されたかのようだった。

イバラの犠牲者となった破れたシャツのまま店に戻った。一連のトラブルと引き換えに得たたった一冊の本を手にしていたが、その本にはかすかに悪意が感じられた。誰も口にはしていなかったが、店のスタッフの一致した意見は、相手宅を訪問するときはこうした事態になるかもしれないのは当然予想しておくべきことで、シャツが破れるのを避けたいなら、じょうぶなジャケットを着込んでいくべきであるとでも言っているようだった。

29　屋根裏部屋の肖像画

この経験から、未知の宝物を探すときには、あまり遠くへは出向かないほうがいいということを僕はただちに学んだ。* 次に訪問するように命じられた先はロンドン市内の上品なタウンハウスだったので、問題はなさそうに思えた。間口の狭い、ひょろりと背の高い建物で、かつてここには四人家族が慎ましく暮らしていたという。だが、不動産価値が高まったいま、この家を自分のものにするためならたがいに殺し合うほどの価値がある。玄関は頑丈そうな木の扉で、口をかっと開いた悪魔のノッカーがついているが、その縁に緑青《ろくしょう》が浮いている。そこに手を触れたくはなかったので、僕は扉をノックすることにした。

しばらく玄関先に立って、主人が出てくる前の静かなひとときを堪能した。つる草みたいにいつも立ち込めているスモッグを除けば、界隈はまだ樹木が切り倒されていない、市内でも数少ない住宅地のひとつだった。僕には吉兆のように思えた。

気づかないうちに扉が開いていた。開ける音はまったく聞こえなかった。振り向くと、この家の主人が立っていた。ショールを繭《まゆ》のようにまとい、腰に手を当てて立っている。いつからそこに立っていたのだろう？　なぜ彼女は押し黙ったままだったのだろう？　家に帰りたくなるよう

＊しかし、どうしても出向かなければならない場合は、懐中電灯と分厚いジャケット、それに一五メートルほどのロープは忘れずに持っていったほうがいい。

な目をしてこちらを見ている。このまま逃げ帰ってベッドのなかにもぐり込み、朝起きたら大きな甲虫になって、二度とふたたび礼儀正しい社会の責任は負わされたくないと願わずにはいられないと思わせる見つめ方だった。

　しばらくそのまま、僕の頭のてっぺんからつま先までまじまじと見ていた。明らかに期待を裏切られたという顔で、険しい表情をしていた。古書店員の見た目について、たくさんの人が奇妙な先入観を抱いている。そんなことについて、ほとんどの人は考えたこともないと思うが、もし考えたとしたら、古書店の店員は間もなく初老に達する年齢で、ツイードのジャケットを着て目をキラキラ輝かせ、前々世紀の前輪の大きな自転車《ペニー・ファージング》で次の冒険へと出向いていく姿を想像しているようだ。僕がサザランに出向いたときにはスーツを着込んでいたが、それでは本の汚れでスーツが台なしになるので、服装についてはサスペンダー姿やジャガイモを詰める麻袋を着ていようが誰も気にしていないようだった。

　生来の僕は、たぶんボガート〔訳註〕と呼ばれそうなタイプの人間だ。寝室と呼ばれる本だらけの穴から這い出したら、手近にあるものを着て必要な場所に出かけていく。サザランで働くようになってから、僕はふたたびこの快適な生活様式に戻ることができた。たまたまワイシャツを着ることがあったとしても、前とうしろを取りちがえてしまうだろう。最後にネクタイに手を触れたのは、もっと多くの本が押し込められるように、ぐらつく本棚を縛りつけたときだった。

　いずれにせよ、その日僕はお気に入りのカーディガンを着てこの家を訪ねた。袖のあたりがいい具合に少しほどけている。肩には使い古したバッグをかけ、テープで補修した眼鏡をしていた。*

依頼人の顔は、普段なら凶悪犯罪者やピエロなど、この世の平和を乱す者に向けるものとしか思えないほど不愉快な表情になっていた。それでも僕が自己紹介をすると、一歩脇に寄って家に入ることを許可してくれた。もっとも、いつなんどきばかげた振る舞いにおよぶのではないかと警戒するように、一定の距離を置きつづけていた。

間口は狭いが高さがある家と書いたと思うが、入り口の広間のスペースはどうにか確保されており、壁に沿って赤い絨毯《じゅうたん》が敷かれた階段が上に延びていた。壁に埋め込まれた本棚は、上の階まで高く延びており、そのほとんどは、翼のあるブーツかウィンチがないと危険で手が届かない。「いちばん上から始めましょう」と言われ、僕もそのあとを追うように階段を駆け上がっていった。階段を昇って踊り場にたどりつくと、屋根裏部屋へと続く木製のハシゴがあった。このハシゴを昇った先が夫のアトリエだという。夫が生前、そのアトリエにも本を何冊か置いていたので、僕はその本から見ることになった。ここから先は僕一人で、彼女はいっしょに行ってはくれない。使い勝手の悪いハシゴで、そのうえ横木がところどころ欠けていた。出入り口から屋根裏部屋

［訳註］　**ボガート**：イギリス北部に伝わる家憑きの妖怪。ベッドの下などの暗いところに隠れていて、近づく人の怖がるものに姿を変えるといういたずら好き。ポルターガイストの正体とも言われる。

＊僕の眼鏡はいつも壊れている。それは宇宙の真理として僕は受け入れるようになった。新しい眼鏡を買ってもいつも二四時間以内に確実に壊してしまい、なぜそうなってしまうのかきちんと説明する方法がほかにないからだ。予備や緊急の代用品をいくら用意しても、こんな事態になることを未然に防げなかった。

に入ってみると、僕にはあまりにも狭すぎることに気づいた。彼女の夫は明らかに背が低い人だったのだろうが、僕は前かがみになり、這うようにしていくよりほかなかった。幸いなことに窓が開いており、そこから光が入って屋根裏部屋がなんの目的で使われていたのかがわかった。皺《しわ》だらけの顔の肖像画が四方の壁にかけられていた。額に入れられて壁に飾られたものがあれば、天井に張られたロープにかけられて垂れさがっているものもあり、ドリアン・グレイの暗室のような美観を呈している。

肖像画に描かれている男性は、彼女の亡き夫としか思えなかったが、どの絵も眠っているか死んでいるように見えた。だが、彩度の低い色が使われていたので、後者ではないと断言するのは容易ではなかった。僕は五分ほどの時間をかけて、絵の下をくぐったり、回り込んだりして本を探してみたが、こんな作業に見合った十分な報酬をもらってはいないと判断して、本はないという悪い知らせを伝えるために下に戻った。本が見つけられなかったので、もう一度上に行けと言われるかもしれなかったが、そんな要求を認めるつもりはなかった。

小柄な老婦人はそんなことはお構いなしだった。階段のほうに僕を引っ張っていくと、壁に設けられたとてつもなく高い本棚を指差した。「ここにある本はどう?」とイラついたように聞いてくる。できるだけ丁寧に、どうやったらこれらの本に手が届くのか聞いてみた。ハシゴでも用意してくれるのだろうか。この質問に舌打ちと不機嫌そうな空咳をさかんに繰り返していたが、何か適当なものを探しにその場を離れた。その様子を見ていると、どうやら彼女は、ドアや家具など、家のなかにあるごくありふれたものは、おのずと脇にさがって、自分に道を譲ってくれるのが当たり前だと考えているのは明らかだった。

それからかなり待たされることになったが、そのあいだ、僕はつま先立って首を伸ばしながら本のタイトルに目を凝らした。だが、心から歓迎できるようなものではなかった。ここから見えるのは、ぼろぼろになったペーパーバックや色あせた背表紙ばかりで、革装の本も交じっているとはいえ、すでに半分ほど白かびに覆われている。かびの臭いはしても、期待の香りは漏れてこなかった。

やがて小さな脚立を持って婦人は戻ってきた。脚立というより、実際は見栄えのいい足乗せ台だった。

婦人が僕を見た。僕は婦人を見た。それから二人で脚立を見た。

結局、脚立の上でかなり危険な実演を行い、さらに数段の踏み台を追加しても、何百冊もの本が並ぶ棚には手が届かないという肝心の問題は解決されない事実を納得させることはできた。だが、それができないのは僕個人のせいだと婦人が考えているのは、その様子からはっきりうかがえた。優に高さ一二メートルはある本棚を、僕がクモザルのように登っていくのを拒むのは、まるで婦人の努力をわざと挫くためなのだった。

どうやら手詰まりのような状況におちいってしまい、これ以上進めるなら重機を使って壁を壊さないかぎり、どんな本にも到達できなかった。玄関のドアに憧れの眼差しを僕がそそいでいたにもかかわらず、婦人は婦人で今回の仕事について僕は適任ではないと明らかに考えていたはずなのに、では地下に行ってみようと執拗に食いさがった。

経験上、地下室に豪華な装飾を施す筋の通った理由はそれほどない。暗闇に足を踏み入れ、懐中電灯の明かりで周囲を見まわすと、釘が打ちつけられた緑色の大きな扉の前を通り過ぎた。中央に大きな鍵穴があり、なにやら不吉な儀式のようでもある。婦人はその前でしばらく立ち止まると、鍵穴を指差して、「その部屋には絶対に入ってはいけない」と言った。もちろん、鍵を持っていなかったので、僕には入れなかったが、彼女はとにかくそう警告した。前を行く婦人のショールのほつれた糸をたどりながら、角を曲がって彼女が言う〝書斎〟に入った。その角を曲がると、彼女は「図書館」だと言った。

建築史において、地下の小部屋にトイレを無理に詰め込むのが流行した時代があったのかどうかは定かではないが、この家では、誰かがそれを実現するために多大な努力を払ったようだ。凸凹の床に立てつけの悪い便器が置かれ、小部屋の壁には数百冊の本が並べられており、そのなかには風刺漫画誌の『パンチ』も交じっていた。

『パンチ』の風刺漫画を知らない人には、この雑誌のもはや唯一の笑いどころは、それがいかに売るのが難しいかという点につきるだろう。資料に当たらないまま漫画を見て、意味がわからなくて目を白黒させたことがある人なら、ヴィンテージものの『パンチ』を手に取ったときにどうなるかはもうわかると思う。一〇〇年以上も前のひねりをきかせた政治風刺で、描かれているのは誰も覚えていない当時の事件であり、とっくの昔に忘れられた人間ばかりだ。いずれも巨大で、事細かに記録されたアルバムに出てくるようなものだらけで、現代人にすれば、そもそも保管しておくスペースがないという感じだ。その実用性はピラミッドを建造したり、あるいは原子力発電の時代に水力発電のダムを建設したりするようなものだと思うことさえある。

　こんなものを長いあいだ持ちつづけている人に向かって、その漫画はもう理解してもらえるものではないし、ましてやおもしろいものでもないと説得しようと努めても、その話はたちまち破綻してしまうだろう。悪い知らせを婦人にどう伝えようかと考えているうちに、彼女が僕を一人取り残していたことに気づいた。ふとした好奇心にかられ、このトイレがまだ使えるかどうか気になって垂れさがっている鎖を引っ張ってみた。

　濡れた靴で店に戻ってきても、誰もそれには気づかなかったと思う。たとえ気づいていたとしても、みんなそれを口にしない良識は持ち合わせていた。僕はだめになった靴を机の下に隠して証拠を隠滅した。*

30　帽子かけと祟り

　長年にわたってサザランは、いろいろと風変わりなものに乗っ取られてきた。目を凝らして店内を見ると、いにしえのどんちゃん騒ぎの際に捨てられた遺物が展示されているのが見つかるだろう。たとえば巨大なシャンパンボトルは、一〇年以上も前から店内のあちこちをさまよってきた（残念だがなかは空っぽ）。瓶のサイズが〈ネブカドネザル〉［通常のワインボトル二〇本分］か〈バル

* 靴の片方はすぐに消えてしまった。どこに行ってしまったのかはわからない。

タザール〉［一六本分］かは意見が分かれるところだが、たとえ使い道がなくても捨てるのは惜しいという点では誰もが認めるところだ。店内には似たような漂着物や投げ荷のようなものが散乱している。どれも誰かに所有されていたものだが、吸い寄せられるようにして店に集まってきた。

僕が見習いとして入店したばかりのころの話だが、ある曇天の日の朝、アンドリューは新入りが入ったことを幸いに、僕をひとつもんでやろうと心に決めた。もしかしたら、良心の呵責にさいなまれたせいかもしれないが、持てあますようなサイズの帽子かけ［一六〇ページの図参照］を地元の古書店に返すことにした。返却先の店はサザランとは休戦状態にあったが、用心深くたがいの商売には目を光らせていた。ひと言触れておくなら、持っていく帽子かけはどこかの古書店でパーティーが開かれる際、「スクーンの石」［訳註］のような麗々しい儀式にしたがって書店から書店へと渡されていく。

どちらかと言えば容易に手に入る調度品なのに、サザランはなぜ自前で帽子かけを用意しないのかと聡明な読者なら首をかしげるだろう。惜しむらくは、そこまで考える余裕が僕には与えられなかった。というのも、簡単な指示と「いってらっしゃい」という元気な挨拶とともに、この工芸品は僕の手に委ねられたからだ。まことに厄介な代物で、分解して手ごろな大きさにすることもできなければ、脚には車輪もついていなかった。タクシーに乗せてさっさと用事をすませようという考えが頭をかすめたが、どんなに有能なタクシードライバーもこんな巨大な帽子かけを持った客を見ただけで、脇道にそれてしまうとすぐに気づいた。いずれにしろ、車のなかにすんなり収まるようなものではない。

サザランの店頭に飾られた看板にぶつけそうになったので縦持ちはまずかったし、横持ちでトラブルを呼び込むばかりだった。そんなわけで、馬上槍試合のように巧みな槍さばきでしのぐしかなかったが、僕の前後左右に立ってしまった通行人にとっては不幸なことになった。目的地は、大英博物館のすぐ近くにあるジャーンディスという古書店だ。* 十九世紀文学を扱う専門店で、一九八六年からグレート・ラッセル・ストリート四六番地に店を構えてきた。店舗がある建物そのものは一七三〇年代からそこにあった。ジャーンディスに住みつく幽霊は、キルトを着たスコットランド人だと言われ、人に災いをもたらすようなまがまがしい幽霊ではないとされている。

目的地にはピカデリーを横断して、あの伝説の環状交差点を越えていくしかない。これまでピカデリー・サーカスを歩いて横切るという不運を免れた方には、これはお勧めしたくはない。広場は交差点が奇っ怪な迷路のように入り組んでいるうえに、信号の配置が適切ではないので、曲

［訳註］ **スクーンの石**：スコットランドに代々続く王の守護石とされ、スクーンにあったこの石の上で戴冠式を挙げたとされる。「運命の石」とも呼ばれる。一二九六年、イングランド王エドワード一世によって戦利品として奪い去られた。石は木製の椅子にはめ込まれてウェストミンスター寺院に置かれ、イングランド王はこの石を尻に敷いて即位することになった。一九九六年、石はスコットランドに返還されたが、二〇二三年のチャールズ国王の戴冠式のためにウェストミンスター寺院に移送された。

＊ジャーンディスという店名は、ディケンズの『荒涼館』に出てくる遺言検認裁判「ジャーンディス対ジャーンディス事件」にちなんでいるとにらんでいる。ディケンズの作品にどっぷりはまっている人にとって、「ジャーンディス」という言葉は果てしなく延々と続く訴訟手続きの代名詞となっている。

がったとたんに対向車線に出ることもある。こんなところが人気の観光スポットであるのは、おそらく目に飛び込んでくる巨大だが、非常に邪魔っ気な電光掲示板のせいだろう（僕はかねがね、このシステムは受動的攻撃性を発揮するように設計されているのではないかという意見の持ち主だ。わざわざ事故を引き起こすようにして、人口抑制を図っているのだ）。

帽子かけで老婦人を刺さないようにしようと気を取られるあまり、別の紳士を危うく転倒させそうになってしまった。そして、カメラを持った若者たちのグループにその姿を撮られてしまう。僕が奮闘する姿を写した証拠写真は、今日にいたるまでどこかの金庫室に保管されているにちがいない。この時期、見習い店員としての僕は、スーツという仮面をまだ脱いではいなかった。その写真には、興味に駆られた観光客の群れをしたがえた女王蜂さながらに、顔にネクタイをまとわりつかせ、木製の巨大な帽子かけを抱えながら、交通量の多さでは世界有数の交差点を渡っている僕の姿が写っているはずだ。

シャフツベリー・アベニューの裏手にある脇道に飛び込んで、なんとか彼らを振り払うことができた。そこはゲイの発展場で映画館の裏口が交わる脇道だった。なんとか彼らを振り切ったが、背後でもっと奇妙なことが起こっていた。そっちのほうに注意を払うのはやめた。颯爽と歩きつづけ、その後、もっと危険な通りを棒高跳びよろしく渡りきると、正しい通りに出られた。大英博物館はもう目と鼻の先だ*。通りはサックヴィル通りよりもかなりにぎやかだった。もっとも、サザランの界隈よりも眠ったように静かな通りはなかなかあるものではない。

ロンドンの古書店は、看板に何が書いてあるのか読まなくても、そのスタイルでほとんど見分けられる。ペイントされた木の板が壁に貼りつけられているか、意匠を施した金属製のアームからぶらさげられているのが普通で、どの店の看板も同じ書体を使っていると思う。また、緑と金の色の組み合わせを独自に決めている店がやたらと多いので、まったく別の古書店とまちがえて入店してしまうことがしょっちゅうある。

　ジャーンディスの看板は惜しみなく費用をかけたもので、壁一面を覆い、さらに短い平屋根が突き出して、通行人を誘い込んでいる。実際になかをのぞき込んでみたくなるような店構えだったが、路上に面した小さな窓には本が並んでおり、店内を見渡すことはできなかった。着ていた服はよれよれになっていたが、元気を取り戻した僕はこのいまいましい帽子かけを大きな赤い扉の前まで運ぶと、どうやって店に入れようかと考えた。だがドアは押しても開かない。緊張しながらもうひと押ししてみたがびくともしない。金属製の大きなノッカーを何度か叩いたがなんの反応もない。だめだ。どうしよう。

　店の前の大きな石段に腰をおろしてしばらく待ったあと、こんな帽子かけを抱えたままサザランに戻るのだけはやめようと決心した。つかの間、弱気に見舞われ、どこかに隠して逃げてしまおうかとも思ったが、ジェームスに悪事を嗅ぎつけられ、取ってこいと言われそうでちょっと怖くなったのでやめた。結局、店の誰にも気づかれないまま、僕はもと来た道を逃げるように戻りはじめた。古書店の隣は、古いコインやコレクションを扱っている店のようだった。その店の前

＊このあたりでは、大英博物館は植民地時代の「証拠保管ロッカー《エビデンス・ロッカー》」と呼ばれているようだ。

を通ったとき、僕は開いているドアから顔をのぞかせ、「お隣のジャーンディスはまだ閉まったままですか」と尋ねた。

カウンターのなかにいた女性は、母親のような雰囲気がある女性だった。このときの僕はそう思うほど激しく絶望していたのかもしれない。相手は僕の話を最後まで聞かず、声に出してののしりだし、怒りをたぎらせながらほうきを取り出した。そして、にっこりと笑って「ついてきなさい」と言うと、僕をしたがえて店の外へと向かった。「いえ、ほんとに。このまま帰って、また別の日に出直します」と押しとどめても聞き入れてくれない。古書店の赤い大きなドアをほうきで叩いて、「開けて」と大声で叫びながら、猫がネズミの巣穴に頭を突っ込むように、首を曲げて小窓から店のなかをのぞき込んだ。

僕はと言えば、「この世から消えてなくなりたい」と心のどこかで願いはじめていた。通りを行きかう人たちが、強制執行官か死の天使のように古書店のドアを激しく叩きつづける彼女に目を丸くしていたからだ。だが、その甲斐あって大きな扉がついに音を立てて動きだし、不満げな顔の片鱗が見える程度に開いた。会話の流れを変えるような調子で、僕はコホンと軽く咳をしてから帽子かけを渡すと、相手は驚きと戸惑いが入り混じった表情で受け取り、ありがとうとぼそぼそつぶやいたあと、僕の鼻先で無愛想にドアは閉められた。

コインショップの女性は満面の笑みでこちらに向き直ると、開店はお昼の店なのに、どうしてこんなに朝早く帽子かけを返すことがそんなに重要なのかと、心底から屈託のない調子で尋ねられた。

31　オークション

オークションハウスの地下室に立っていた。高価なカーペットを泥だらけにしてしまい、申し訳ないと思っていた。ここに入る際、トップハットを被り、いかにもオークションハウスでございと滑稽なほど気取ったドアマンに呼び止められ、訪問目的について少なからず質問されたあと、ようやくなかに入れた。問いただされている最中、高価な宝石をつけた女性や麗々しくネクタイをした忙しそうな男性には声をかけないのがどうしても気にかかる。僕がカーディガン姿だったのを問題視したのだろう。

サザランがオークションで本一冊を落札したので、その本を引き取るために僕はここに派遣された。ドアマンと口論したあとだったが、こうした仕事をはじめて仰せつかった者とは思えないほど自信満々に建物のなかを進んでいった。館内は、役に立たない案内表示がムード照明のせいで迷路のようになっており、その日の気分はだんだん愉快なものではなくなっていった。目指すカウンターにたどりつくまでに二五分もかかってしまったのは、二つ目の螺旋《らせん》階段で迷ってしまい、あやうくオークション会場に入りかけてしまったせいだ。その会場では不気味なほどリアルな彫刻の競売が行われていた。

カウンターにはリトアニア訛りの疲れた顔の紳士がいた。朝早くから重いものを持ち上げたので、もうこれ以上は何も持ちたくないという感じだった。それまで館内で見た人のなかで僕が唯一彼に同情を寄せたのは、そんな印象を放っていたせいだった。だが、ここに来た理由を説明すると、相手は僕の話をさえぎって、本を受け取るには特別な番号が記された鍵が必要で、その鍵は建物の反対側の地下にあるデスクで渡されると告げられた。

ブツブツ文句を言いながら、自分の荷物を手にすると、曲がりくねった廊下を戻っていった。怪しげな彫刻を競り合っていたオークション会場を通りすぎ、僕を見とがめた例のドアマンに手を振り、醜い花瓶を台車で運んでいる二人の女性にぶつかりながら地下へと降りていった。中途半端な照明のもと、ガラス張りのブースには女性がたった一人でこもっていた。少なくとも四人分の席があるブースで、城攻めに使う槌でもなければ粉砕できそうもないほど頑丈そうな造りだった。僕に気づかないふりをして座っている女性は、コインの裏に刻印されているような威厳のある表情をしており、自分の顔の前に置かれた呼び出しの小さなベルが押されるまで僕の存在を認めようとはしなかった。

僕は前もって用意しておいた不機嫌な顔で彼女に向かい、書類を並べ、何を受け取りにきたのかを説明した。

彼女は渋々ながらもうなずき、僕の顔の前で書類のシャッフルを始めた。ほかには誰もいない部屋で僕はそのまま一時間待たされつづけた。やがて彼女はある決断をくだした。「大変申し訳ありませんが、あなたのお名前はこの本を所蔵するための公認リストには記載されていません」

困惑した。「この本はどうしても受け取る必要があるんです。じゃ、リストに名前を載せるにはどうすればいいんですか?」

相手は歯を見せて笑ったが、どの歯も犬歯だけのような笑みだった。「御社にはすでに公認リストがあるはずです。そのリストに載っている人に、この書類にサインしてもらえばいいでしょう」

承認してもらえる人たちのリストを見た。「申し訳ありませんが、まちがいがあります」と僕はためらいがちに笑った。「リストのなかで存命の人はもういません」

女性は不可解な表情をスクロールするようにいくつも浮かべ、やがて自分の着地点を見つけた。「認可された名前の変更は可能です」。ゆっくりと、自信を深めるようにして言った。「すでに認可されたリストに載っている方のうちの一名の署名があればできます」

僕は「ですから」と言って、「どなたも亡くなっています。サインできる人は誰もいません」と繰り返した。

彼女は僕を見た。僕は彼女を見た。その本を手に入れるまでは帰らないと決心し、長引きそうな展開になりそうだと腹をくくった。こんなはずはないと思った。手続きについては彼女のほうが誤解しているのだ。誰かほかの人と話すことはできるかと尋ねたが、これがまちがいだった。似たような女性が、誰もいないと思ったブースの奥から現れ、ふたたび最初から話しはじめた。「何が問題かは了解しました」と相手は薄汚れた布で眼鏡を拭きながら言った。「公認リストに記された方がすべて故人だということですね」

僕は歯を食いしばって耐えた。「そうですね。そして、その本をどうしても回収する必要があるんです」

彼女も意味ありげに会話を切り上げると、数回ゆっくり瞬きをした。「まあ、どうしたものNでしょうか」と困りはてた様子で首を横に振りながら、書類を押し返してきた。「話を先に進ませるには、どうしてもここに記載された方からのサインが必要なんです」。そう言うと何かすばらしいアイデアを思いついたように顔を輝かせた。「ほかの人間を呼んできますので、お待ちください」

それからさらに二名の上司、一名のマネージャーが集まり、七本の社内電話が繰り返されて混乱したスタッフたちがブースに集まってきた。メインの接客の上辺だけの親近感はおよそ三〇分で消え失せ、ほかのスタッフもこの建物も別の場所で行われている何か嫌な用事を避けているようにしか見えなかった。だが、新しいスタッフが来るたびに、僕はこのトラブルをはじめから何度も説明しなければならなかった。そして午後六時、こう告げられた。「大変申し訳ないが、もう閉館の時間です」。結局、その本を持って帰ることはできなかった。

32 ヨーク

すべての道がローマに通じるなら、イギリスで古書販売に携わる者のすべての道は最後にはヨークへと向かっていく。このいわれを説明するイギリス史の複雑な歴史はよく知られていると思うが、いずれにせよヨークは昔から（そしていまも）イギリスの古書販売の全国的な拠点で、稀覯本を扱う書店の数はほかの街よりもはるかに多い。毎年、ブックフェアも開催されており、規模の点ではロンドンのブックフェアよりも圧倒的に優っているというわけではないが、ロンドンの向こうを張っているのはたしかだ。ヨークのブックフェアを訪れることは、多くの古書店員にとって巡礼のようなもので、毎年そこに足を運んでは古風な街のたたずまいを楽しんでいる。ロンドンに比べると、ヨークにはこれぞアンティークという美的なたたずまいが備わっている。曲がりくねった通り、音をきしませて開く店の正面ドアが変わらずに残っている。ヨークに比べるとロンドンでは、古い町並みは取り壊され、オフィスビルに建てかえられてきた。以前、この街にある「恐れおののく狂気の家《ハウス・オブ・トレンブリング・マッドネス》」という名前のパブに連れていかれたことがある。研修ツアーに参加した書店員に大人気だった店で、店内の壁には動物の首の剝製がずらりと飾られている。隠れ家的なパブなのであらかじめ場所を知っていなければ、偶然にたどりつけるような店ではない。

ただ、顧客や差し押さえの執行官、あるいは弁護士などから逃れて、脛《すね》に傷を持つ書店員が逃げ込むにはこれほどうってつけの場所はないだろう。僕は以前からサザランもこんな店構えにするように説いてきた。気鋭の建築家を探してきて、店の入り口を岩山で隠したり、廃ビルのようなたたずまいに変えたりしてみるのだ。* いけない、また話がそれてしまった。

そんな折、僕の見習い期間を支援する古書店協会から連絡があり、例年ヨークで開催される稀

＊「銀河ヒッチハイク・ガイド」シリーズを書いたSF作家のダグラス・アダムズの考えに倣って、僕は以前から〈豹に注意〉と記されたメタル製の看板を自分のデスクまわりに置いておきたいと願ってきた。もちろん、こちらに近寄ってくる客を思いとどまらせるためだ。

覿本セミナーに参加することになった。とても有益なセミナーで、もっと多くの人が古書業界に関心を持ち、この仕事に携わるようになることを目的に、比較的最近になって企画されたセミナーだ。もっとも、それはさておくとして、僕にとっては無料で食べられるサンドウィッチも抗いがたい魅力であったのは否定しない。

古書店員の仕事はひきこもりのような一面があるので、講義と質問のために同業者が一堂に会するという話にすんなり乗り気になるのは想像できないと思う。だが、自分の興味のある分野について一時間か二時間、夢中になって話を交わせるのだ。これほど書店員の気をそそる機会はないと思う。この話があったとき、僕はまだヨークに行ったことはなかった。しかも宿泊代と食事代はサザランが負担してくれるうえに、店の現場から数日間離れることができるので、ちょっとした休暇のような気分で過ごすことにしようと考えた。店のクレジットカードを渡され（経理担当のイブリンはいささか困惑していた）、どこか適当な部屋を予約しておくように言われた。*

宿泊先はなるべく慎ましいところを選ぼうとした結果、ヨーク近郊の老婦人の家の奥にある小さな箱のような部屋に詰め込まれた。実際に段ボールの臭いがした。（それからとても重要なことだが）近くにはわざわざ出向いてみるような場所はなかった。まだお気づきでない方もいるかもしれないが、僕がいかにこの手の小旅行の計画を立てるのが苦手なのか、そろそろおわかりになっていただけると思う。隣の部屋にも宿泊客がいたが、顔を合わせることはなかった。ただ、シューという音や何かを引きずるような音がしたので、サラマンダーと隣り合わせているのではないかと思った。

ここでは現金を持っていれば朝食を用意してくれたが、キッチンをちらっと見て、死んでしまうよりも空腹のほうがましだと決めた。宿の女主人とは少し話を交わしたが、「本屋の季節」だとか、そういう趣旨の苦言を呈しただけだった。（わざわざ聞く気にはなれない話だったので）僕はさっさとその場を離れた。

朝早くから出かけなくてはならなかったので、朝食を抜いたのはちょうどよかった。地図で確認すると、観光気分が味わえるようなコースではなく、軽いジョギングになりそうだった。老朽化した鉄橋をよじ登りながら線路を横切る。ちょっとしたデジャ・ヴュを感じた。** またもや遅れそうになってしまったが（恥ずかしくてしかたがなかった）、それでも部屋のいちばん後列の椅子に座ってノートを広げた。

子供のころの僕が優等生でなかったのは、権威に対する条件反射的な抵抗感などいろいろな理

＊今日にいたるまで、店のクレジットカードを使う特権にはごくまれにしか浴していない。きちんとした審査もないまま、そのような緊急の機会に支払い能力を僕に授けることには総じて抵抗があるように思える。限度額いっぱいを使って、売れもしないある不気味な本を仕入れてしまうのを恐れているようだ。その点について僕は怒っているが、一方でまったくそうだと納得しているのは、それこそまさに僕がやってしまいそうなことだからだ。

＊＊イギリスで古書店の従業員としてキャリアを築いていくつもりなら、使われなくなった鉄橋を行き来して長い時間を過ごすことになると指摘しておかなければならないだろう。蔵書家や古書店員がなぜ鉄橋に惹かれてしまうかについては正確にはわからないが、頑丈な靴は用意したほうがいいし、錆びてねじれた線路から突然転げ落ちるのが怖いなら、それについても忘れたほうがいい。

由がある。十代のころにはナルコレプシーを発症、物静かで落ち着いていられる場所に置かれると、決まって頭がぼんやりしてしまう。たとえば、薄暗い明かりの部屋で、悪気とは無縁の古書店員が穏やかな口調で話すのを数時間聞くなどの状況である。ヨークに行くまでの興奮にかまけ、こんな重要な事実をすっかり忘れていた。研修最初の講義でウトウトしかけたとき、参考図書の使い方についてとても役に立つ話を聞き逃す運命にあったことを僕ははじめて思い知らされた。

部屋のうしろのほうの席でこっそりうたた寝を始めたころ、両脇では熱心にメモを取る古書店の従業員たちの姿があった。なかなか個性的な面々が集まっていた。もっとも、稀覯本のセミナーに参加するとしたらほかにどんなタイプの人間が来てみたいと願うかは知らない。会場は三〇人も入ればいっぱいになる部屋だったが、参加希望者のごちゃまぜの多様性が、妙にやる気を起こさせた。一方の側に座っているのは、引退した判事といった人で、フクロウのような表情を浮かべて何か暇つぶしになるようなものを探していた。時折、講師に向かって射すくめる視線を投げかけていたが、その目は講義中の相手の内臓を食いちぎってやると脅していた。

僕の前に座っていたのは高級書店の若い店員たちで、みんな立派な服を着込んでおり、こちらの身なりを恥じ入るほどだった。もしかしたら、似た者同士が集まってできた派閥かもしれない。もう一方の横にはタトゥーをしたウェールズの男性がうずくまるようにして座っていた。とにかく大きな男で、三人分のスペースを占めているのではないかと思えるほどだった。僕のいつものうたた寝をアナーキーな反抗声明と解釈したようだった。

こうした人物とはかかわらないほうがいいのだが、すぐに（そして不本意ながら）彼の好意に根ざした関心に包まれてしまった。講義の合間には後背地の田舎にある古書店で商売を続けていくためのさまざまな裏技について教えてくれた。このとき僕もきちんと説明すればよかったのだが、ピタTシャツが似合う僕のタイプなので、片手に本を積みあげたままキーを使わずに車のエンジンをかける方法について相手が詳しく説明するあいだ、僕は自分がある種の一匹狼的な人間であると信じ込ませたままにしておいた。

研修は一日中続いて、そのたびにいろいろなタイプの書店員が講師として前に出てきて関心のある分野について話をしてくれた。明らかに生まれついての教師のような人がいれば、強引に講師の任を仰せつかり、まるで自分の愛する人に降りかかる恐ろしい運命を避けるかのように、目を見開いていくぶんパニックになりながら話している人もいた。ときどき話を中断してしまい、誰かが続けるように促すまでただドアを切なげに見つめている人もいた。

講義の合間、僕は、研修会を開催するために古書店のコミュニティーのかなりの人たちが駆り出されていると考えていた。さまざまな好意が寄せられる一方で、借りを作りながらこの研修に呼び寄せて研修への参加を促し、今後につながる知識を分け与えてもらっているのだ。たしかに表向きは研修への参加に乗り気でない人もいたかもしれないが、ささやき声やひそひそ話から、この業界に新しい血が入ってこなければ、古書販売と伝統そのものが途絶えてしまうかもしれないという恐れがきわめてリアルに感じられた。その恐れは、いささか聡明ではあるが、世間知にはからきし疎い古書店員たちをひとつの部屋に集め、大勢の前で話をさせるほど差し迫ったものだった。

くたくたの栞《しおり》のように、僕は人から人へと渡り歩きながら、何人かの参加者たちとおしゃべりをした。そのときの会話を小耳にはさんでいたら、気をもむ書店人も少しは胸をなでおろしていただろう。僕が話した相手には書店人への憧れや古書にかかわる人間への憧れが感じられた。これほど独特で、出世の見込みもなく、富や名声とも縁のない道を歩むには計算高さとは気まぐれな関係を持たなければならない。ジェームスはよく、サザランのモットーは、「ここで働くのにまともである必要はないが、しかし、酔狂であるのは役に立つ」と言っていた。

思うに、稀覯本の販売に携わりたいと願う奇特な人間はこれからもつねにいるだろう。だから、本当に大切なことは、店が閉まったあと、年配の古書店員が隠者のように積み重ねてきたビジネスモデルをどう伝えていくかだと思う。求められているのは、ヨークの研修会のような知識を伝達する方法なのだ。それ以外はおのずとうまくいくと僕は考えている。

33　三次元テトリス

列車に乗っていると販売資料を勉強する時間がたくさん取れる。書店員はいつも列車に乗って買い取り先から買い取り先に大忙しで移動している。その日も郊外にある邸宅に向かう途中だった。頻繁に取引をしている顧客ではなかったが、蔵書の一部を処分したいと言われたのだ。急いでいたのは、〈文学〉担当のレベッカがすでに到着していて僕を待っているはずだったからである。

当時、僕が考えていたように、サザランがレベッカを採用したのは〈文学〉部門はかなり広範囲におよぶ分野で、膨大な量の内容を扱うには複数の担当者が必要だったからだが、その後、僕は考えを改め、複数の担当者で管理するか、レベッカ一人に任せるかのどちらかの選択だと思うようになった。彼女の採用面接には立ち合っていなかったので、その席でどんな話があったのかはわからないが、採用後、どんな展開になるのか正確に予測できたのは誰もいなかったと思う。

なんと言ってもレベッカは、実によく働いてくれた。アンドリューが二〇年間放置していたカタログの仕事をやり遂げるまで、一週間自分の席に戻らずに仕事に取り組んだ。その仕事はもともと、一〇年前に僕がアンドリューから引き継いだものだったが、僕も何年ものあいだほとんど手をつけないまま放置していた。引き継いだその日の午後からレベッカは取りかかった（僕はと言えば、誰かに押しつけてしてやったりと思い、押しつけられたほうも僕と同じように放っておくと考えていた）。基本的にレベッカは本を売ることが実際に好きなようだった。彼女に比べると僕は古書の販売には寛容ではあったが用心も欠かさなかった。その意味では、彼女とペアになって仕事をするのはバランスが取れていた。

二人一組で蔵書の鑑定に当たるのは珍しくはないが、レベッカと僕の場合、二人とも文学を担当していたので、その点ではほかのスタッフよりも慣れていた。コレクションが膨大すぎて一人では手に負えない場合、あるいは魔法をかけられた食器といっしょに城に閉じ込められそうな人から依頼の電話があり、バックアップが欲しい場合もある。いずれにせよ、話をしたり、意見を聞いたりするときはもちろん、とりわけ痛ましい状態になった本をいっしょに嘆いたりできる相手がいるのはいいことだ。

レベッカと僕が訪れたのはそこそこの造りの屋敷で、この家の主人は紅茶を用意して僕たちをもてなしてくれた（本を売ろうと考えている人へのアドバイス――古書店員の機嫌を取りたい場合、そしてさらに重要な、僕たちの購買意欲を高めたいと考えているのなら、お茶を飲ませることがなにより欠かせない）。僕たちは主人の蔵書について語り合い、数分の話がやがて一時間になるにつれて、いつ書斎に案内してくれるのか心配になりはじめた。レベッカはメモ帳を出していた。さすがにレベッカだと思った。僕もメモ帳を利用したことはあったとはいえ、相手の話を聞いているふりをして、その実、落書きをしていた。

やがて話題もつきた。案内された部屋には壁一面に本がぎっしりと並んでいた。奥さんからもっと小さい家に引っ越したいので、本を処分してほしいと言われたと悲しそうに話していた。その様子から本の処分には納得していないようだった。さらにいくつもの部屋を見せてもらったが、どの部屋も本箱でいっぱいで、ますます乱雑になっていく本箱に本が並べられていた。なかにはドアのフレームまで埋めつくすほどの本のせいで、奥まで行けない部屋もあり、行きついた先で戦略的に本の隙間を埋めつくしながら後退していくしかなく、まるで三次元のテトリスをやっているようなものだった。彼が置かれた状況に対する同情もしだいに薄れていき、本の山を飛び越えて進んだが、積まれた本に振動を与えないようにした。そうしなければ雪崩《なだれ》を起こしてしまう。

四時間後、数ある部屋のひとつにあった一台の本棚に収蔵されていた本をより分け、そのうちの何冊かを店に持ち帰って鑑定することにした。最初こそ僕たちをとがめるような目で見ていたが、しかし、残った時間で本の検分をする余裕がないと気づくと顔を明るく輝かせた。そして、僕たちを急きたてるように追い立て、「わざわざ出向いていただき恐縮だ」と礼を述べ、「次の機会には残りの本も見てほしい」と約束してくれた。

　持って返った本の代金を払い、ふたたび連絡を取ろうとしたが、もう二度と招かれることはなかった。

34　地下牢投獄

「アザーセラー」の存在を知ったのはサザランで働きはじめて一年ほどたったころだった。アザーセラーは当時、ジェームスの管轄下に置かれていた。ジェームスはサザランについて、知る価値のあるあらゆる秘密にことごとく通じているような圧倒的な存在だったが、アザーセラーについては物静かな管理者としての役割を果たしていた。しかし時いたり、やがてジェームスの膝が痛みだし、地下室から品物を移動させなくてはならない場合は、キングス・クロスにあるセラーズの謎に足を踏み入れる任務は僕に委ねられることになった。

　アザーセラーは軽んじてはならず、無闇に手を出してもいけないことは、はっきりと言われた。そこはもうひとつの死の世界であり、ジェームスはこの地下の隠れ家に潜む嫉妬深い〝魔王《エルケーニヒ》〟だった。だが、奇妙だったのは、店の誰もがこの地下室には興味がないようだった点で、ごくまれに必要なものを取り戻す場合、それが永久に消えてしまわないよう、ジェームスから回収を命じられるときは別だった。

店の記録を記した年代記によると、二十世紀の遠い昔、サザランは廃業を決めたワインレブという建築関係の書店の在庫を買い入れるというすばらしいアイデアを思いつく。こうした仕入れは珍しいことではなく、とくに名前が通っている書店が店じまいする場合、その在庫をすべて買い受ける。一冊残らずすべてだ。もうお気づきだと思うが、立派な古書店であってもそのみごとなキャリアの途上、売れる商品とは無縁のもの、ガラクタ、奇妙なものをかなり蓄えていくものである。そしてサザランは軽率にもそうしたものを含めて一切合切を現金で買い入れることに同意した。ワインレブ氏はきっと今日にいたるまで墓のなかで笑っていることだろう。

当時のサザランのスタッフは、ワインレブにつかまされた筋の悪い本はどこか遠くの地下室に隠しておけばいいと考えたのだろう、そのまま誰も気づかないうちに、何十年も経ってしまったのかもしれない。絶対にそのはずで、実際にそうだった。買い入れた在庫から良書を選《よ》り、それが売れてしまうと残った本はアザーセラーに送られ、そこで永遠の苦しみを味わうことになった。どんな高貴な手稿や印刷物だろうが、ひとたびこの地下室に置かれてしまうと、建築に関する些末なテーマを扱った無用な残骸とともに溺れ死んでしまった。以来、さまざまな機械で改修されてきたとはいえ、アザーセラーはサザランの床から消え、追放されたものの混沌とした保管場所になってしまった。本にとってここに送られることは死刑宣告に等しい。

とはいえ、絶対に売れないと長いあいだ忘れ去られていた本でも、時には地下室から取り出して店に持ってこなければならない場合がある。そのような場合、誰かが暗闇のなかに向かうあまりうれしくない旅に出ていかなければならない。シティから西側のロンドンのウエストエンドでは、さまざまなルートを使ってアザーセラーに行くことができる。僕の考えでは、ソーホーのゲイエリアを颯爽と通り抜け、劇場の裏にあるいまでは使われなくなったレストランの搬入口を使うのがいちばん早いと思う。〈博物学〉部門担当のクリスは人気のない公園を避けていくルートを選んでいるようで、修復担当のスティーブンは古い店構えの町並みを通り抜けるのが好きだが、僕一人ではこうした町並みの通りは絶対に見つけられそうにもない。〈旅行&探検〉担当のジョージは毎回ルートを変えている。レベッカが地下室に行ったことがあるかどうかは知らないが、レベッカは歩くのが無性に好きなようなので、できるだけ最長のルートを選ぶのではないかと思う。ジェームスはときどき「キングス・クロスの地下室」と呼んでいるが、キングス・クロスの近くではないのでこんな呼び方はまったく役に立たないが、混乱したら聞き流しておけばいいだろう。車でも行けなくはないが、一方通行に閉じ込められてしまうと身動きが取れなくなってしまい、二度とそこから出られなくなるので、この選択肢は避けたほうがいいだろう。

奇妙な廃墟のような通りに入ったら、昔、ロンドンの公共住宅建設事業の際に建てられたアパートが並ぶブロックをまず探す。建物も廃墟のようだが、かならずしもそうではない。正しい鍵を使えば外側のドアを通り抜け、殺風景な石造りの控えの間に入れるし、そこのレンガの壁にはかすれかけた文字で「泥棒注意」という看板が垂れさがっている。植え込みがきちんと手入れされているので、まだここに住んでいる人がいると思う。上の階からも歩く音が聞こえることもあるし、しばらく待っていれば、アパートの住人が上階の窓から空へと舞い上がり、不釣り合いなほど大きな影を落としていくのではないかと思えるときさえある。

地下室に入るには、骸骨のような黒い格子の扉を見つけなければならない。扉には少し壊れた南京錠がかかっている。* 南京錠の扱い方を知っているなら、あまり鍵のようには見えない鍵を使って解錠して格子を開ける。その際、はずした南京錠は地下室に持っていかなければならない。そうしないと見知らぬ誰かが現れ、格子を閉じ、鍵をかけて地下室に閉じ込められてしまうかもしれないのだ。南京錠は反対側から開けるのはかなり難しいが、自分の手先がかなり器用であることに僕が感謝しているのは声を大にして言っておきたい。そうでなければ、僕はまだ地下室にいたままかもしれない。

階段は石の螺旋《らせん》を描きながら暗闇のなかへと続いている。照明は灯されていない。だが、大胆ではあるが日中に地下室に向かう分別があれば、消えゆく灰色の光が最初のカーブまでは照らしているので、勇敢な書店員は自分の方向を確認することができる。階段を降りきった壁にはくぼみがあり、用途不明の道具が置かれている。地下の通路は開閉式の屋根がある廊下へと続いている。

屋根の下はいつも濡れている。雨漏りや詰まった排水溝のせいで床は水たまりで覆われ、レンガ造りの壁まで湿っている。水たまりはときどき、鮮やかな色をしているときがあるが、なぜこんな色になるのかはどう説明していいのかわからない。トンネルのような壁には影に閉ざされた窓と紺色のペンキの剝がれたドアが等間隔に並んでいる。そして、廊下の行き止まりにあるのがサザランの地下室だ。三つ目の鍵でいかにも無骨な南京錠を開けると、店の地下墓所に向かって扉が開く。

そのとたん襲ってくるのは臭いだ。何十年ものあいだ一度も触れられることなく、びっしりと積みに積み重ねられてきた本は、暴力じみた独特の臭いを放って襲いかかり、本を除いたり、棚を移動したりしてもこの臭いだけはどうすることもできない。部屋そのものにこの臭いが染みついているのだ。南京錠をはずして音を立ててドアが開いたその瞬間、顔面に一発食らって財布を奪われたみたいだ。数年前から不要品を排除しようとさまざまな努力が重ねられてきたが、数週間もしないうちにふたたびゴミが忍び込んでくる。クタクタになった空き箱、ズタズタにされた装丁の革。不要になった図版ページは地下室の暗い隅に引きずり込まれて何かの巣として使われている。**

壁という壁、隅という隅からクモの巣がぶらさがっている。ところどころに積もったほこりが房のように垂れ、カーテンか装飾用のロープのように見える。遠い昔、本が収納できるようにと、

＊この南京錠をうまく開けられる人間は僕を含めて数名しかいないので、よく地下室に行ってくれと頼まれる。この錠を開けるにはちょっとしたコツがあり、絶妙なタイミングで手首をひねりながら鍵を回す。

＊＊ここでネズミを見たことはない。ハツカネズミもクマネズミもだ。豊富な巣材を考えるとやはりこれは驚きだ。それには二つの理由があり、そのどちらかではないかと僕はひそかに考えている。ひとつは供給過剰な巣材を得たネズミが社会を発展させ、その発展段階が組織的な裏工作、姿を隠せるほどの発達段階に達したのか、あるいは、この地下室にはネズミでさえ不快感を覚える何か厄介なものが存在しており、それを避けているかのどちらかだ。

心優しき人が金属製の棚を何列も用意してくれたが、長い年月をかけてゆっくりと錆が浮かんでしまい、このインテリアにさらに雰囲気を添えている。目当てのものを見つけるには、手前に並んだ本の列をいくつか飛び越えてから（目を剝《む》くような大グモがいないかを注意深くチェックしてから）、目を凝らしてひたすら棚を探しまわらなければならない。棚にはラベルのたぐいは何も貼られてはいない。

ところで、ここ数年、運のいいことに店のほかの人間といっしょに来る機会はほとんどない。それのどこがいいのかと言えば、同行者がいる場合、かなりの量の本を移動させることが多いからだ。ただ、ここでの仕事は不気味で、部屋には照明のスイッチがひとつしかなく（もつれた配線からオレンジ色の鈍い光を放つ裸電球がぶらさがっているだけ）、しかもそのスイッチは、獰猛《どうもう》で縄張り意識がことのほか強いクモによって守られている。ある日突然、本の虫を食べるのをやめ、ほかに獲物を探すのではないかと考えると、このクモをあまり刺激したくはない。普段は明かりをつけず、懐中電灯を使って手早く物色して、できるだけ迅速に任務を遂行するように努めている。そうすれば、こんな不気味な場所はさっさとあとにできる。それだけ必死になって箱を開け、ひたすら箱のなかを調べることに気をとらわれてしまうと、つい〈セラーレディ〉のことがお留守になってしまう。

僕がその女性を〈セラーレディ〉と呼んでいるのは相手の名前を忘れてしまったからで、彼女にもちゃんとした名前があるのは信頼できる筋から聞いている。地下に並ぶドアの一室が彼女の部屋で、ドアの近くには手紙を入れる小さな箱が置かれている。やはりそこが彼女の住まいで、以前から彼女はそこに住んでいたとあとになって聞いた。しかし、僕が懐中電灯を頼りに箱の整理をしている最中に彼女の存在に気づくまで、店の誰もそれについては警告しようと思わなかったようだ。

箱や書類から聞こえてくるざわめきは超常現象で、犯人は店の地下に潜む例の未確認生物〈リストルスティッグ〉だから、わざわざ調べるまでもないと考えはじめていたその矢先――「あんた、誰？」と物陰からとがめるような声が聞こえた。僕はその場で跳び上がり、本をそこらじゅうにばらまいてしまった。心臓が危うく止まるところだった。それまでずっと聞こえてくる物音は気のせいであり、ここにいるのは自分一人だと言い聞かせてきたことに気づいた。そして、それにかわって巨大なクモや箱の形をした怪物といった不条理なイメージが不意を突くように浮かんだ。

彼女は彼女で警戒しており、僕からまともな答えを聞き出さなければ近寄れなかった。攻撃・逃避反応におちいっていた僕が、本能的に武器になりそうなものがないかと探していたからだ。小柄な女性で、自分がここにいて何をしているのか承知しているのはその様子からわかったが、どうして僕がこんなところにいるのかと怪しんでいた。「あんた、誰なのよ？」とまたもや聞かれたが、今度はイラついているのがわかる。なんとかして少しばかりの勇気を奮い起こし、僕は自分の名前を告げた。

「この地下室は本屋が使っている部屋だよ」。彼女は、僕が何かよからぬことをしている現場を取り押さえたように指摘した。「サザランという古本屋だよ」

守勢に立たされた。「そこで働いているのですが」と弱々しく答えた（ほこりにまみれているうえに、店の平均的なスタッフより二十歳ほど若かった）。

「あそこの店員だって？」と疑わしそうに繰り返してから、油断なくこっちを見た。「見たことのない顔だね」

言葉の返しようがなかった。言い返したかったにしても、頭のなかは以前一人でここに来たときのことで占められていた。そのときもこの女性はここにいたのだろうか？　この謎めいた相手が息もかかりそうなぐらい近くにいるとも知らず、何度この暗闇をさまよったのだろう。ここで昼食をとるために立ち寄ったときも、彼女は見ていたのだろうか？　彼女にもおすそ分けすればよかったのか？　地下室での出会いのマナーについて僕は途方に暮れていた。

相手はそんな僕を哀れんでくれたようだった。「ここは気をつけたほうがいいわよ。なかに入るときも、その鍵だけはしっかり持っていたほうがいい」と言って、部屋の入り口近くに無造作に置いておいた錆の浮いた南京錠を指さした。「そうでないと、ここに閉じ込められることになるわよ。このあたりは泥棒が多いからね。知らないのかね」。僕は無言でうなずいていたが、これを二人の了解事項と考えたのか、彼女は首を振り振り自分の部屋のドアのほうへと行ってしまった。まったくいいところを見せられないままだったが、明るいところに出てみると、部屋に閉じ込められないようアドバイスしてくれたただの親切な女性だということがしだいにわかってきた。

とはいえすっかり気が引けてしまい、僕は尻尾を巻いて店に戻った。せめて店の仲間には驚くのも無理はないと認めてもらおうと思い、アンドリューに向かって遭遇した試練について息も絶え絶えに話したが、平然として聞いている。アンドリューにしては珍しく素っ気ない反応だった。僕としてはきわめてドラマティックに話をしたつもりだったが、そこであらためてジェームスに話してみた。ジェームスは、すんなりと事情を飲み込めない僕にいらだった口調で、もちろん、あの地下室には女性が住んでおり、今後はもっと丁重に接しなくてはならないと教えてくれた。

アザーセラーは実は一室ではなく、もうひと部屋あること、つまりアナザーセラーズだったと知ったのはいまから数カ月前のことだった。経理担当のイブリンが店の財務記録を見ていたときに気づいた。穏やかではあるが毅然たる彼女の流儀にしたがい、店のスタッフ全員に、実はあの暗闇の底に二部屋の家賃を支払いつづけていること、そして、今後もまた二部屋も使いつづけるつもりなのかと、丁寧ではあるがはっきりした口調で問いただされた。当然のことながら、あそこにサザランの二つ目の地下室があったことをはっきり記憶している人間は誰もいなかった。

こうして鍵探しが始まった。引き出しという引き出しが開けられ、キーホルダーが検分される。予想していたとおり、候補者が選ばれ、探検隊が結成された。それから景色とは無縁の例の地下通路をたどっていった。運よく見つけた鍵を使うと、何十年も封印されてきた扉はギシギシと音を立てながら開いた。部屋はほこりだらけだった。秘蔵の宝物、そうでなければ少なくともスキャンダラスな手紙が詰まった箱の発見を期待していなかったと言えば嘘になる。だが、見つかったのはプラスチック製の洗面器（じめついた水に半分浸かっていた）、不気味な雰囲気を放つ何枚もの空の肖像額、そして、かつてサザランのライバルだった書店の書類でいっぱいの大きな書類棚だった。結局、三〇年前にワインレブの在庫を買いあさったのは失敗だったと言わんばかりの気配を漂わせていた。

35 学位について

家族や友人に「古書の世界に入る」と告げたとき、見捨てられ、ほこりだらけの地下室で体をぶつけながら動きまわっている僕の姿は誰も想像していなかったと思う。みんなの頭に浮かんでいたのは、数年の見習い期間を経て、ツイードのジャケットを着込んだ僕の姿であり、たぶんアパートの家賃ぐらいなんとか稼げているだろうと考えていたと思う。

だが、母は僕が選んだ職業に危惧していたようだ。もっとも、山ほど積まれた本に埋もれながら、その件について母に反論するのは無理な相談だった。ただ、僕が何か面倒を起こし、尻尾を巻いて実家に帰ってくるぐらいなら、古書店で働いていたほうがましだとは思っていたようだ。いずれ僕がすかんぴんの老古書店員になるのではなく、もっと大きなことを母が思い描いていたのはたしかだ。母にすれば、そもそもの問題は僕が高等教育を受けていない点にあると考えていた。古書店でいくら経験を積んでも、学歴がなければ図書館のようなところへ移ることはできない。

僕が高等教育の道を進まなかったのには理由がある。ナルコレプシーと診断される以前、この病気が原因で試験は連鎖のごとく〝不合格〟が続いてしまい、それまで確保してきた大学の入学資格をことごとく失ってしまった。そして、この出来事こそ、そもそも僕が見習いとして働くきっかけとなる。こうした生き方について当時はどうすることもできず、それに僕自身、進めなかった学問の世界を振り返ることもなく、それまでどおりぼちぼちやっていけるだけで十分に幸せだった。

サザランで働きだしてなんとか独り立ちでき、この仕事のなんたるかがわかりかけたと思えるようになったばかりのころ、自分はこの先どうなるのかという疑問を感じるようになった。この仕事に将来はまったく見込めないとか、せっかく乗り出した船だというのに壊血病やあれやこれやで死ぬまで困窮するとかそんな話ではなかった。

問題はある思い違いに根ざしている。稀覯本の外の世界の住人には、この業界での経験は図書館や公文書保管所などで働く際に有利に働くと考えられている（そう思われるのもきわめて当然だ）。それはたわいのない思い込みではないし、稀覯本という木から伸びるどの枝にも、その枝に見合った資質を裏づける専門性が必要とされることを知って驚かれる人も多い。こうした専門性が備わってはじめて、この世界に飛び込んでこられる。しかし、本を扱うあらゆる仕事のなかで、稀覯本の販売は参入障壁がもっとも低く、目を光らせておく管理点はごくかぎられているうえに、書籍を扱う世間一般の機関では、図書館学や博物館学のような関連する上級学位を取得していなければ、古書店での経験は炭鉱で石炭を掘っている程度の経験値でしかないと見なされる。こんな誤解を人にも話してしまったことで、僕のなかでもう一度学究的な道に挑戦してみたいというあのいまいましい考えが頭をもたげてきた。

そんな考えがそれから一年ほど続いた。その間、自立した生活を維持しながら、それをかなえる方法はないかとネットで調べつくしたが、結果にはいつも憤然としていた。クローゼットのような小部屋*を友人から借りるのがやっとの給料とはいえ、せっかく手に入れた独立は決して手放したくはなかった。だが、その場合、サザランの仕事に加えて勉強をしなければならない。理想を言えば仕事にも直結するようなものが望みだ。

ここまで言えば、僕が直面していた問題についてうすうすお気づきになられたかと思う。時間の融通が利いて、サザランから徒歩圏内にあり、学費も手ごろな教育機関、しかも稀覯本販売に携わる者にはとくに役立つ課程があるところ。しかし、そんなところはほとんどなきに等しい。

だが、そんな学校が一校だけ見つかったのだ。

インスティテュート・オブ・イングリッシュ・スタディーズ（ＩＥＳ）はサザランから目と鼻の先にある活気に満ちたブルームズベリー地区にある大学院で、「書物の歴史」というニッチな分野の修士課程が提供されていたが、学士号がない僕にはこのコースを履修できる資格はそもそもなかった。それだけに、ＩＥＳへの入学はこれ以上ない目標となった。専門知識の点では不合格だが、ここに入学するためなら相手を納得させる説明ができる。そうすれば、「がんばった」と誰にも認めてもらえるはずだ。まさに正道を踏みはずした計画だったが、この時点で僕は二つのことを計算に入れていなかった。ひとつは、僕にはありえないタイミングで成功を呼び込む摩訶不思議な才能があること、そして二つ目はシンシアである。

大学に問い合わせたとき、一方的に断られるだろうと心底からそう考えた。事実、ほかの大学であればそうなっていたはずだ。運がよかったのか、面接を希望する丁重に書かれた僕のメールはシンシアのデスクに届いた。シンシアは慣例にとらわれず、自分の判断をくだすタイプで、こちらに来て話をするようにと言ってくれた。事態はそこから急展開を始めた。

ＩＥＳはブルームズベリーの緑豊かな大学地区に建つ「バベル」に設置されている。バベルは大学評議員会館《セネットハウス》とも呼ばれ、建物はアールデコ建築の記念館だ。秋の気配が漂う時期だっただけに、周辺はことのほか美しかった。ドアを開けて吹き抜けの広間に足を踏み入れると、その瞬間、静寂に包まれた。毎日店で働いているときに感じている静寂だった。慣れていなければ、威圧され、その場で立ちすくんでいたかもしれない。サザランと同じ静寂だったが、本を抱えたまま放っておいてほしいのに、一般人と接することを余儀なくされる学者たちの周辺から醸し出される奇妙で圧迫感のある雰囲気だった。

その雰囲気はむしろ僕に奇妙な自信を授けてくれた。似たような部屋が迷路のように入り組んだ通路を進んでいく。どの部屋にもレファレンスブックが高く積み上げられ、そこにいる人たちは僕が邪魔をしないようにと望んでいるのがはっきりわかる。シンシアのオフィスにたどり着いた時点で、この場所こそ僕が教育を積み直していくのにふさわしい場所だと決めてかかっていた。

＊天井が斜めの構造のため、部屋のなかではまっすぐ立っていられない。もともとこの部屋は石炭の貯蔵室のような場所だったと思われる。この近くに来たときにはいまでも立ち寄っているほど気に入っており、部屋のホストである友人の料理も悪くなかった。そのうえ僕がここを引き払って以来、部屋はずいぶんときれいになったからである。

まるで気の合う友人と意気投合するような感じだった。

シンシアの人となりをどう伝えればいいのだろう？　彼女について正しく評価するなど僕にはできそうにもない。シンシアは、稀覯本の世界について僕が愛するものすべてを蒸留して一人の人間に凝縮した存在《スピリット》であり、そのスピリットをシンシアはランプのマントルのように優雅に身にまとっていた。それはいまでも同じだ。彼女に出会う以前、大学のようなアカデミックな世界を自分が本当はどう考えていたかは僕自身にもよくわからない。だが、つねによそよそしくて、近づきがたいと、心のどこかで思い込んでいたのはまちがいない。

口調はソフトだが揺るぎなく、言いまわしはドライで彼女だけが知っているとてつもなくおもしろいジョークのオチは自分しか知らないといった感じで、話すときにはいつもかすかに首を振っている。僕にとっては自分ととても親和性の高い人と出会えたときのような感覚だった。その親和性は、（a）あらゆることは面倒と知りながらも、（b）その面倒くささに絶対の価値がある場合が間々ある現実を理解している人のことだ。

卒業にいたるまでの紆余曲折については、おそらく回顧録で埋めつくすことができるが、要するに本来なら二年で終わるはずのコースを四年かけて僕はなんとか修了する。シンシアと言えば、僕への責任からはとっくに放免されているにもかかわらず、見るに見かねて履修課程のほぼすべての段階で手を差し伸べてくれた。僕が正式に長居を認められてからも、遅れたレポートを受け入れ、土壇場の最後の最後まで個別指導やアドバイスを授けてくれた。

僕はとりたてて学究肌のほうではないし、同じように学問的な慣例を無視することもはなはだしい。もっとも、だから古書店のスタッフとしてはむしろ優秀でいられるのだが。それでも学校に行っていたころ、夜も週末も仕事をした。休みの日も働いたし、接客のあいまも働いていた。それまでの人生であれほど働いたのはたぶんはじめてだったが、その努力は報われた。シンシアは奨学金の申請手続きをひそかに進めてくれた。おかげで学費の全額をまかなうことができた。明らかに入学資格がなかったにもかかわらず、その件については大目に見るよう説得してくれたのもシンシアに決まっている。*そればかりか、必要な部署に出向き、僕の履修期間について一年ではなく二年にわたって延長許可を認めさせたのもシンシアだった。そのおかげで、風雨にさらされてきた哀れなこの体をゴールまで引きずっていくことができた。

そんなわけで、現在の僕は誇り高き修士となった。この修士号は苦労して得た専門知識の証しにほかならない。もちろん、だからといってサザランの給料が上がる見込みは皆無なのは承知のうえで店に持ち帰ってきた。

＊僕のためにわざわざ奨学金の手配や個人の蔵書を貸してくれた指導教員は、シンシア一人ではなかったことを記しておくべきだろう。概して言うなら「書物の歴史」の教授陣がそんなふうに指導できることに大きな喜びを感じていたようだった。僕の同級生もそんなふうに考えているようだったし、とてもくつろぐことができた。

メンフクロウの剝製。
故人となって久しいが、状態は悪くない。
ところどころ色あせているが、手際よく保存されてきた。
装飾用のガラス鐘は追加料金なしでご提供。

第4章　博物学

——頻繁に遭遇する人間たちが織りなす寓話集。文字どおりグロテスクなものとして分類され、仕分けられる多種多様な標本。

〈博物学〉の対象は広範囲におよび、地を這うもの、空を飛ぶもの、水のなかを泳ぐものに加え、なにやら科学的なニュアンスを感じられるものみなすべてが含まれる。その点はどうかご容赦いただきたい。十七世紀に書かれた南京虫の本と『ホーキング、宇宙を語る』〔邦訳、ハヤカワ文庫〕はまったく違うジャンルだと思われそうだが、サザランでは本質的にいずれも〈博物学〉の範疇として扱われている。要するに、南京虫と宇宙は対象の大小の違いなのである。

＊＊＊＊＊

36 パーティー

古書店について抱かれている一般のイメージとはうらはらに、サザランでは閉店後、ちょくちょく夜会《ソワレ》が催されている。ここまで話してきた古書販売の実態を踏まえると、この話には驚かれるかもしれない。サザランのオーナーであるお偉方についても、近づきがたいほど遠い存在であるかのように思い込ませていたら、やはりここで訂正しておかなくてはならないだろう。ごくまれとはいえ、パーティーや本の記念発売のために、お偉方たちも店に顔を出すことはあるのだ。

僕の説では、こうした夜会を知る人たちこそ、書店で楽しく過ごす術《すべ》を知っている人だ。僕個人の偏見かもしれないが、時間を過ごすなら書店ほど楽しい場所はほかに思いつかない。古書店ならではのフロアスペースや静けさは、あらゆる催し物に最適だし、使い勝手も悪くはない。本屋だからといって、かならずしも本にかかわる行事である必要もない。さらに言うなら、借りられる余裕がある人なら、高雅な雰囲気を存分に利用するという目的を満たすだけでも、古書店というスペースを利用するのは理にかなっている。僕が古書店のオーナーなら、まちがいなくそうしている（そうなればなったで、人づきあいを強いられることになってしまいそうだ）。

こうしたイベントについてお偉方たちは、かならずうまくいくといつもきわめて大らかに考えているようで、催しがあるたびに店のスタッフによろしくと丁重に依頼するが、どうやら彼らはある種の健忘症、しかもかなり重い健忘症を患っているようだ。本書をここまで読んでこられたなら、結局、古書店業界で働くことを選んだ人間がどんなタイプなのかすでにおわかりいただけたと思う。そうしたタイプの人間が、ゲストのコートを預かったり、ドリンクを提供したり、しゃれたパーティーに先立って店を片づけておくように頼まれたとき、みんなの反応もきっとおわかりいただけるはずだ。そう。反応らしい反応はほとんどうかがえず、パーティーが始まる数時間前まで何もないようなふりが続く。思うに、お偉方たちは今度こそきちんと準備してくれるはずだとそのたびに信じて疑わないようだ。だが、僕からすればそれはきわめて破滅的な楽観主義に思えてしかたがない。

　イベントのたびごとに、ゲストの到着に先立ち、店内からは明らかに脅威となるようなものを無力化して、危険な備品を排除したり隠したりするために、くまなく掃除をしておかなくてはならない。脚立やかさばる本は落ちてきてゲストを押しつぶすことがないように別の場所に配置しなおしていた。* 凶器となるカッターナイフは引き出しにしまった。スタッフは名札をつけていたが配られた名札はばらばら、イベントによって、あるいは引き出しから取り出した名札によって、僕はマイクにもなったし、デイジーにもなった。箱はテーブルの下に隠されていたが、ぞんざいに置かれていたので、なかにはしかけ爆弾《ブービートラップ》のように通路に突き出ている箱もあった。

　肝心なのは店のあちこちから本や工芸品を回収することにつきた。身内から粗末に扱えないど

＊脚立には高齢男性を引きつけてやまない何か危険な香りがある。踏み板を備えた類いのものは細心の注意を払って隠しておかないと、命とりになる。一メートルの危険な脚立の上で体をぐらつかせながら、キャッキャとはしゃぐ八十代の向こう見ずな男性に向かい、「ミスター・ビークマン、降りてきてください」と声を張り上げるはめになる。

うしようもないガラクタをもらったことがある方なら、この戦略がどれほど重要かは推察していただける。ゲストの顔ぶれにもよるが、それまで見たこともないようなもの――たとえば招待客（または近親者）が書いた本で何年も前に店に寄贈されたものなどだ。シャンパンの巨大なボトルはふたたび満たされることなく何年も置かれたままだったし、隠しておかなくてはならないものもあった。以前のパーティーで処分されたはずなのに、持ち主の承諾を得ないまま、なぜまだ店にあるのかなど、そんな話など店の誰もしたくはなかった。

開場前の慌ただしいさなか、ジェームスはいつも決まって同じ言葉を口にしていた。「サザランのパーティーは控えめだが、優雅に展開される戦闘のようなもので、ゲストは午後五時からディナーに向かう七時までのあいだ店内を悠々と動きまわっている」。ジェームスにとってこの時間が重要だったのは、催しのために通常よりも一時間早く店を閉めなくてはならなかったからであり、その押し殺したようなつぶやきから察すると、そのことにジェームスは静かな憤りを覚えていたようだ。

開場五分前の午後四時五十五分になるとゲストが姿を見せはじめる。だが、ここが本当に会場なのかといった感じで、店内におずおずとした感じで入ってくる。勝手を知らないまま、店で開催されるイベントに早々と現れるとどうなるのか。定刻の午後五時でない以上、なんの応接もないまま放っておかれることも珍しくはなく、五時になるまでそわそわした様子で店のなかをうろついているしかない。そして定刻の五時、ジェームスの襲撃が始まり、ゲストたちに帽子を脱ぐようにと執拗に繰り返す。

帽子かけが例の古書店ジャーンディスから持ってきた一台しかない場合、人目につかないように店の階下に置かれるかもしれず、その場合、ゲストは探しまわることになり、結局、大半の人が自分の持ち物は手もとに置いておくことを選んだ。一瞬たりとはいえ、いったんそこに置いたらその立派な帽子とは二度と見《まみ》えなくなると脅えている様子がありありとうかがえた。

ゲストの来店が増えるにつれ、パーティーとは無関係な客もこの機に乗じて店に入ってくる。こうしたイベントの場合、「貸し切り」という張り紙はめったに出さなかったので、こんな事態になるのは当然と言えば当然だった。この日、宿命的な出会いを経てその場で参加を決めた客、観光で訪れた大勢の客は困惑した表情を浮かべている。例の未確認生物の姿もちらほらうかがえる。こうして、恐怖におののくゲストと肉食系の常連客がひとつになって楽しい時間を過ごす。もっとも後者の常連客の多くは、無料のワインと彼らの餌食となる相手を探すのをもっぱら目当てにしている。

イベントに先立ち、異世界の門をくぐれるような招かれざる客に開催を覚られまいといささかなりとはいえ努力は試みられるが、それにもかかわらず〈スピンドルマン〉はなんらかの方法を駆使して会場に潜り込み、彼がカスターブリッジ公爵を追いつめ、ぼろぼろになった銅版画の古書を売りつけようとする姿を例によって例のごとく目にする。

これらもろもろのほかにも、訪れたゲストは店のスタッフを相手に苦闘しなくてはならない。店のスタッフがあくどいというわけではなく、その点について言うなら、サザランの店員はおおむね誠実な者ばかりだ。ただ、古書販売という仕事には心の変化がつきもので、物事への執着が涸《か》れていく。そうした心のほころびは、『イギリス製本技術史』を開いたとき、ページのあいだに栞としてそれなりのネクタイを目にしたときなどに、どんなものかうかがい知ることができるだろう。時間がたち、本と触れ合うことで、古書店のたいていの店員は、化粧板のようなつややかな見栄えを徐々に失い、そのかわり脂っ気はいささか抜けてしまうが、これぞ本物と呼べるものに変わっていく。以上縷々《るる》語ってきたのは、古書店のスタッフたちを賑々《にぎにぎ》しいイベントのホスト役として無理に動員するのは、女王陛下をモンスタートラックのクラッシュレースに招待するようなものだと遠回しに述べたにすぎない。

お偉方たちも年を追うごとに、スタッフにこうしたイベントの世話を強いるのは控えるようになっていった。措置としてはおそらく最善の措置だろうが、僕としては一抹の寂しさも感じている。イベントがお開きになり、僕が店のよろい格子をゆっくりとおろしはじめると、店のなかでは大騒ぎが始まる。たくさんの人が毛皮のコートを探して走りまわり、シャッターの鍵をかけて僕が立ち去る前に店を出ようとあたふたしながら格子の下に潜り込んでくる。そんな段取りももう二度とできなくなってしまったからである。

37 乱闘

暴力が目の前で起きたとき、自分はどう反応するのか、それはその場に置かれてみるまで決してわからない。毅然とした態度で相手に向き合うとか、鋭利な栞一枚だけで侵入者に立ち向かうなどと誇大妄想を抱いていても、古書店ではそんな暴力に直面するとは想定していないのが本当のところだろう。

十代の客はだいたい同伴者がいる。実際一人で来る若い客はあまり見かけないが、その顔は本への欲望が燃えさかっており、眼鏡をしている子が多い。ベッドのなかで目を細めながら、何時間も本を読んでいるせいなのだろう。目を丸くしたまま、静かに店内を見学するだけで、スマホのフラッシュ撮影や大声でおしゃべりすることもないので、こうしたタイプの子供はそのまま放っておける。それだけに、一人でやってきて、トラブルをことさら探しているような子はひときわ目立つ。書店員の見とがめるような眼差しに直面しながら、死んだように静まり返った古書店に入っていき、そこでひと騒ぎする勇気のある十代の子供はほとんどおらず、その点では大人も変わらない。

そんなわけで、僕はまやかしの安心感を抱くようになった。店に取りついた未確認生物や奇妙な客にもかかわらず、緊迫感や脅威を心底から感じるような機会に直面するようなことはほとんどなかった。日々の仕事で緊急事態と呼べそうな出来事と言えば、一冊しかない本の注文を二人分受けてしまった場合だが、そんなときでもどう対処するか一日か二日考える余裕がある。*

だが、ある日の午後、エデンの園のような平穏は突然奪い去られた。店の前の通りから怒鳴り合う声が、暗がりがよどむ店内の静寂を突き破って聞こえてきたのだ。強いアイルランド訛りの

＊こんな場合はごひいきにしている客に本を渡すといい。

怒声で、どうやら一歩も譲れない何かをめぐって言い争っているのは明らかだった。その声がゆるやかに円を描くように店に向かってくる。まるで向かい合ったボクサーがたがいの間合いを計っているようだった。このとき、ジェームスが例のアイリッシュ・ボックスに手を伸ばしているのが僕の目にとまった。*

ドアが大きな音を立てて開くと、怒鳴り合う二人の男が店のなかに入ってきた。いずれも十代――何をやってもぎこちなく、怒りに満ちた不平だらけの人生の段階――の若者で、二人ともすでに論争の第二ラウンドに突入してあと戻りはできそうになかった。その様子は最初の拳を繰り出すタイミングを探しあぐねているようであり、すでにたがいの母親を侮辱する程度の言い争いですませられるようなレベルを超えていたのは明らかだった。二人は下品きわまりない言葉をポンポンと途切れることなく吐き出しながら、スイングドアから突然店に入ってきた。

二人の名誉のために言っておくと、交戦中の二人は、普通ならその場で人を黙らせてしまう、古書店ならではの粛然とした静けさから例外的な早さで立ち直った。大声で叫びながら店に入ってくる度胸のある者でさえ、たいていの場合、シーンと静まり返った周囲の気配になえて身動きできなくなってしまう。だが、高揚する一方の戦意が二人に力を授けたのだろう。二人はそのまま僕のほうへと向かってきた。

地階に続く階段の前、店の入り口に面した小さなデスクにいた僕は、第一線防衛ラインとしての役割が自分に課されているのではないかと突然気づいた。この瞬間まで防衛任務を果たすように求められたことはない。運命が敷居を越えて自分に向かって突進してくるなか、古書店は暴力と無縁だという思い込みは、至福の誤解だったと僕は一瞬にして覚った。

時間が凍りついた。自分の労力と時間を使い、激しさを増していく一方の大災厄に首を突っ込み、仲裁することが賢明な対応かどうかとしばらく考えた。これまで教えられてきたこと、店の同僚たちが示してくれた手本に考えをめぐらせていくうちに、時間ばかりがどんどん過ぎていく。サザランの遺産について、誇り高き古書店の伝統について、そして店に対する責任についても考えていた。

正直に言うと、僕は二人の邪魔をしなかった。すかさず、自分とはなんの関係もないふりをした。アイリッシュ・ボックスを探してコンラッドの本が積まれた山の下にいなければ、ジェームスも僕の素早い反応ぶりをきっと正当に評価してくれただろう。二人の言い争いはすでにピークに達し、一方がもう一方を階段の吹き抜けのほうに追いつめている。二人がなぜ僕を避けてそっちに行ったのかはわからない。店にいる全員の視線が自分たちに注がれていることなど二人の眼中にはなかったようだ。僕の横を通りすぎ、二人が地階に駆け下りていくやいなや、全員の体から力が抜けていくのがわかった。階が違っていればその出来事はあたかも別次元同様だという反応だった。一階でこうだったので、二人とも地階で周囲からこれという抵抗はないものと踏んで

＊頻繁に起こる不測の事態に備え、ジェームスはアイルランド関連の資料や作家、地図や切符などを収めた小さな箱を保管していた。なぜアイルランドが特別な配慮（もしくは隔離と言ったほうがいいかもしれない）を受けるのか僕にはきちんと説明できそうにもないが、その箱がけっこう頻繁に使われているのには驚いていた。

いたのではないかと思う。だが、ここで二人はリチャードに遭遇する。

サザランは古書店だがギャラリースペースもあり、遠い過去にまでさかのぼる版画の販売を行っている。いまでは記憶からも消えてしまったが、かつては独立した店舗としてギャラリーを運営していた時期もあったらしい。現在ではいささか控え目に地階で営業している。リチャードはこの部門の責任者の一人で、一種独特の版画やイラスト、あるいはポスターが展示されているいくつものケースを管理していた。作品は店の壁という壁に飾られ、際限なく並ぶ書棚の単調さを打ち破るために必要な色彩を添えてきた。

本書ではここまでリチャードについて触れてこなかった。なぜかと怪訝《けげん》に思われるかもしれないが、リチャードは分別をわきまえた人物で、できるだけ書籍の邪魔にならないようにしている。また、店のほかのスタッフとも違い、担当する作品を細心の注意を払って管理しており、引き出しという引き出しにはラベルが貼られ整理されている。作品が売れると委細について残らず書き記し、それを小さな封筒に入れて残しておく。それはまるでパラレルワールドから抜け出したようで、向こうの世界の住民は商品のメモを作成して在庫を管理し、だいたいにおいて自分の生活をしっかりと把握している。

リチャードの姿はポスターが前に置かれたデスクで見ることができる。もちろんデスクまわりは整理整頓されており、そのデスクでメモを書き込んだり、作品の正確な寸法を測ったり、ときにはほかの人間が失敬して盗んださまざまな文房具を探しまわったりしている。* こうした仕事ぶりがずっと続き、デスクから立ち上がることもめったにないが、みんなにお茶をいれたいという紳士的な気遣いに駆られたときは別だ。店で働くほかの誰にも声をかけないまま、自分が勝手にお茶をいれるのはリチャードにはとても心苦しかったものの、彼のこうした心遣いについて僕は何年も報いてこなかった。それだけに、僕にはひそかに恐れていることがある。積もりに積もったリチャードへの恩義について、僕が予想もしなかったときにそれを返せと要求される恐れだ。その貸しは紅茶一〇〇〇杯分の価値があるだろう。

用があってリチャードがデスクから立ち上がったとき、想像以上に背が高いことに気がつく。店のスタッフのなかでは、いつ見ても彼ほどどっしり構えた者はいないし、何事にも毅然とした態度で臨んで、隙を突くなど絶対にできないと思っている。天職をまちがえたのかもしれないと思っていた。リチャードにはホース・ウィスパラー、［訳註］そうでなければカルト教団の指導者のほうが向いているのではないかと思っていた。彼が何かを話すとき、静かではあるが確信に満ちた口調で言われるので、たいていの場合、その話はまぎれもない事実にちがいないと受けとめる。

「え、なんだってリチャード？　明日は太陽が昇らないって？」

でも、リチャードが落ち着いているようだから、心配する必要はなさそうだ。

地階に降り立ったトラブルメーカーの二人は殴り合いを始めたが、その様子はここで引いたら

＊僕です。失敬した犯人はこの僕です。

［訳註］ **ホース・ウィスパラー**：馬の行動や心理を深く理解し、馬にとってストレスの少ない方法で調教する人。映画『モンタナの風に抱かれて』の原作タイトルでもある。

面目丸つぶれと悟ったときに闘うような中途半端なものだった。とくにケンカ慣れした練達の闘いではなく、アクション映画のように振り付けはされておらず、優雅な打ち合いとはほど遠いものだった。実際の闘いはむしろ不格好でぎくしゃくしており、不器用で、お世辞にも凜々《りり》しいとは言えない。二人とも地階のフロアを横切っていったものの、相手の耳に傷を負わせたり、威厳を損ねたりする以上のダメージを与えられなかった。それでも押され気味の側は、自分が不利な状況であることを明らかに悟っており、形成を五分五分に持ち込める武器を探していた。

彼は周囲に置かれた膨大な数の選択肢に目を向けた。階段の下にはジョージが隠した金属製の巨大な乳鉢がある。改装担当のスティーブンがそのあたりにぶらさげた大型の工作用ナイフもある。周囲には分厚い本も散乱している。不格好な椅子は座るにはもはや不向きだが、棍棒がわりとしては申し分ない。本当によりどりみどりで、なんでも選ぶことができた。実際、彼が以上のどれかを選んでいたとしても、その邪魔をする人間はまずいなかったはずだ。しかし、何を血迷ったのか、彼が選んだのはリチャードによってきちんと整理されたポスターの束から、クルクルと巻いてしまわれていたポスターだった。

この若者がどんな戦略を考えていたのかは、今日にいたるまで謎だ。彼が選んでいた武器は武器としての有効性をうかがわせる特徴をなにひとつ備えていなかった。その彼がポスターに手を伸ばしてそれを振り上げたとき、彼の上に影が落ちた。このとき二人ははじめて、ここにいるのは自分たち二人だけではないことに気づいたようである。

思うに、見ず知らずの人間が、せっかく築き上げた自分の仕事を台なしにしようとしているのを目の当たりにして、普段は沈着冷静なリチャードもさすがに鋭い怒りが込み上げてきたのだろう。そんなリチャードはめったに目にしたことがない。相手がポスターを使って参戦すれば、その手からポスターを取り上げられるだろうが、それでは商品を破いてしまうかもしれない。リチャードはそんな馬鹿ではなかった。そのかわり、仁王立ちして震え上がるような形相を浮かべながら、いつもの調子で実はこのポスターはきわめて高価なものだと二人に告げた。

二人の若者はあたりを見まわした。その瞬間、リチャードの険しい表情に気づいて二人ともたじろいだ。もごもごと詫びの言葉を呟きながらポスターをそっともとの場所に戻すと、二人は転がるようにして店を出ていった。あとにも先にもあれほどの逃げ足は見たことがない。途中階段でつまずいたばかりか、一刻も早く店から出ていこうと必死になって入り口に突き進んでいった。以来、相手をすくみあがらせるリチャードのひと睨みを再現しようと努めてきたが、本人のような重厚感はどうしても真似することはできないでいる。

38　さらに悲惨な乱闘

閉店間際のある日の夕方、街灯が点灯して日も暮れなずみ、まるでフィンブルの冬〔訳註〕の最初の前

〔訳註〕　**フィンブルの冬**：北欧神話における世界の終わり「ラグナロク」が差し迫ったとき、その前兆となる出来事。「フィンブル」は「大いなる」の意。

兆のような日没が早々とサックヴィル通りにも訪れたころ、尊大に顔をしかめ、高そうなスーツに身を包んだ男性が入ってきた。

体内からけたたましく警報を鳴り響かせるサウンドエフェクトを備えているような人物で、店の静けさがますますその効果を増幅させていた。「要注意人物」という気配を全身から放ちながら、店内を歩きまわってはそこに置かれたものをひっくり返していたので、店のスタッフも男性の周辺から姿を消していった。歩きまわりながら男は大声でわめきはじめた。客のすべてが店にふさわしい小声で話してくれるいい客だけというわけではなく、なかには店中に轟く声を出す者もいる。この男性はそうしたタイプの客だった。

やがて、彼は大声で次のような要求を始めた。それは単におぞましいだけではなく、この男性がまれに見る不快なコレクターで、残虐な行為を扱った本を読みふけることで性的な満足を覚えているのを明らかにさらけだすものだった。僕の対応が悪かったのかもしれないが、その瞬間僕は固まってしまった。それまで、店から客を追い払ったことなどなく、どう応じていいものなのかわからなかった。

稀覯本を扱う仕事をしていれば、衝撃的な出来事に出くわすのは時間の問題にすぎない。ゴリウォーグ[訳註]やナチスをはじめ、人類が犯してきたその他もろもろのいたらなさを思い起こさせる本もまた、さまざまな理由からそれらの本を手に入れたがる客同様、古書店が扱う仕事の一部だ。稀覯本の専門書店の棚を眺めていると、この地球に現れて以来、人類はたがいに対してひどいことをしながら大半の時代を過ごしてきたのだとつくづく思い知らされる。センシティブなテーマの本の場合、きわめて繊細に扱わなければならない難しい本なのだという覚悟が即座に必要となる。あらゆる種類の不快な本を求める電話は頻繁にかかってくるし、問い合わせに適切に対応するのはひと筋縄ではいかない。

以前、ある男性から電話があり、「ゲイを遠ざける祈りの本がほしい」と聞かれた。「そんな本などない」と素っ気なく告げると、相手は話を切り替え、「では、ユダヤ人がどうやって天候をコントロールしているのかという本」と問い返してきた。この時点で僕は電話を切ることにした。不快な電話だったが、それまで店に寄せられた電話のなかで、もっとも奇妙な電話でもなければ、もっとも攻撃的な電話だったというわけではなかったからだ。おっと、話がそれてしまった。

サザランで働きだしたころ、ゴリウォーグやその種の書籍の販売に関する店の方針はキャビネットにしまっておくというもので、オープンに展示することは控えており、こうした方針に店のほぼ全員が納得していた。僕は当初、本を誰に売るかという選択肢は書店側にはあまりないと思っていた。ほとんどの場合、商品は金にしたがって動いていくからだ。しかし、サザランではこうした本の販売にも積極的にかかわっている。売り込み先はセンシティブな資料を適切な文脈のもとで、適切な理由にしたがって保存してくれる機関である。

本が〝適切〟であるかどうかは問題ではない。あらゆる本はなにがしかのことを教えてくれる

［訳註］**ゴリウォーグ**：イギリスの児童文学者・挿絵画家フローレンス・ケイト・アプトンが考案した真っ黒な顔をしたもじゃもじゃ頭のキャラクター。その姿から黒人を表す人種差別的な名称となった。

が、その内容は千差万別だ。こんな話をすると、かつてマレーネ・ディートリッヒが所有していた『我が闘争』が思い浮かぶ。『我が闘争』は下劣な本であり、世界はこれ以上の部数を必要としてはいないが、この本もまた文脈によっては重要な意味を帯びてくる。* 適切なコレクションのもとでなら、おそらくこの本にも保存に値する意味はあるのだろうし、その場合、売る側である僕たちにも適切な文脈にしたがって本を売り込まなくてはならないはずだ。

以上のことは心にとどめておかなければならないが、僕自身はほかのあらゆることに優先する基本的なルール——「ナチスのような連中に本を売ってはいけない」にしたがうべきではないかと考えている。書店は裁判所ではない。本の番人として、誰に売るかは自分の判断で決められるし、裁判所と違って売らない理由を述べる必要もない。一人の人種差別主義者に関連する本を売れば、さらに数多くの人種差別主義者を引き寄せてしまうだけだ。ホロコーストのような事実をテーマとする重要な資料が、最終的にそれにふさわしい機関やコレクターの手に渡るように努めるのは、書店員に課された責任なのだ。歴史的事実から得られる教訓を踏みにじるような者（その存在を完全に否定することはできない）に渡してはならない。

この考えに対し、「責任ある所有者に自分がなれるのかどうか、それを決めるのは書店員の仕事ではない」と言う人がかならずいる。実際、店の敷居をまたぐ人すべてを問いただしているわけではなく、人種差別主義者のように見えないかぎり、基本的にはまともな客と考えている。しかし、ガチョウのように鳴いて、ガチョウのような外見で、ガチョウのように歩けばそれはガチョウであるなら、人種差別主義者も十中八九は同じだ。そして、「人種差別主義者には本を売らない」と僕が言ったときに文句を言い返してくる人間は、正直言って一種類――つまりまぎれもない人種差別主義者しかいない。その場で自分のことをなんと呼ぼうともだ。

ありがたいことに、何が難しいかと言って、書店員が本を売りたくない相手かどうかを客自身が見分けることほど難しいものはない。不埒な人物には売りたくないと僕たちが思えば、その人物は決して乗り越えられない障害に直面する。これ以上ないほど完璧な理由で本を売るのを断るのだ。こうした不都合が書店業務で日常的に発生するトラブルだと確かめる術はない。標的となった厄介者は、買いたい本がなんであれ、「その本は紛失しました」とか「予約済みです、当方の手違いでした」と応対され、場合によっては〈アフリカ〉と表示された棚に案内されながら、「当店ではアフリカに関する本は取り扱っていません」と断言されるはめにおちいるかもしれない。要するに、書店員のこうした応対は客に何かを売りたいと考える書店員の応対とはほとんど見分けがつかないのだ。

ここまで話してきたところで、サザランに来た例の侵入者に話を戻そう。

いつものように、死の天使のように舞い降りて、窮地から救ってくれたのがジェームスだった。このときまで僕は、いかなる理由であれ、ジェームスでも本を売るのを断ることがあるとは知ら

＊ディートリッヒは心底からナチを嫌っていた。彼女が持っていた『我が闘争』は、ハリウッド滞在中に『西部戦線異状なし』の著者エーリヒ・マリア・レマルクから寄贈されたもので、レマルクは自分たちの祖国がいかに腐っているかを示す証しとして本を贈っていた。サザランは徹底した反ナチを方針としている。ナチのような高圧的な狂信者は、本や本屋のようなすばらしいものにはありつけないのだ。

なかった。ジェームスをたじろがせるような客の注文など存在せず、たとえわずかでも関連する本を少なくとも一冊は売りつけてきたが、だがこの日、客の関心に迎合するつもりはジェームスにはなかった。押し黙ったまま、手慣れた様子で、まるで一頭の羊を向こうに追いやるかのように男の向きを変えさせ、店から追い出してしまった。この間わずか数分の出来事だった。何が起こったのか、その男もよくわからなかったはずだ。

僕とこの男のやり取りがどんなニュアンスで交わされていたのか、ジェームスにはまったく知りようはなかったし、ジェームス自身、何かの大義のために闘おうと志していたとも思えない。しかし、僕にすればこのことは僕自身の考えの正しさを証明するものだった。書店人なら誰もどんな人間に売るかの線引きは必要で、そのときの選択によって、自分たちがどんな世界に身を置くかが決まる。

稀覯本の販売は自分たちの生活圏にかぎられた営みのように見えるが、実はそうではない。僕たちは目には見えない一〇〇〇本の糸で世界とつながっており、不愉快なことが書かれた本が適切な場所に確実に届くようにしたり、あるいは同性愛嫌悪者《ホモフォビア》の買い物を阻んだりするたびに、それは正しい方向へと向かう小さな一歩となる。

39　婦唱夫随

その女性がやってきたのは閉店まであと一〇分というころだった。たくさんのキャリーバッグを引いていたので、街中の高級ブティックで買い込んだのかもしれない。とてつもなく大きな帽子を被り、顔が半分隠れていたが、誰かが手を差し伸べる暇もなく、いささか苦労して店のドアをくぐり抜けて入ってくると、そのままドサリと荷物を床に投げ捨てた。全身から万策尽き果てた人ならではの雰囲気を漂わせていたので、いやいやではあったが、僕が手を差し伸べるために寄っていくしかなかった。*

「プレゼントを買わなきゃいけないの」と僕に向かってうなり声をあげると、鋭い眼差しを投げて寄こした。避けていなければ、石になっていたかもしれない。そのままじっとこちらに目を凝らしつづけている。目は大きく見開かれ、激怒のあまり、精神医学でいうある種の遁走状態におちいって、なぜ自分がここにいるのかわかっていないようだった。一連の展開について、彼女が応じられるのはどうやらそこまでだった。口ごもりながら閉店時間を告げたが、僕の言葉などおかまいなしに、毛皮のコートを脱ぐと、フクロウのデーブが入っているほこりだらけのガラス製の鐘にかけた。

店を閉めたいという欲求に突き動かされ、相手の機先を制することができるかぎられたチャンスだったにもかかわらず、どんな本がお望みかとおうかがいをたてるという痛恨のミスを犯してしまった。「あの人はね、本を集めているの」と有無を言わせない調子で答えた。それから古色

＊それに店の外に〈スピンドルマン〉が潜んでいることにも気づいた。あいつの策略に引っかかって金を巻き上げられるのはごめんだった。

蒼然たる本の海を見まわすと顔をしかめた。自分の要求の曖昧さを人に問われるつもりは彼女にはこれっぽちもなく、すべては他人任せにしようと心を決めたことがその様子からはっきりとうかがえた。「あの人に本を買ってあげたいの」と言うと、「とっても素敵な本を一冊買ってあげたいの。そんなこともわからないの」と繰り返した。

このときは僕も知らなかったが、こうした客は稀覯本の販売では決して珍しくはない。贈り物の相手の趣味が稀覯本の収集だと知っているので、自信満々で本を探しに行ったはいいが、本を前にして実は相手の話など何も聞いていなかったと気づくのだ。誰かのために本を買うことは、店に駆け込んできれいに包まれた石鹸の箱やウイスキーを買うようなわけにはいかない。何も知らないまま闇雲に手を出しても、最善の結果は望めないだろう。最良のシナリオのもとで選び抜かれた本を見れば、自分が相手のことをどれだけ知っているか、あるいは相手の興味や政治観、それどころか相手の自意識さえわかるのだ。そして最悪のシナリオのもとでは、相手の人となりにはまったく関心などない現実が暴かれるかもしれない。

「主人ほど熱心なコレクターはいないわ」と言い張り、天上から答えが降ってくるとでも思っているのか、相も変わらずあたりを見まわしている。「本について主人は本気よ。だから素敵な本をプレゼントしなくてはならないの」。僕はうなずくしかなかった。一刻でも早くこの女性にお引き取りを願うのであれば、「ご主人がどんな本を集めているのか、なぜご存じないのか」という唯一真っ当な質問は、この場合、かならずしも賢い選択肢ではない。それにどんな本を買えばいいのか途方に暮れている人は、「素敵な本」や「いい本」を決まって頼んでくるものである。

るのだろう。

おそらく、書店員が水晶玉をのぞいて、魔法のように正しい答えを教えてくれるとでも思ってい

幸いなことに、書店員はちょっとした奇跡に通じている。奇跡を起こすコツは、窮地におちいったかわいそうな客を連れて店内を案内し、相手の目にある種の閃《ひらめ》きが現れるのを待ちうけるのだ。それは認知の閃きであるが、安堵の輝きでもあるのは、書痴の病に未来永劫苦しむ配偶者の記念日だというのに、見当違いの本を携えて現れたいと望む者はいないからだ。

本のコレクターは、強迫観念の塊のようなタイプで、きっと呪われた屋敷に一人で住んでおり、ほかの人間との交わりを知らない孤独な人種と思われがちだ。しかし、彼らの生活はほかの人たちとまったく同じように家族を中心にしてまわっている。だから、コレクターに選ばれた配偶者が本をプレゼントする場合、彼女は一〇〇〇の質問を抱えながら古書店へと向かい、本の世界という冷たい海に救命胴衣なしで飛び込んでいかなくてはならない。

それは愛のためであり、たいていの場合、その正否はどんなタイプのコレクターと結婚したかしだいだ。〈ドラキュラ〉と結婚した人はその後の生活で大変な苦労を強いられる。選べる本の候補が非常に狭い範囲にかぎられてしまうからだ。そのため相手の気に入らない本やすでに所蔵している本をうっかり購入しかねない。この種のタイプのコレクターで、しかも蔵書の数が多ければ多いほど、家族はお祝いシーズンや誕生日になるとプレゼント探しに必死になる傾向がうかがえる。〈スマウグ〉の場合、収集癖が広範囲におよぶので、気に入ったものを探すにはドラキュラほど難しくはないようだ。幸運な家族は、自分の興味のある分野にそれとなく関連するジャン

ルをあえて選んでも、最善の結果が望めるかもしれない。

コレクターのダイナミズムは理屈上厄介なように見えるが、現実はそれほど悩ましいものではない。現実を見まわすと、コレクターは自分の趣味を贅沢で迷惑なものだと考えている相手を人生の伴侶に選んでいるからである。

サザランには三カ月に一度のペースで訪れる紳士がいる。ウールのセーターを着ており、野ネズミによく似ているが、ただしこちらのネズミは年齢が七十歳、その器用さはオリンピックの体操選手なみだ。いつも大きなフードを被り、かならず小さなスーツケースを引きずってやってくる。店に入ってくるときは空っぽだから、いささかガタガタと音がする。人目をはばかるように彼は店内をひそひそ歩きまわると植物に関する本（この分野が好きなのだ）を探し、じっくり時間をかけて、スーツケースにすっぽり収まる本を選び出す。

本の支払いを済ませているあいだ、本を目立たないようにするため、何かに包んでおかなければならない事情をいつも生き生きと話してくれる。僕は新聞紙を渡したり、袋に包んだりしているが、隠しおおせられず、包みは怪しげな本のかたちのままだ。「奥さんに見つかったら大変なことになる」といたずらっぽく笑って語り、誇らしげな様子で手際よくスーツケースに本をしまう。いつも現金で払っているのは支払い記録を残したくなかったからなのだろう、本をめぐる夫婦間のつばぜりあいがどんなものか、それを如実に物語ってあまりあると僕は思っている。

この話のもっともむごたらしい点は、同じようなケースを店では週に何度も扱っている現実だ。書籍のコレクターの世界は、人生の伴侶を敵に回してなんらかの長期のゲリラ戦を繰り広げている人たちで半分埋まっているようだ。修業時代の後半、三階まで本で埋まっている家を訪ねたこともある（床の空いた空間を飛び越えなければ肝心な本にアクセスできない部屋もあった）。奥さんに本を撤去するように言われたので、やむなく僕たちを呼びつけたにすぎない。なんとか三〇点ほど購入したころ、相手は口をつぐんで、それっきり話さなくなった。最初に梱包した本を家から持ち出したとき、苦痛に満ちた相手の表情から、彼が不意に黙りこんだ理由が拝察できた。

以上の問題をひと言で言うなら、本の収集とは趣味の範疇では収まらないという現実だ。所蔵する本の大半を収納するには膨大なスペースがいるので、コレクターと生活圏を共有する人はよほどの理解者か、あるいは理想としては同好の士でなくてはならない。なぜなら、コレクターの残りの人生は、信じられないほど侵略的な趣味のため、どうやって本の置き場所を確保するかという問題に費やされるからである。その問題は、大判の本につまずき、階段から転げ落ちて破滅を迎える日まで続く。

僕が助言するようになった唯一にして、まぎれもない解決策は、平均的なコレクターは世捨て人として生きることを選ぶというものだ。これこそ死の裁きから逃げられる完璧な方法だ。しかし、大半のコレクターの運命は、ロマンスへと引かれていく運命を免れない。それは、見知らぬ人とのロマンチックな出会いを求めるなら、古書店は最適な場所だといういまどきの考えに毒されているからかもしれないが、この弊害にはラブコメディのあり方にも大きな責任があるだろう。

さて、例の大きな帽子を被った女性には、試行錯誤の末に素敵なプレゼントを見つけることができた。目の前にいろいろな本や作家の本を手当たりしだいに差し出し、ついにこの女性の好みにかなった金箔《きんぱく》で装丁された本を見つけた。受け取ったご主人がこの本を気に入るかどうかはわからないが、少なくとも彼女だけはこの装丁を見て楽しい時間を過ごせるだろうと思う。

40　手紙

サザランにはどうでもいいような手紙がひっきりなしに送られてくる。見当違いもはなはだしいビジネスレター（もう何年も前に辞めたスタッフ宛の手紙も少なくない）やよその古書店から送られてくるカタログもある。カタログは途切れることなく送りつけられ、ますます在庫を増やすためにお金を使えと誘惑してくる。古書店の見習いとして、そして外の世界の恐怖に抗う最初の関門として、これらの手紙が正しい場所に届くようにするのが僕の担当だった時期がある。

この地区を担当する郵便局の職員は、店に届く荷物が分不相応に多いうえに、しかも扱いにくいことにいらだっているらしく、店宛の郵便物に加え、行き場を失ってしまった手紙まで店の私書箱に押し込むのを習慣にしている。そのおかげで、もうひと仕事が課されることになった。届いた郵便物を店まで持って帰ると、宛名にしたがってスタッフに配ったら――そんな手紙などみんな絶対に必要としていない――ふたたび通りに出て、残った手紙を本当の宛先に紐づけるという不毛な取り組みに取りかかる。

店に送られてくる手紙のうち、数パーセントは手書きによるものが含まれている。「電子メールでも承っています」と説明しても、年配の顧客を説き伏せるのはひと筋縄ではないし、正確を期して言うなら、そもそもパソコンなど所有していない顧客も少なくない。パソコンの原理どころか、いまだにそろばん《アバカス》の概念と格闘している人もいるくらいだ。とはいえ、手書きならではの物珍しさは決して色あせない。どうしようもないほどの無理難題を要求しているのか、あるいはクレームを寄せてきたのか、封を開けてみるまで判断できないからだ。最高の手紙は蠟《ろう》で封印が施されており、封蠟された手紙は真っ先に開けるようにしている。手書きで書かれた手紙は、そうすることで報いてあげたい。

つくづく運がいいなと思うのは、こうした手紙が顧客との大切なコミュニケーションになったときだ。いずれも直筆の礼状だ。これまで受け取った礼状は残らず小さなファイルに保存しており、嫌なことがあったときにはよくこうした手紙を見ている。ほかの小売業のことはよく知らないが、給料に見合った仕事をしているだけで、心のこもった手紙が送られてくることはあまりないらしい。だが、稀覯本販売では珍しくはない。宅配業者から法外に高い料金を請求されたにもかかわらず、本を送ってくれてありがとうという手紙をもらったことがある。店が新しいカタログを作成したとき、それを祝ってくれた手紙もある。カタログ作成がマーケット戦略の拡大・拡充ではなく、文学的な営みに関するある種の個人的な事業であるといった感じだ。天気について話してみたいだけとか、休日にすばらしい場所にいるのでそれについて話したいだけという手紙もあったが、いずれも本とはまったく関係ない。

僕がこれまで受け取った手紙のなかでとくに思い入れがあるのは、『グッド・オーメンズ』[訳註]に出てくる書店経営を営む天使アジラフェルに扮した謎めいた人物からの手紙で、相手のことは僕もよく知らない。ただ、手紙は細部にいたるまで気配りがされており、そのうえ天使のようなプレゼントがたくさん同封されていた。*

ところで、僕たち書店人は客を公平に扱うべきだと考えられているが、こんな礼状を受け取ってしまうと、たいていの場合、送り主はただの客から〝格別の存在〟にたちどころに格上げされる。店のスタッフのほぼ全員にこうしたペンフレンドがいて、それぞれが友愛のロウソクを灯しつづけている。その相手は養蜂に心血をそそぐ者（ミツバチに少しでも関連する本があれば知らせてくれることを非常にありがたがるドラキュラタイプ）から、隠遁《いんとん》生活を送る尼僧院長（イオニア海に浮かぶコルフ島在住だが、途中で差し押さえられることを心配して、対岸にあるアルバニア国境付近から送ってくる）までいる。

かつて僕は、この種の人間関係にからめとられるのは避けようと常々自分に言い聞かせてきた。そうやって数年をなんとかやり過ごしてきたころ、クリスが、のちに僕たちが〈幽閉された教授〉と呼ぶ男性から面倒そうな手紙を受け取るまでだった（店の責任者として「サザラン」と宛名されただけの通信は最後にはクリスのもとにまわされる場合が少なくない。これも管理職に課された重圧のひとつなのだ）。手紙には現在身動きが取れないことを理由に、入手したい学術書のリストが同封されていた。実際、手紙の主が考えていたのは学術書で構成された書斎を一から作りなおすことで、話としてはかなり儲かる依頼であると同時に、興味深いが失敗して骨折り損のくたびれもうけに終わってしまいそうな仕事だった。

手紙はクリスのデスクに一～二週間ほど置かれたあと、管理職である彼の判断で僕に渡された。

さらに半年のあいだ僕のデスクに置かれていたころ、手紙の主の男性から電話を受け取った。おずおずとはしていたが、とても感じがいい電話だった。本来なら激怒して当然の事態について分別ある対応をしてくれたので、自責の念に駆られた僕は、翌週いっぱいをかけてリストの本を残らず集めた。その後、彼から今回の遅滞はひとえに自分の怠慢にあったと詫びるような礼状まで届いた。以来、こんなやり取りが繰り返されてきた。依頼に対する僕の仕事ぶりは手抜きもいいところだが（そのうえ遅れに遅れ）、そんな仕事ぶりにもかかわらず、彼からは下にも置かないような感謝にあふれた礼状が送られてくる。

サザランもおそるおそるだが、オンライン販売の世界の仕事の幅を広げてきた。以来、利用者からすばらしいレビューが寄せられるようになり、仕事にもますます張り合いが感じられるようになった。こうした書き込みはネットという空間がなければ、自分の思いを胸に秘めてきた人たちによるものなのだろう。数年かけてぽつぽつと寄せられてきたレビューは、いまでは大勢の人

[訳註]『グッド・オーメンズ』：ニール・ゲイマンとテリー・プラチェットによるブラック・ユーモアファンタジーで、二〇一九年からドラマシリーズとして配信されてきた。舞台は現代のイギリス、天使と悪魔がともにハルマゲドンの準備を進めているなか、人間界の生活になじんだ天使のアジラフェルと悪魔のクロウリーは世界の破壊を避けることをたくらむ。

＊なかでも僕のお気に入りは、「estne volumen in toga an solum tibi libet me videre」とラテン語で刻印された蔵書票だ。大雑把に訳すなら、「ポケットにあるのは本か、それとも私に会えてうれしいだけか」という意味だと思う。

たちのコメントであふれかえっている。彼らは店のことを覚えていてくれる人たちであり、メールやレビュー、ソーシャルメディアを通じて、自分にぴったりの本を見つける手助けをしてくれた人たちと記憶を共有している。そんなメッセージが人から人に伝わっていく様子を見ると幸せな気分になってくる。

その反面、これまで以上に不快な苦情が来るようになった。こうした苦情も僕はベスト版を作って小さなファイルに保存しており、落ち込んだときに目を通すと、ある種の倒錯した楽しみが味わえる。* 寄せられるクレームは二種類に分類できるだろう。ひとつは、事実としてはまったくそのとおりなのだが、店側がそれを問題と見なしていない、あるいは店の力では対応のしようがないような問題に関するものだ。「店が静かすぎます」などは、このジャンルに分類されるクレームだ。「はい奥様、おっしゃるとおりです。それが古書店です」。しかし、最新のカタログがタイムリーに届かなかったとか、小包が手順どおりに届かなかったせいでいらついている客から、頭ごなしにクレームが寄せられる場合もある。**

こうしたクレームには、これまで失敗したことがない由緒正しき戦略で僕は応じてきた。「重要」の印をつけたり、机の上の目立つ場所に置いたりしておくことで、何か手を打たなければならないことを明らかにしておく。そして、そのまま数週間かけて〝新鮮味〟をゆっくり抜いて陳腐化させたら、その時点でこのクレームは無効であると宣言する。相手が返事を期待している時期をとっくに過ぎているし、すでに解決済みの案件をほじくり返したくもないからだ。

41　キレる瞬間

僕の注意を引こうとしている客がいる。これ見よがしに笑みを浮かべ、一〇分かけてこっちににじり寄ってきた。声をかけてほしい様子がありありとうかがえる。ある種の奇妙な駆け引き《パワープレー》だが、こんなやり取りを楽しむ余裕は僕にはない。六〇〇ページの本を読みだしたばかりで、一度手が止まればまた最初から読み直さなければならない。だから無視を決め込んだが、それでも相手は間合いを詰めてくる。目はこちらを見すえたままだ。そうこうしているうちに突然、「見てのとおり、本当に助けてほしいんだ。どうしても確認しておきたい質問がある」と言いながら、僕の背後から不意に姿を現した。どこまで読んだのかわからなくなり、ため息をついて本を置くしかなかった。

向こう側にある本棚の前に引っ張っていかれると、相手はそこに立ち、考えをまとめるような様子でしばし両手を広げる。その横に僕は立っていた。イラついているように見えただろうが、

＊僕が気に言っているクレームはこれ。「こんな店は嫌いだ」

＊＊最近の客は店から送り出された小包について、超自然的な能力を駆使して管理することをますます書店に求めるようになった。暴風雨や不埒な郵便配達員による逸失、配達車両のパンクをはじめ、ロジスティクスに関する無数のトラブルも僕たちのせいにされる。こうした要求に対して、失礼にならないように応じられるために僕の対応にも磨きがかかった。たとえば、「すばらしいところにお住まいですね。ただ、活火山の麓にお住まいという事実につきましては、当店では責めを負いかねます」と答えている。

実際にイライラしていた。「君、ちょっとすまんが」となにやら考え深げなポーズを決めながら、相手はこう言った。「この書棚について説明してくれないか？」

「この業界で二年過ごしたら、一生本を売る世界で働く。もうよそでは働けなくなるからだ」と言われる。この言い伝えにはなにがしかの真実がある。サザンでも何十年ものあいだ、大勢の有望な若者が燃えつきて店を辞めてきた。自分がこの商売には向かないと見極めて辞めた者はやはりもっとも賢明なのだろうが、* 丸々二年を勤めつづけられた者の場合、この仕事を辞めてまったく別の仕事につく可能性は実際にきわめて低くなるのだ。本当に別の仕事につくようには思えない。ただ僕は、もう少し踏み込んだ理論を展開しており、そして、この理論のほうがさらに正確ではないかと考えている。その理論とは、どの書店員も最後には僕が〝スナップ〟と呼ぶキレる瞬間に襲われてしまうことだ。

　僕自身、仕事を始めて数年後についに心が折れる瞬間に襲われた。店で働く前、ここで働く店員の役割の大半は本そのものとはまったく関係がなく、多彩なうえにしかも壊れやすい個性の持ち主たちの管理につきるという現実について店は教えてくれなかった。とりとめもない言い方だが、勘のいい人なら仕事につく前にその空気を察知するはずだ。ただ残念なのは、僕たちのようなそうではない人は、勤務時間の大半は本に費やされると思って入店してくる。そして、金曜日の夕方の六時五分過ぎ、それが空恐ろしい誤りだと明らかにされる。切手のコレクターがやってきて、自慢のコレクションについて我を忘れて話しかけてくるのだ。話は数時間にわたって続き、当てつけがましくため息をついたり、意味ありげに時計に目をやったりしようが関係ない。

そうしているあいだも要領を得ない問い合わせの電話が鳴りつづけ、例の未確認生物たちが姿を現し、二股の舌をぺろぺろさせるように、不吉な質問を投げて寄こしてくる。その一方で複雑きわまりない本のカタログ作りを進め、何百ページにもおよぶ分厚い本のページ数を数えなければならない。些細なまちがいだろうが絶対に許されない。さもないと、レシートを振りかざしながら憤慨する客から電話がかかってくることになる。

入店した当初は、いい印象を与えようと努め、テレビで見るようなこれぞ書店員の鑑《かがみ》という接客を実践しようと心がけるものだ。誰にでも挨拶して愛想笑いで応じ、「お客様、念には念を入れて確認いたしております」ので、客もみんな安心できる。そして、それらがプレッシャーになった瞬間にキレてしまうのだ。

この瞬間の背景を理解するため、レベッカについてもう少し話さなければならない。

レベッカほどひっきりなしに働いている書店員はこの世にいない。彼女には、古代の伝説の英雄に共通する不屈の精神が備わっているのだと思う。店には二度と思い出したくないものを保管するキャビネットがあるが、このキャビネットの中身を掘り起こす彼女の姿を見ていると、僕はアウゲイアス王の牛舎［訳註］の掃除を命じられたヘラクレスを思い出さずにはいられない。しかもレベッカの場合、無理難題を押しつけられたというより、みずから進んで引き受け、文句ひとつ口

＊僕はよくロワザンのことを思い出す。サザランで一年半働いたあと、電気もきれいな水もないアイルランドの人里離れた村に移り住み、そこで陶芸の修業をしている。

にしない。

その日中に片づける急ぎの仕事を残らず終えたら、僕なら胸を張って自分のデスクに戻り、数時間くつろいで過ごし、たぶんクイズを解いたり、読みかけのミステリーの続きを読んだりしているだろう。こんな場合レベッカなら、空いた時間を使い、長いあいだ放っておかれたキャビネットを整理して中身を確認したり、あるいは古書の記録を残らず調べ、売れそうにないものを選別したりする。彼女は何事にも全力で取り組むが、それに比べて僕はよちよち歩きに近いやり方になじんでいたので、結局、彼女にペースを落としてもらうしかなかった。だが僕が何を言っていたのか、彼女は理解していなかったと今日にいたるまで考えている。*

要するに、レベッカは僕が見たこともないような古書店のスタッフなのだ。本当に、理想を極めたまったく申し分のない働き手であり、僕たちといっしょに働くにはふさわしくない存在だった(それはこれからも絶対に変わらない)。

話をスナップに戻そう。その横柄そうな紳士が店に入ってきたのは、開店間もないまだのんびりとした時間で、ご当人はまるでファンファーレか絨毯《じゅうたん》で迎えられることを期待しているかのように胸をそらせて乗り込んできた。ひと目見るなり、この人物には極力近づかないようにしようと僕は固く心に誓った。店内をせわしなく動きまわり、時折、鼻先でトリュフを探す豚のように爪先で本棚を小突いていたが、やがてその視線はレベッカに引き寄せられていった。

レベッカは報われることのない仕事に忙殺されている最中だった。僕などが邪魔をしてはならない壮大な事業で、なし遂げられたあかつきには店の者全員の生活が楽になるのはまちがいなかったが、それだけにあまりにもややこしい事業だった。レベッカを見ながら、この男も書店で働く女性を見つけたとき、男性がときたま見せるあの目つきをしていた。それは、「この私に声をかけられたらもはや会話からは逃れられず、私にはとりわけサービスしなければならない相手を見つけた」とひと目でわかるもので、どことなく捕食者のようなオーラを放っている目つきだ。

自分についてあれこれ能書きを垂れている最中、そんな自慢には水を差すことを信条としている人もいるが、僕はそんなタイプとはほど遠いので、男が自分の業績について気が散るような独白を長々と始めたとき、じっと座ったまま、相手を無視しようと辛抱した。話を聞かされているレベッカは仕事に戻りたくて明らかにうずうずしていたが、プロとして接客をこなし、礼儀正しく相手をしていた。

店内でレベッカが不適切な誘いを受けたのはこの男がはじめてではない。ランチに誘ったり、逃げ場のない物陰で二人きりになれる口実をあれこれ考えたりする客もいた。もちろん、最善の方法でこうした状況に対処できるレベッカの能力を僕は尊重してきた。ただ、新人が新しい職場

［訳註］　**アウゲイアス王の牛舎**：ギリシャ神話のエリス国王アウゲイアスは、三〇〇〇頭の雄牛を三〇年間飼っていたが、牛舎は一度も掃除しなかった。十二の難業のひとつとしてこの牛舎の糞の始末を命じられたヘラクレスは、川の流れを引いてきて夕方までに小屋をすっかりきれいにする。

＊この問いは「森の木は倒れるときに音がするのか？」という公案《コーアン》に通じるように思える。僕は悪い従業員なのだろうか？　それともレベッカは良い従業員なのか？　もしかしたらその両方なのだろうか？

でどれほど狙われやすいか、そして、不快に思っても決して騒いではならないことは、人に言われるまでもなく僕にも痛いほどわかっていた。

こんなふうにして一時間ぐらいしたころ、男の話は徐々に攻撃的になっていった。女性の脳は男性の脳より小さいから、だから複雑な思考が苦手だと言い放ったそのときだ。プッツン《スナップ》——僕のなかで何かが切れた。無意味なことこのうえない要求ばかりしてくる、まったく理不尽な人たち——そんな連中に対する憤りとフラストレーションはなんとか押し殺してきたが、長年蓄積されたきたそんな思いがこの瞬間弾け飛んだと思う。それは、もはやどこに行っても客商売がまったくできなくなった瞬間だった。「お客様は神様」という立場につけこんでくる人に対して、礼儀正しく接する意欲をその瞬間に僕は失ってしまった。僕は書店員として考えられない真似をした。男の話をさえぎったのだ。

話はちょっとそれるが、古書販売に関するイギリスのしきたりについて話しておこう。店のスタッフは客の話に割って入ってはならない。電車のなかで見知らぬ他人に話しかけてはならないように、またイギリスの群衆が本能的に列を作るのと同じように、客の話をさえぎることはこの国の習慣に反する。これは客との口論を避け、不品行な振る舞いに対処するために店側が用いているので、その意味ではある種の制度化された礼儀正しさであり、組織的な礼儀正しさの一種でもある。だから店の客の過ちを公然と正したり、率直に意見を口にしたりしてはいけない。客の顔を殴っておいて、刑務所行きを免れることと大差はない。そして僕は、ある意味において相手をぶん殴ることを選んだのだ。

「怒らせた女の憤怒は烈火のごとし」と言われるが、女性をそんなふうに扱ってきた男性も自分が同じように扱われると烈火のように怒る。男は我を忘れ、唾を飛ばしながらまくしたて怒った。マンガのキャラクターよろしく、上半身が真っ赤になるぐらい怒っていた。このとき男の頭は、怒りのせいで実際に数センチは膨れ上がっていたはずだと誓ってもいい。

僕たちに仕事を続けさせてくれと頼むと、男の怒りは罵声のスパイラルにおちいって、店のマネージャーを呼べと言いだした。* これは仕事とは無関係だと大声をあげ、自分は話をしたいから話をしていただけだと怒鳴った。話をしたいだけ？――僕たちはこんな客の相手をしていたのか？　力がつきるまで男の根拠不明なわめき声は続いたが、その時点で僕はすでに仕事に戻っていた。男はトラウマになる経験をしているような表情であたりを見まわすと、静まり返った店内を横切ってドアから出ていった。出しなにドアの扉に背中を打ちつけていた。

この一件から数年して今度はレベッカがキレた。その日の午後、同じせどり屋から同じ質問を尋ねる電話が五回もかかってきたときだった。〈旅行＆探検〉部門を担当するジョージについては、生まれたときにキレたと僕は考えている。

＊ばかばかしくて笑いたくなるよね。

この作品ならではの苦笑を浮かべたジョン・ミルトンの胸像と、
二組一対で売っているシェイクスピアの胸像。
(分売不可)

第5章　現代の初版本

――近年のベストセラー本、時間の経過をはじめ、その他慚愧《ざんき》に堪えない必然性に関する考察のささやかな選集。

二十一世紀を迎え、稀覯本販売はある課題を突きつけられている。ひとつには、新刊書が次々と出版されつづけている点だ。古書店なので数十年はそのまま無視できるにしても、いずれは注意を払わなければならない。〈現代の初版本〉と呼ばれる部門は、ポピュラーな小説、二十世紀に刊行されたフィクションや名作、そのほか、娯楽として読むにはあまりにも前衛的すぎる本を扱っている。

＊＊＊＊＊

42　隠し事

ゲイのコミュニティーには、「カミングアウトは進んでしたほうがいい」という格言がある。同じことは古書店にも言える。キャビネットを整理し、余分なスペースがあったほうが本をしまっておくうえで何かと都合がいい。

もちろん、同僚のみんなを信用していなかったわけではないが、カミングアウトしたとき、相手がどんな反応を示すのか確信できるまで、はじめて会う人には隠しておくことを学ばなければならない。そうしないと、ゲイで、本好きのオタクは古書の世界で長く働いてはいけない。補足しておくなら、カミングアウトを判断する際にも注意する赤信号があり、審美的点から見て、一八〇〇年代の様式に固執している職場なら、そこで働く人たちも同様な様式にこだわっていると考えるしかないだろう。ありがたいことに、この問題は面接では話題にならないので、僕も納得できるまでタイミングを待つことができた。

最近ではこうした話題を気軽に口にできる人が増えたが、僕の場合、そんなふうに話せるようになるまでに一年ほどかかった。どんなふうに切り出すのかよく知らない人のために言っておくなら、それはとても簡単なことで、配偶者について話すとき、相手が怪訝に思うほど何カ月にもわたって性の区分を示す代名詞を使うことを避けつづけ、ある日突然、会話の最中にその代名詞を爆弾のように投下し、炸裂するのを待つのだ。* 投下したら周囲の人たちの表情をうかがい、その顔にあからさまな落胆の表情が浮かんでいないかに目を凝らす。だから、このとき壁に背を向けていなければならない。

驚いたことに、落とした爆弾はたしかに床に落下したはずなのだが、サザランでは物音ひとつ聞こえなかった（同性愛者は現在でも、こうしたカミングアウトをすればかならず大惨事を招くと心のどこかで考えているようだ）。まったくなんの反応もうかがえない。けしからんと思えるほどの手応えのなさに驚いたので、念のため手榴弾をさらに数発投げ込んだ。「いや、そんなことはありえない」とお考えのようなら、僕は多方面で進歩的で先進的な職場ばかりで働いていたと考えているのだろう。だが、そうした職場であっても、どの会社も「では、君たちの関係ではどちらが〝奥さん〟なんだ？」とか、あるいは何週間にもわたり僕の後頭部を短剣のような眼差しでにらみつづけるような、おなじみのあのいらつく偏屈はある程度つきものだった。それだけに、サザランがまったく気にしていないと知った瞬間はむしろ呆然としていた。古書店こそ、時間が停滞している場所にもかかわらずだ。

爆弾を繰り返し投下したが（しかも、それまで以上にあからさまに）、何度見舞ってもこれという劇的なドラマがないことに僕は驚いていた。とは言うものの、しばらくしてジェームスが、書店員見習いとしての僕が訓練している毎日の本のストックに、同性愛関連の作品や作家の本を回してくれるようになったことに気づいた。オスカー・ワイルドの本やクリストファー・イシャウッ

＊いまでは、結婚した配偶者のことは「夫」と言うだけですむようになったので、この話題に関するハードルはかなり低くなった。

ド[訳註]の作品を詰めた小箱に僕が気づかないでいると、そのたびにジェームスは、装丁や関連作品という曖昧な理由を口実に、わざわざ僕の注意を引こうとしていた。会話を引き出すほどまとまった冊数ではなく、僕もあまり気乗りするような話ではなかったかもしれないが、自分は歓迎されているのだと感じるには十分だった。それは決して忘れられはしない心遣いだった。

古書店員として力と自信が備わるにつれ、当初の自分の理解がかならずしも正確ではなかったこと、そして自分は決して一人ではないことがわかりはじめた。僕のまわりでは、自分と同じような人間が業界で働き、しかも僕なんかより黙々と仕事に打ち込んでいる。そして、ある種の人たち、ある特定の年齢のコレクターはゲイ文学にまったく興味はなく、来店して問われることがないことに気づいた。こうした人たちは、僕たちが性を自称するときに使う言葉はもちろん、僕たちのコミュニティーについて書かれたゲイ文学で使われている言葉もいっさい口にしようとはしないと知った。

そのかわり、ゲイの深遠な領域に通じているコレクターの多くは、ゲイがどんな作家について聞いているのかじっくりと見てもらい、そこから得られる何がしかのヒントについて知りたがっているのだとわかった。これについて、僕としては今後も率直に歓迎するつもりで、彼らは彼らで自分たちが得られるものを得るべきだ。これは双方向に向かう道であり、彼らが取り組む現実だ。僕は喜んで彼らの希望に応じていきたい。

ついでに言っておくなら、僕は毎年ゲイ・プライドの日を休暇として取っている。これについては妥協する気はなく、僕が休むことについて反論する勇気のある人はまだいない。自分が何者であるかをオープンにするのは少し怖いことかもしれない。だが、アザーセラーという地下牢に足を踏み入れたり、買い付け先に向かう途中、森のなかを未知の恐怖につきまとわれたりしたあとでは、他人にどう見られるかなどに気を使わなくなり、それより自分が松明《たいまつ》をしっかり掲げているのかどうかが気になってくる。

43　衛生安全検査

あの大変革から数年が経過して改修工事の不快な記憶もようやく風化した。だが、それでもまだ作業員が残していった危険物に出くわすことがたびたびあった。しばらくすると、電話を取るより、日常的に死を避けるほうがわずらわしくなったので店のマネージャーであるクリスは専門家に点検を依頼し、この場所がまだ書店員の居住に適しているかどうかを判断するのを決めた。

ぶらさがったままの配線がまだ何本かあり、階段の踊り場には不吉な前触れのように本が積み置かれ、そこを通るときにはいささか冷や冷やせずにいられなかった。クリスも店のスタッフを破傷風で亡くして刑務所に行きたかったとは思えない。「いらっしゃいませ。営業中です」とプ

［訳註］　**クリストファー・イシャウッド**：一九〇四～八六年。イギリスの作家。代表作にヒトラー政権出現前のベルリンを舞台にした「ベルリン物語」として知られる三部作『ノリス氏汽車を乗り換える』『サリー・ボウルズ』『さらばベルリン』（邦訳は『救いなき人々』、ミュージカルと映画「キャバレー」の原作）。その後アメリカ国籍取得。同性愛者であることを公言していた。

レートに掲げても、客を恐怖の墓場に追いやると知っていれば、看板に偽りありとなってしまう。

計画が立てられ、電話越しに淡々と打ち合わせが進められた。そして、明るく晴れたある火曜日の午後、窓越しに見える日差しが傾きはじめたころ、店の入り口に衛生安全検査官が姿を現した。自信にあふれ、まるでホラー映画の出だしの静謐《せいひつ》なシーンから抜け出てきたような顔をしており、自分はこの世で起こりうる最悪の事態をすでに経験したと勘違いしている男そのもののようだった（ここで言っておいたほうがいいだろう。このかわいそうな子羊が店の敷居をまたぐ前、サザランが衛生安全検査を受けていたとしても、その形跡はすでに消えてなくなっていた）*。店内に一歩足を踏み入れた検査官の顔につかの間疑念の影が走った。まるである種の動物的本能が「いまのうちに逃げろ」と叫んでいるようだった。

手にしたブリーフケースを盾のように扱いながら、検査官は一瞬立ち止まって周囲を見渡した。店内に迎え入れられると、階段の最上段近くまで注意深く積まれた箱の列を踏み越えていき、クリスに自己紹介をした。紹介が終わると、本日は店内の下見と店の日常業務に関する簡単なアンケートに答えてもらうために訪問したと説明した。

店のなかを歩きまわりながら、検査官は目で確認したものの、理解に苦しむものについてためらいがちに質問を始めた。まるでエッシャーの絵のなかに閉じ込められた男のような感じだった。

「実に趣向に富んだハシゴですね」と言いながら問題の備品を指摘した。

指摘されたハシゴは旧店舗時代から使っていたもので、移転の際に現在の店舗に運び入れた。つまり、入居しているこの建物よりも年季が入っている備品なのだ。作りはフラットで、通常は書棚に立てかけてあり、使うときにはつぶれてしまう前に一気に駆けあがる。決め手はスピードと敏捷性の二つ、最上部に到達するいちばんのコツは、助走をつけて一気に昇るという方法だ。きしむ音に耳を澄ませ、ハシゴがつぶれる瞬間を察する術を学んでいく。僕はと言えば、ガラスケースを突き破って転落死しそうになって以来、ハシゴを使うのをやめることを学んだ。転落の際、唯一の盾となって僕を守ってくれたのがケースのガラスだった。このガラスは「滅びの山」[訳註]の火口で鍛え上げられたようにじょうぶで、したがって決して割れることはなかった。

検査官には、このハシゴはどうしても必要で、これがなければ書棚の最上段に手が届かず、その高さから本が勝手に飛び出してしまい、死にいたらしめる速度に近い速さで店の床に落下してくると説明した。**

点検は続いたが、検査官の歩みはのろくますます気乗りしない様子で、店内に見られる安全上の問題を確認していった。「そうです。この釘は昔からずっとここにありました」「あの昇降口がどこにつながっているかはわかりませんが、何年もそこから何も出てこないので、いますぐ何か

＊地下室のどこかに色あせて反り返ったポスターがあるはずだ。箱の下から半分顔を出し、大文字で「DON'T」と書かれている。ただ、その続きが見えないので、いったい何が禁じられているのかがわからない。

［訳註］　**滅びの山**：『指輪物語』に登場する中《なか》つ国《くに》にある火山「オロドルイン」のこと。オロドルインは「燃えさかる火の山」を意味し、いかなる方法でも損なわれることがない。「一つの指輪」はこの山の火口で鍛造された。

出てくることはないでしょう」。吹き抜けの照明を調べるには、階段の端から長い板を渡し、中空できしむ板をゆっくり渡って調べるしか方法はなかった。お手上げとなった検査官はここで方針を変更、防火対策に切り替える。まるで救命ボートにしがみつくように、彼はこの新方針にすがった。このような古書店は、まさに燃えやすい貴重な品々であふれかえった火薬庫なので、防火に関する安全手順には抜かりがないはずだ。

探しまわったあげく、階段の吹き抜け近くにある螺旋《らせん》状の陳列棚のうしろに消火器が隠されているのが見つかった。陳列棚を壊さず、取ろうとして物陰に真っ逆さまに転落する危険はなかったものの、絶対に手の届かないところに置かれていた。とはいえ、検査官には勝利の瞬間だった。一分ごとに期待値は下がっていたが、消火器が目の前に現れたとき、彼はほっとしたように見えた。だが、見つかった消火器は当然交換が必要だった。さらに漏電による火災に備えて消火器は二種類用意することになっていたが、そもそも消火器を調達した担当者はこれ一本で十分と判断したのは明らかだ。本体に分厚いほこりをまとい、むしろこの消火器本体のほうが危険であるのは確かで、検査官が近寄って確かめようとしたときもかなりのほこりを巻き上げた。

店内を調べれば調べるほど検査官は絶望的になっていくようだった。ある障害物から目をそらした先には、店の唯一の非常口があった。だが、非常口もそこに置かれた箱のせいでほかの場所より厄介な障害コースになり果てていた。アザーセラーについて話を聞かされると、検査官の顔色はなんとも言えない灰色に変じて、それ以上立っていられなくなってしまった（あそこほど安全な場所はほかにはないだろう。そもそもあんな場所に人が住むことはできない）。椅子が用意されたが、ずっと座っていられないようだった。椅子はどちらかというと装飾を重視したもので、ずっと座っていると座面の真ん中が抜けて、そのまま床に落ちてしまう恐れがあった。*** そこにたまたまジョージが通りかかった。手にしているのは蝶の小さな死骸を無数に使ったディナー・トレーで、脅えた検査官は梱包資材が置かれている地下室に逃げ込んだ。だが、逃げ込んだその部屋にはバケツがいっぱい置かれ、なかの水が電気製品のほうに漏れていた。

チェックリストを使い、一日の大半を店の人間が正しい方法で作業をしているかどうか確認**** してきた者にとって、これはまるで致命的な罠にはまり、次々と登場人物が殺されていくホラー映画を地でいくものだった。そのとき、地下室で箱がカサコソと不可解な音を立てた。ときたま聞こえてくるあの音だ（怪音の正体はこの地下室に潜む目には見えない例の未確認生物〈リストルス

** いまでもはっきり覚えているのは、『アフロディシアス』という造本に贅をつくした巨大な写真集だ。トルコの写真家アフメト・エルトゥウの作品集で、エルトゥウはその高級感漂う作品で一時期を画した。趣味のいい古美術品を写した巨大な写真集で、居間を独占したいなら『アフロディシアス』はまさにぴったりの本だろう。ある日の昼下がりだった。運命のいたずらか、その巨大な本が前方に傾き、木製の牢獄から抜け出して彗星のように尾を引いて地上に落下していった。あわやという瞬間で人災は免れたものの、調べてみるとアフロディシアスは無傷、残念ながら床板のほうは無事だったとは言えない。

*** この椅子はかつて上階に置かれていた多数の椅子のうちの一脚で、どの椅子も接客には適していなかった。大変革の折にほとんど捨てたが、感傷的な思いにかられて一脚だけ残しておいた。誰かがこの椅子に座ろうとしているのに気づいたら、それを思いとどめるにはコツがある。まず駆けよっていき、腰をおろしたら最後、みっともない姿勢で身動きが取れなくなると警告するのだ。

**** 正しい方法で作業はやっていません。

ティッグ〉の仕業だと僕は考えている）。検査官は一目散に店の外へと逃げ出し、二度と戻ってくることはなかった。

だが、彼の勇敢な試みに敬意を表して、僕たちは新しい衛生安全のポスターを店の地階に貼った。だが、誰もこのポスターにはまったく気づいていないはずだ。最終的に新しい消火器を購入して、いざというときに手が届く場所に置いた。これだけの本が煙になってしまうと思うと、やはり不安でたまらなかったからだ。

消火器の置き場所を探しながら、久しぶりに店内をまじまじと眺めた。雨漏りする屋根、いつも遅れている時計、とんでもない場所に積まれた箱など、そんなことについてぶつぶつ文句を言わなくなったのはいつのころからだったのかと考えずにはいられなかった。雨漏りも時計も邪魔な箱もいまではすっかり気にならなくなり、僕にすればいまでは店の一部になっている。なくなってしまえば、僕はきっとイライラしてくるはずだ。

44 スピンドルマン・リターン

〈スピンドルマン〉がまたやってきた。そして、僕を苦境に追い込んでいる。今回は僕が本当に欲しいと思っている本を何冊か持ってきており、追い込まれた僕を見て一人でひそかに笑っている。彼のコートの下でガサガサと何か音がする。（おそらく）コートの襟で隠れて見えない顎を掻いているのだろう。すでに挑戦状を叩きつけられ、僕にいくら払う用意があるかを聞いている。

それは卑劣な手口だ。なぜなら、正しく値付けする責任をこっちに負わせ、僕がしくじれば無能の証しとなる（そして今後いんちきな売り込みのカモとなる）リスクを負わせるからだ。奴はこの僕を試そうとしているのだ。パソコンに向かおうとすると、相手の目が不快そうに光った。僕がほかの店員の助けを必要としているかどうか、静かに値踏みしている。

古書業界の人間にとって、インターネットは大きく意見が分かれる話題だ。尋ねる店員しだいで、インターネットの答えはすべてを台なしにするか、すべてを救うかのどちらかとなる。正直に言うなら、これはおそらく答えがどっちつかずの状況にある場合だ。業界の人間ならわかってもらえるが、僕たちが仕事でインターネットを使うことに不満な客は少なくない。たとえそれが、現代社会で競争するために習得しなければならないスキルであってもだ。みんな、僕たち古書店員はいまだに帳簿と羽根ペンですべてやっていると考えたいのだと思う。だが実際には、古書店は古書店でハイブリッドな仕事のやり方を独自に開発してきた。いずれにしろ、古書店業界の一部でインターネットを取り入れるのにこれほど時間がかかった理由については、それだけで一冊の本が書けるかもしれないテーマだ。その理由はともかくとして、サザランはこの流れに遅れをとってしまった。

思うに、本当のクーデター――古書店がインターネットを受け入れざるをえなくなった偽りのない理由は、瞬時の情報確認が書籍市場を変えつつあったからだ。古書の価格を競合する他店とあっという間に比べられるようになったことで、それまでの古書販売はこなごなに打ちくだかれた。そして、古書の値付けには確固としたルールがいまだに存在しない。したがって、古書店は仕入れた値段よりも本を高く売る努力をしなければならず、それがこの商売が続けられる常道とはいえ、価格が高すぎれば客を失ってしまうことになる。

もちろん、安ければすぐに売れるだろう（たいていの場合、他店の人間がここぞとばかりに舞い降りてきて、かなりの小銭を稼ぐことになる）。逆に法外な価格設定にすれば、その本を抱え込んだまま実売の機会を逃してしまい、ワンシーズンが一年、一年が数十年と時間を過ごして、ますますその商品から逃げ出せなくなる可能性が高まる。そして、一ポンドから無限大のあらゆる価格設定を前にして、長年見てきた似たようなものを基準に値付けをしてしまい、その価格でその本が売れることを願うようになる（ただし、あまり早く売れすぎてほしくない）。

古書の収集家や業者が購入時に値引きを求めるのは珍しくはない。実際、名だたる収集家の多くが最初に口にするほどごく当たり前の話題だ。しかし、僕たちはイギリス人なので、この種の駆け引きは遠回しに行われる。その本がぎりぎりどこまで値引きできるのか、つまり最良価格《ベストプライス》についてよく聞かれる。ベストプライスとは言いながら、「これは白昼強盗で、本来なら刑務所に叩き込まれる所業ですが、僕としては寛大な値引きを甘んじて受けましょう」という発言を遠回しに言っているのだ。見習い書店員としては、絶え間なく続くこのような要求をできるだけ優雅に切り抜けなければならない。とはいえ、客の機嫌を損ねたくないし、利益もあげたい。

適正価格をめぐる駆け引きは、古書店員の経験の要《かなめ》であり、とくにサザランのような老舗店では店内の緊張感はさらに高まる。同僚が担当する部門の本を売らなければならない立場に立つこともよくあり、客が本を買ってくれるために必要なインセンティブはなんでも提供したいという誘惑に駆られる。だが、そんな誘惑は、翌日、その同僚にあの棚でいちばん高額な本なのに、どうして三割も負けて売ると考えたのかと問われ、それを説明しなければならないという思いによって抑え込まれる（あるいは、みんなが忘れるまで身を隠すという僕が好んでいるサバイバル方法もあるが、要は人それぞれだ）。

みんな値切ることに夢中になり、人によっては値切ること自体が楽しみの一部にさえなっている。たとえば肉のように、値段をめぐってレジ係と言い争うことなど誰も考えないような店とは違い、古書店では値段について論争するのは特別に授けられた権利だとみんな考えている。値切ることそれ自体がパフォーマンスみたいなもので、客はあれこれ酷評するものと書店員は振る舞い、客は客で書店員はまがいものを押しつけようとしているように振る舞う。

いつもと同じ割引をかならずしてもらえるとわかっていても、毎回このルーチンを繰り返すなじみ客はたくさんいる。パントマイムのように繰り返される儀式は、客にとって大切な手続きなのだと僕は心から信じている。スタッフは誰も気にしていないようなのは、僕たちは僕たちで、険しい表情や不気味な笑みで応じる練習ができるからだ。こんな見えすいた所作だが、だんだんと複雑になっていく。例年来店して五年越しでこんなゲームにつき合ってくれる客がいて、「去年もこのタイミングで見せていた顔だ」と鋭い指摘をしてくれる。

さて、僕は〈スピンドルマン〉の本をカウンター越しに押し返した。この対応はある怠惰な土曜日の午後遅く、ジェームスからこっそり習った〈スピンドルマン〉を煙《けむ》に巻く秘術だ。「ご覧のとおり、とても忙しくて」とデスクに置かれた本をぐるりと示しながら僕は言った。（実際に急を要する仕事かどうか知る必要は彼にはないが）本当に忙しかった。〈スピンドルマン〉もビジネスがしたいなら価格を提案すべきだし、簡単なものでもいいから見積書を用意しなければならない。それとも僕にそんな手間をかけろと言うのか。奴にはわかっているはずだ。

前述した自分の名前を告げられたルンペルシュティルツヒェンのように、〈スピンドルマン〉は地団駄を踏んだ。あまりに強く踏み鳴らしたので、床板を突き破ってそのまま地獄に逆戻りしそうなほどだった。僕に暗い視線を投げかけると、提案リストを取り出した。すでに用意していたのだが、出せと命じられるまでとぼけようとしていたのは明らかだ。

今日の勝利は僕の頭上に輝いた。何年ものあいだ、折に触れては〈スピンドルマン〉とスパーリングを繰り返してきた。ついに彼を打ち負かすことができたのは、人生の絶頂に達したような思いだったが、この勝利を分かち合ってくれる者は誰もいなかった。ほかのスタッフはみな出払っており、僕は一人で書店を任されていることに気づいた。妙な気分だった。

翌日、店の鍵を渡され、以来、僕は好きなように店に出入りできるようになった。

45　SNSの時代

「ホームページで瓢簞《ひょうたん》を拝見した」とカイゼル髭を生やした男性が、眉根を寄せてカウンターに身を乗り出して話しかけてきた。大きな傘を槍のように持っており、イノシシがいつなんどき突進してきても、振り向きざまに突き刺す準備は万全といった様子だった。

「瓢箪……？」と僕は目をぱちくりさせた。

「そう、瓢箪」とじれったそうに手を振りながら応じた。「あの瓢箪——ヴィクトリア女王の顔が彫られている例のあの瓢箪を拝見させていただきたい」

誰かに聞かれていないかと思って、びっくりして周囲を見回した。誰もいない。キャビネットのどこかに隠してある壊れた瓢箪が不意に頭をよぎる。この瞬間まで瓢箪を壊したことに罪の意識を負わずにすんでこられたのは、唯一、「こんな悪趣味なものを買う人間などどこにもいない」という自信に満ちて唱えていた日々のマントラのおかげだった。その幻想が一瞬にして僕の目の前から追い払われてしまったのだ。

僕は「はい」とばかりにキャビネットの扉を開け、ガサガサと音を立てながら熱心に探すふりをした。もちろん、割れた瓢箪の残骸を隠した黒ずんだ箱は避けている。僕の演技がすべて計算された見せかけだとばれず、しかもできるだけ客の時間を無駄にしないようにさっさと切り上げると、本棚のほうに誘導して、そこで瓢箪に関する問い合わせの一件をすっかり忘れてもらった。

これがインターネットでますます結びつけられた世界の本当の怖さだ。瓢箪を壊したあと、システムからその痕跡を消し忘れるという致命的なミスを僕は犯していた。サザランで働きだしたころなら、瓢箪の存在など明るみに出なかっただろう。ウェブサイトはその後になって出現したので、探そうと思ってもこの世にはまだ存在しなかった。僕も自分の秘密は墓場まで持っていけた。しかし、年月を経て、ソーシャルメディアという空恐ろしい諸刃の剣への依存が高まったことで僕の破滅は証明された。

ソーシャルメディアは、誰もが使いこなせるようになりたいと願うスキルだ。だが、そんな思いも実際には一日二四時間、週七日、感情に駆られた何千人もの見知らぬ人たちを取りしきる作業に巻き込まれると気がつくまでにすぎない。だが、思い上がった僕はこのままでは二〇年以上の経験がある人たちと肩を並べられないと心配になり、ソーシャルメディアのアカウントのひとつを引き継いで、少しは役に立つ人間になろうと考えた。そのときまで、僕は誰にも迷惑はかけない静かな威厳を保っていたが、若さゆえの愚かさに結局打ち負かされてしまった。

この話の残念なところは、僕がソーシャルメディアの扱いに実は秀でていたという点だ。古書販売業者の大半は、ソーシャルメディアという概念そのものに対して、健全な疑念と嘲笑を抱きながら、月に一度ほど、まるで非友好的な村の精霊に貢ぎ物を捧げるように、しぶしぶと書籍の画像を投稿している。この野蛮な手段に頼らざるをえないことへの憤りが、彼らの言葉のはしばしにユーモアを交えることなく刻み込まれている。モニターを通して彼らのふてくされた声が聞こえてきそうだ。*

僕にすれば、こうした拒絶反応の解決法はたわいないものだった（それはいまでも変わらないと思う）。ソーシャルメディアは猫のようなもので、人が好きなふりをしているだけかどうかを見抜き、好きでないとわかると、猫は容赦なく爪を立てる。もし、自分が何をやっているのかわかっていないと思われることを恐れてソーシャルメディアを敬遠するなら、それは肝心な点を見失うことになってしまう。肝心な点とは、ソーシャルメディアのサイトは、自分たちが何もわからずにやっていることを必死になって知ろうという数多くの人たちから成り立ち、専門知識とは長きにわたる一連の失敗の結果にすぎない事実に彼らは歓喜している。

もちろん、ネットの世界でも現実の生活と同じように、変人や質《たち》のよくない人間と言い争うこともあるが、古書店で働く人間におなじみのうっかりミスや軽妙で辛辣なユーモア、そして混じり気のない熱意という奇妙な組み合わせを介して、相手と有意義な絆は築けるだろう。

同業者のなかには僕のこうしたアプローチを嫌う者もいて、宿敵と呼べる者が少なくとも一人いる。僕の冗談について、日課のように古書店協会にクレームを寄せてくるが、協会の対応はつれなく、そのたびに僕たち二人に「場外乱闘は管轄外」とにべもない返事で応じるばかりだ。もっとも、この同業者こそいろいろな意味で、僕の記事を昔から読んできてくれたかけがえのない読者である。だが、本人はおそらくそれに気がついていないだろう。**

それはともかく、いささかなりとはいえ、ソーシャルメディアへの世間一般の反応はやはりすさまじい。露出が増えるとアクセス数も増え、その結果、骨董に対する関心が高まり、僕たちでも見つけられないレコードを探し出したり、そうしたアイテムを買ったりする人間が出てきた。

＊ネット上で悪さをする書店員もおり、何をやっているのか自分でもよくわかっておらず、いたずらをいつも楽しみにしている。同業者の一人がサザランに腹を立て、グーグルに星二つのレビューを残したことがあるが、なんとそのレビューに実名が記されていた。どうやら匿名で表記されると思っていたらしい。レビューはいまでも残っている。
＊＊本人がこれを読んでいるなら言っておきたいことがある。君はユーモアのセンスというものをまったく持ち合わせておらず、協会に送りつけるクレームは僕にとって蜜の味、いっそう元気がわいてくる。

五年前に店が売った品物を買い取ろうとしている抜け目ない輩《やから》がいると教えてもらったが、最近ではこんな警告を受ける日ばかりだ。僕たちの存在などすっかり忘れていた古い顧客が、隠れていた地中からキノコのようにふたたび姿を現し、その一方で、僕たちは欲しくもないものを売りつけようとする転売屋の海に沈んでしまった。

あらたなカオスの出現について、実売には結びつかず、仕事を増やしているだけにすぎないともいわれる。この説についてはまだ意見が分かれるが、いずれにせよパンドラの箱はすでに開かれたのだから最善を祈るしかない。僕自身の経験から言うなら、僕たちがいまいる奇妙な世界では、稀覯本販売は「下手な鉄砲も数打ちゃ当たる」という「数のゲーム《ナンバーズゲーム》」を繰り広げている。

ジェームスはいつも僕に、「誰も見向きもしない世界一奇妙な本でも、長く持ちつづけていれば欲しがる人間が現れるものだ」と言っていた。どの本にもかかならずそれを欲しがる誰かがいる。そうであるなら、僕とすれば当然、できるだけ多くの人たちにあらゆる本をなんとしてでも見せたくなる。たとえば、かつてサザランに絵画に関する一冊の本があった。元マネージャーのアンドリューが店に来る前からあったという。何十年も在庫として残り、いつ買ったのか正確な記録が残っていないほど長いあいだだ。その本がソーシャルメディアに投稿されると、一時間もしないうちに売れた。

長い目で見た場合、稀覯本販売の世界にとって、この出来事がどんな意味を持つかは不明だ。しかし、本の販売という先の読めない潮流や製造コストが高騰する世界において、僕たちがもっとも得意とする無愛想な商売を続けていける、あらたな読者を獲得できるかもしれないという希望は与えてくれそうだ。もっとも、そうした客は一度に現れないほうがベストかもしれない。売り物の割れた瓢箪はたった一個しかないからだ。

46　匂いのツアー

その夫人は、ロシアの第四皇女アナスタシアの居所をこれから告げる大公妃さながらの雰囲気を放って颯爽と店に入ってきた。うしろにはあきらめ顔の男の子をしたがえている。この子の表情には覚えがある。僕も小さなころ、母親に連れられて街中の衣料店を引きずりまわされていたからだ。

夫人は店内で立ち止まると、その空気を味わうかのように深々と息を吸い込んだ。深呼吸を心から楽しんでいるようだ。それから連れの男の子も同じように深呼吸をしているかどうか確かめたが、子供はそこにはおらず、店内の隅に置かれた椅子に気づいて、そっちににじり寄っていくところだった（その椅子が、座ったら最後抜け出せない死の罠であることなど、この子には知る由もなかった）。だが、夫人はその子をさらに店内へと追いやると、僕のほうに視線を定め、こちらの意思などおかまいなく僕のほうへとずんずんやってきた。いまは取り込み中で手が離せないふりをしていたが、どうやらそんなふうには見えなかったようだ。

僕は本の山を滑らせてバリケードを築いたが、夫人はその山越しにこちらをのぞき込むと、理不尽な要求なのは重々承知のうえで尋ねる際に人が見せる、あの引きつった顔で僕を見つめた。

「本を買うためにうかがったわけじゃありません」と言った。僕の貴重な時間を無駄にしないようとする夫人の配慮はやはり評価しなければならない。これで自分の時間は自分で好きなように使うことができる。

「でも、ちょっと奇妙と思われそうな質問をさせていただきたいの」

そう言いながら、僕に向かって訳知り顔をしてみせた。僕はときどき思うのだが、もしこの見知らぬ客が店内でナイフを取り出し、僕を魚のようにさばいてしまったら、僕の葬式はいったいどうなってしまうだろう。

弱々しく微笑みを返すと、相手は話を続けていいのだと誤解なく了解した。

「孫を連れてロンドンの〝匂いの思い出作り〟に出かけるの」

と話すと、ここで〝匂いの思い出作り〟について説明してくれた。その説明によると、匂いの思い出作りは脳に備わるある機能にもとづいているという。脳は複雑な匂いを嗅ぎ分け、視覚や聴覚とは異なる方法でその記憶を長期間にわたって保存できるのだという。夫人は現在、孫を連れて強烈な〝匂いのプロフィール〟を持つロンドンのさまざまな場所に出向いているという。孫がいずれ大人になり、ふたたびその匂いを嗅いだとき、すでに亡くなっている夫人の記憶が匂いとともに呼び覚まされるのだ。

夫人のそんな思いが、氷のような僕の無関心をほんの少し解かした。だから、匂いに関する本を見せてほしいと頼まれたときも、不本意ながらその望みにかないそうな本を取ってきた。*

二十一世紀の扉が開くにつれ、ある種の足音のようなものが古書の世界でもはっきりと聞こえてくるようになった。それは儲かるようになったということではないが、その根底には本の匂いやページをめくる音、あるいは手触りという、物としての本に執着する哲学が根底にあり、そうした哲学がその足音に拍車をかけている。本の匂いが好きだから、本に囲まれていたいと思ったから来店したと語る人が毎日のようにやってくる。なかには手触りを確かめてみたいから、キャビネを開けてくれと言う人もいるくらいだ。

本に囲まれていたい、その存在に安らぎを感じるというのは、まぎれもなく人間ならではの反応だ。以前に比べると、ずっと頻繁に書店ツアーが行われるようになり、大勢のツアー客たちが群れをなして店から店へと歩きまわり、その扱いは観光地をめぐるツアーにほかならない。真剣に仕事に取り組もうとしている者にすればいら立つ光景だが、彼らは店の敷居を越えて静まり返った店内に入るとき、畏敬の念に打たれた表情を浮かべている。

それは、僕がはじめてサザランに入ったときに浮かべていたのと同じ表情だ。僕の心は少し和らぐ。そんな顔になる気持ちは僕にもよくわかるのだ。

＊夫人と孫は本を見るのが目的で店にやってきたようである。二人の壮大な叙事詩のため、ほこりにまみれているが、重厚に革装されたラテン語版の『イリアス』を見つけた。必要とあれば、少々のショーマンシップを発揮することは僕もいとわない。

47　査定

「この本はいくらになるの?」。そう言いながら、威勢のいい女性が僕の鼻先にスマホを突きつけてきた。スマホにはこの女性が撮影したとおぼしき画像が表示されていたが、ピントがぼけ、何が写っているのかよくわからない。たぶん本なのだろう。ほとんどの人――もちろん僕もだ――がそうであるように、この女性もまともな写真を撮るために必要な露光のセンスと遠近感に生まれつき恵まれていなかった。彼女の写真はチョークで描かれた舗道の落書きより役に立たなかった。

彼女の問い合わせに対して、僕はいつもしているように、保存している写真を送ってくれないかと頼んだ。そうすれば何ができるかわかるだろう。しかし、僕が電子メールと口にした瞬間、相手の顔は嫌悪のベールに覆われた。一瞬で変貌する切り替えの速さは明らかに普段からの練習の賜物だとうかがえる。

「メールは送りたくないの」とスマホを振りかざしながら言った。「ウェブサイトは使いたくないの。私は生身の人間と話がしたいの」

彼女が横柄このうえない口ぶりで向かい合っている当の生身の人間――僕です――は、できるだけ丁寧な口調で応じ、彼女のご希望に添うにはどうしても写真が必要なこと、イカのようにインクを吐き出し、ご自分で印刷するつもりがなければ、電子的な方法で写真を入手するしかないと説明した。説明の途中、彼女の背後で店のドアが閉まり、この女性はサザランと競合するほかの店に行くと叫んでいた。*

書店員には悪い癖があり、何かを頼まれると、その瞬間に相手が必要とされるものに変貌することを受け入れてしまう。嘔吐物の始末を頼まれたら普通の小売店の従業員になり、翌日、同じ客がふたたび来店して、ラテン語に詳しい人の助けを必要としていれば、突然ラテン語のスペシャリストに変身する。行きつ戻りつ、八面六臂の対応だ。ただ、ある種のタイプの人たちの書店員の扱い、そして書店員を専門家として考えている人たちへのスタッフの対応には不協和音が存在する。書店に来た客はこの二つのあいだで混乱を引き起こすほどびくついており、このまま横柄な態度を取りつづけていいものかどうか自信がないようで、こんな態度でいたら今度は店員が横柄な態度で応じてくるかもしれない。

僕の意見では、それは近寄りがたさのせいだ。戦略に優れた専門家は、人前には容易に現れず、大学の地下室に閉じこもったり、魔法使いが住むような尖塔のいちばん上の部屋に閉じこもっていたりする。見知らぬ人との接触はトラブルを招くだけだと正確に見抜いているのだ。そして、稀覯本の専門書店はこうしたアカデミーな場所との境界にある領域のひとつで、たとえば前もって約束を取らなくても専門家に即座にアクセスできる場所だと一般には思われている。あるいは本を買って、料金を払えばいいだけだ。

* 脅しとしては、効果的な方法ではなかった。立ち去るのを拒否して、居すわりつづけていたほうがずっと効果的だ。

査定依頼は、僕たちが働く時間の大半を占めている。包み隠さずに言うなら、店の存在を知る人が増えるにつれ、査定の依頼はとんでもない件数になった。店のメールの受信トレイは、以前は「親愛なるサザランの皆様、ご多忙の折、お時間を頂戴できれば幸いです」で始まるメールばかりだったが、いまでは件名に「いくら？」とあるきり、あとは書影すらはっきりしない画像が何枚も添付されているだけだ。

メールの仕事に関与する僕の意欲は年々低下していった。持ち込まれる本が売り物にはならないと正直に知らせることは、むしろ相手には利益以上に痛手を負わせると覚ってからは一気にやる気をなくしてしまった。査定結果はかならず水かけ論を招き、相手の気分を害するのは必至で、*僕は僕で夜遅くまで実りのない謝罪のメールを送りつづけなければならなかった。

本を持ち込んでくる人には申し訳ないが、大半の古書店がしている査定は店のサービスではない。その本を買い取るとき、店員が考えているのは店の上客にいくらで売れるかであり、十分な利益を踏まえたうえで、その何分の一かを買い取り価格として提示する。こうしたやり取りの最中、本を前にして「その本の価値はいくらなのか正確に知っている」とはひと言も漏らさない。買ってくれるにちがいない顧客でさえ、かならずそれを買うという保証はないからだ。完璧な査定をした本であっても、翌日の出来事――通りの向こうの古書店に同じ本が陳列された場合など（よく起こることだといわれている）――によってひと晩でその座を譲らなくてはならない。

だから、査定を頼まれたら、最善をつくして見定め、常識的で公正だと思う数字を出したうえで、お引き取り願ったほうが事はスムーズにいくかもしれない。それになんの問題があるのだろう？　相手は幸せになり、僕は僕で平穏無事な日々を過ごせる。書店の店頭で時折見られるかなり残念な傾向、つまり本を投資対象として宣伝することがなければ、これがやはり真実のように思える。

書店がどうしてこんな売り方をするのかはおわかりいただけるだろう。売りつけやすいからである。本には美術品に通じる価値があり、そうであるなら同じように価値を保たなければならない。コレクターのなかには、蔵書を投資だと考えたがる人もいる。本を手放し、〝現金を引き出す〟用意が整うまで、事実上、資産の貯蔵庫として機能する対象物が本なのだ。そうしたコレクターのなかには、時間がたてばたつほど本の価値がどんどん上がっていくのを期待している人さえいる。

僕にすれば、そんな考えで本を売るのは、稀覯本の販売業者としてはほとんど犯罪的なほど甘い考えに思える。しかも、残念なことにそうやって売りつけられた本について、すべてを失ってしまったと憤慨する客の例があまりにも多いのだ。その作家が売れなくなったり、あるいは用いられている革装の様式が流行遅れになったりしたせいである。一般にはやはり顰蹙《ひんしゅく》を買う商売のやり方だろう（いまでもそんな商売をやっている古書店があるなら、逃げきれると思っているからにちがいない）。

＊「買い取れない？　祖母は何十年もかけてオオコウモリが出てくる短編を集めてきたんですよ。もうけっこうです。よそをあたってみます」などなど。

みんなが混乱しているのは、どこの古書店も本を買い取る必要があり、そのために価格を提示しているという点だ。この場合、普通の査定とは同じではない。なぜなら、これは本質的に書店側が負うリスクで、その本で元が取れるかどうかは、実際に売ってみないとわからない。サザランにも三〇年以上売れずに棚に並ぶ本が残っている点を踏まえると、所有する全地所の評価をたった一人の書店員の意見に委ねるようなものであり、相当に勇気のいることだと僕は思っている（実際、地所の査定さながらの件について出向き、契約を結んできてほしいという依頼がよく寄せられる。城のように大量に所蔵されたイタリア文学の初期の作品は、金塊のように時の試練に耐えられると弁を振るい、断言するという手もある）。

稀覯本のようなもろくて不安定なものの上に築かれた業界が、何世紀どころか一〇〇年も続くと考えること自体が一種異様だ。その業界は精緻に積み上げられたトランプカードの城のようであり、目を離してしまえば城そのものが崩れ落ちるかもしれない。それを恐れながら、僕たちの一人一人が、一片のピースを所定の位置に保っている。多くの人たちによって積み上げられてきたすばらしい夢を導いてきたのは、ありきたりな経済原理などではなく、僕たち全員が心から信じたいと願うある事実によって文字どおり生きながらえてきた。その事実とは、僕たちが手にしている本には価値があり、僕たちの骨の髄までその事実は染み込んでおり、そして、そうあれと強く願いつづけるなら、ほかの誰かもそれを信じてくれることを僕たちは知っている。

48　在庫整理

テーブルに向かって座っていたら、身動きが取れなくなってしまった。たぶん、座りっぱなしの生活スタイルと、店から徒歩一分圏内にあるサンドイッチ屋が五軒もある環境のせいなのだろう。以前は問題なくテーブルの下に体は収まった。もがいているあいだ、下に置かれていた箱の中身を物色する。テーブルの脚を四本見つけたが、天板は見つからなかった。赤ん坊が履きそうな小さな靴下が出てきたが、何カ所か何かにかじられたあとがある。道具箱には湿った雑巾と「家庭用」と書かれたバールが入っていた。

ようやく救出されたとき、青い装丁の詩集が詰まった箱を見つけた。本自体はヴィクトリア朝時代に刊行された安っぽいもので、あとでジェームスから、見つけた場所に戻しておくように頼まれた。本は海賊版のテニスンの詩集で、全巻そろっていても、誰も稀覯本と見なしてくれないと教えてもらった。

年月とともに、店にはいったいどれだけの本や骨董品があるのかを知る必要が高まり、どうやって売っていいのか誰にもわからない在庫がかなりたまっていることに気づいた。いっしょに働くことなど金輪際ない先人たちが集めた各部門の本が、厚いほこりを被ったまま売り場を占め、ほかの本の棚に押し込もうにもそのスペースさえないくらいだ。そんなとき、サザランのお偉方から、不要な本をまとめて売ってみてはどうかというさりげないヒントが天から降ってきた。思うに、お偉方は僕たちがすぐに本を売りさばき、仕入れ原価を回収できると誤解していたのだろう。
航海中の船よろしく、重荷になり、海に投げ捨てる本の対処に僕たちはただちに取りかかった。最初に思いついた妙案は、開業間もない古書店にまとまった数の本を売ってしまうというものだった。美術に関する貴重な書籍の束が梱包されて海外に送り出されたが、送った相手からは二度と音信はなかった。毎年、経理部から送ったコレクションはどうなったか知っているかと尋ねられるので、「おそらく相手は本を持って逃げ出し、もう二度と会うことはないでしょう」と僕は答えている。

次に浮かんだアイデアが「春のセールス」だった。やっつけ仕事で看板を作り、本を入れた箱に取りつけただけだったので、セールスだと誰も気がつかなかったうえに、それ以上の宣伝は何もしなかったので、やはり大成功とはならなかった。それどころか、店の誰かがセールスのことを口にするたび、ジェームスは相当に腹を立てていたので、セールスそのものはほとんど宣伝できなかった。* 期間は三カ月間続いたが、売れたのはわずかに一回。それも偶然のおかげだった。箱につまずいた人がいて、その弾みでたまたま箱のなかをのぞき込んで本を見つけた。箱のふたは閉じられたままだった。

試みは失敗に終わったが、一方で時間はどんどん過ぎていく。本をどこかに移すにはほかの伝《つ》手《て》を頼るしかなかった。壁から本を引っ張り出せば引っ張り出すほど発見があった。気がつけば僕は、きわめて巨大な本の堆積物の上に座っている自分に気づいた。それらの本はステンドグラスからカントリーハウスにまでおよび、まぎれもなくニッチなテーマでありながら、不気味なほど現代的で、しかも信じられないほど密度の濃い内容だった。通常であれば、こうした本は希少価値がさらに高まるまで一〇年もしくは二〇年は寝かしておくのだろうが、お偉方が理性的な判断をくだして仲裁に入ったため、本はオークションに出品されることになった。

レベッカは出品リストを作る機会が得られたことに喜び、すぐにメモ帳を取り出して本を並べはじめた。ジョージは自分用に何冊か手に入れようと寄ってきた（本人の弁によれば、これは自分のコレクションのためではないと言い張っていた）。今日にいたるまで僕は、サザランはオークションハウスとの取引について、何か脅迫材料のようなものをつかんでいるのではないかとにらんでいる。というのも、そのオークションハウスは、債務超過におちいるまで出品を引き受けつづけていたからだ。

この時点で別のオークションハウスに切り替えて本を送りはじめたが、その会社は僕らからの電話を取りつづけるほど馬鹿ではなかったようだ。実際、しばらく取引したあとで僕らの電話には出なくなった。それにもかかわらずとにかく本は送りつづけた。送った荷物は返ってこなかったので、きっと引き取ってもらえたのだろう。

古書店が本を処分するという考えに人はとても奇妙な反応を示すので、稀覯本の販売業者は何

＊リサイクルに関して、ジェームスはまことにみごとで動じない信念を持っており、ホチキスの針、紙くずまでリサイクルしている。それだけに在庫を一掃するという発想そのものが批難されるべきだと考えていた。

とも言えない一線を歩まなければならない。この仕事の本質として、ある本はほかの本よりも価値があるという確固たる事実にもとづき、どの本に値段をつけ、どの本の値を下げるか、それを判断するために毎日判定をしなければならない。その一方で、ロンドンの匂いを記憶に焼きつけるためにツアーを主催している人たちは、古書店員の告白を聞けば、長年にわたって破壊活動に携わってきた者と見なす。この書店員が賢明な書店人で、金を払ってでも誰かに本を引き取ってもらうことを望んでいる人物であろうと変わりはない。それどころか痛罵を浴びせつづけ、こうした書店員の手からは決して本を受け取ろうとはしない。

これが古書店で働く者の宿命なのだと思う。本を買い取ってそれを売り、行き場のない本の世話をする。妹、ママ、老婦人――年月がたつにつれ、本のなかには家族のように顔なじみになったものもあるし、年に一度の棚卸しのときにすれちがう旧友もいる。すぐに売れると思って買った『黄金の驢馬《ろば》』――見込みちがいだった――に触れることもあれば、そのうしろには〈スピンドルマン〉にやりこめられ、ふとしたはずみで買い取ったネズミに関する本もある。こんな本は最初から売れる見込みがないとわかっていた。こうした本といっしょに多くの本が並んでいる。目にする一冊一冊の本は、それぞれ古書店員によって購入された。そのとき、彼らにはその本を買い入れる正当な理由(あるいは不適当な理由)があった。

書棚の前を過ぎていくと、日めくりカレンダーを見ているような奇妙な思いにとらわれる。これまで僕が訪れた邸宅や地下牢、地下室や鉄道のホームの光景が浮かび上がってくる。買った覚えのない本がガラスケースに置かれていたので、自分の鍵を使って本を見ようと思った。鍵を差し込もうとしたそのとき、かたわらにジェームスがたちどころに現れ、僕の乱暴な扱いをたしなめた。ガラスケースを開けるときは、「ソフトなうえにもソフトなタッチでな」と諭す。自分で開けることもできたが、最後にジェームスにアドバイスを求めてからずいぶんたっていた。入店してから数年が経過していても、ジェームスは僕のことを最近店の敷居をまたいだばかりの迷子の少年として見ている。どうしても僕を助けたいのだ。だから、僕はジェームスにケースを開けてもらうことにした。

しかし、そこまで思い出していたとき、店の窓を激しく叩く音がした。大声で怒鳴るようなノックだ。どうやら、目の前に置かれた営業時間を記した看板を読まなかった客らしい。しょうがない。この続きの思い出話は明日にしよう。

最後に

店の奥の展示台を片づけていたら、それまで気づかなかったデスクを見つけた。実は、デスクではなくテーブルと勘違いしたのは、そのように使われていたからだ。山と積まれた写真集を動かしてみると引き出しが現れ、なかがのぞけた。ファイルの山、レファレンスブック、文房具、巻尺に拡大鏡――古書店員の仕事道具が、本の山に埋もれて忘れ去られた作業台でほこりを被っていた。

新しい展示台のセッティングを終えたあと、放置されていたデスクについて経理担当のイブリンにさりげなく聞いてみた。僕が入店する数年前、急病で亡くなった店員が使っていたデスクだった。デスクは一度も片づけられることなく、店内に置かれた周囲の什器とゆっくりと同化していったようだ。

それから数週間したころ、ブックスタンドが必要になり、別の展示台に置かれたスタンドを拝借すると、ついでにテーブルクロスをどけてみた。資料が詰まったデスクが置かれていた。サザランの前の店長が使っていたデスクで、引き出しには店を辞めた当時の書類が手つかずのまま残されていた。ブックスタンドとテーブルクロスをもとに戻した。たとえそのスペースが使えたとしても、勝手に手を加えるのはなんとなく敬意を欠いているように思えた。

古書店をめぐる遺物は、普通の人が考える神殿のようなものではない。どれも単なる物にすぎず、誰も動かしたくないからそこに置かれつづけ、やがてそれがどうして大切なのか、その理由を記憶している人も一人残らずいなくなってしまう。そしてある日、巻尺が必要になった新入りの店員が残されたデスクの引き出しを開けると、まさに探していたものを、過去からの贈り物として見つける。

ジェームスは数年前に亡くなったが、目を凝らせばいまでも店のなかで見つけられる。何度も何度も繰り返し修理し、大のお気に入りとして座りつづけたスツールは、地階で旅行本を保管するときに使われている。本を開いた拍子にジェームスの走り書きのメモが現れることがある。デスクがあふれたとき、ライティングデスクとして使っていた湾曲したケースは豆本を入れるケースになっている。マグはいまも給湯室にある。「ジェームス関連の書類」と記された箱はキャビネットに置かれ、なかの書類は整理もされず、雑然と箱のなかに入れられたままだ。僕たちにはもう必要のない書類だが、それでもジェームスの書類を見つけたときにはそのたびにあるべき場所に戻している。

この原稿を書いている日、僕は自分のデスクをすっかりきれいにした。街を離れ、パートナーといっしょに家で過ごす時間を増やすためだ。世の中には僕の知らないすばらしい本がたくさんあるので、そうした本を読むつもりだ。たまにはサザランにも顔を出そう。本を売りにきたり、天井の照明が落ちていないかを確認したりしなくてはならない。とはいえ、どうしても別れのような気持ちがぬぐい去れない。そうそう、デスクが新しくなり、今度は十分な広さがある。だが、もう必要でなくなったときに用意してもらったので、このデスクはあとに残さなければならない。

月曜日から新しい見習いがやってくる。ということは、思うに僕はもう見習いではないのだろう。この話がいつ決まったのかは正確には知らないが、来週からやってくるのは確かだ。新人が見つけやすいように、書籍販売に使う道具類はいちばん上の引き出しに入れておく。持っていきたい本を何冊か抜き出し、新人の仕事に役に立ちそうな本を何冊か残しておこう。月曜日、彼が引き出しを開けて目にするのは、散らばった古い手紙（例の〈マリナー〉から送りつけられた激烈な手紙も交じっている）、マグロの缶詰、古い鍵（目印なし）の鍵束、水でだめになった古いブーツの片方、それに壊れてはいるが、不気味な瓢簞の破片を二つ見つけるはずだ。

謝辞

この本が誕生したのは、ひとえに僕のエージェントであるPEWリテラリーのジョン・アッシュが垣間見た幻覚のおかげで、その幻覚にしたがってアッシュはある日突然サザランに連絡を寄こした。彼の幻覚については〝ペテン師〟と批難することでそれに報いたい。だが、自分の見込みちがいがこれほどうれしかったのはいままでになかった。また、だらだらとしてまとまりのない僕の文章に何かを見出し、なんとかそれを一冊の本にしてくれたトランスワールドのアレックス・クリストフィにも感謝の意を捧げておかなくてはならない。僕が二人の仕事を助けることはほとんどなく、それどころか実際は、彼らの努力をむしろ積極的に妨げていたと言っていいだろう。

サザランのマネージング・ディレクターのクリス・ソーンダースにも感謝を申し上げる。本書で書かれている内容を快く受け入れ、僕を窓から放り出すような真似はしなかった。一貫してサポートしてもらったばかりか、記録も見せてくれた。僕にとってはクリスが思う以上に貴重なものとなった。そして、サザランの同僚全員にお礼を言いたい。長年僕の騒々しい振る舞いに我慢してつき合ってくれた。この本についても寛大な目で見てくれるように願っている。

付録ゲーム

ミニチュア版　古書販売RPG

「BOOKSHOP」

あなたは古書店で本を販売している。

店の家賃は10日ごとに払わなくてはならない。

何冊かの本を売って幸先のいいスタートを切りたい。

ルール

持ち点は〈**資金**〉〈**時間**〉〈**忍耐**〉の3つ。

〈**資金**〉は0から。

〈**時間**〉は10から。

〈**忍耐**〉は10から。

開店初日

1日目の始まりとして、6面のサイコロを振ってゲームをスタート。出た目の指示にしたがって持ち点を調整して、ふたたびサイコロを振って指示にしたがう。〈**時間**〉もしくは〈**忍耐**〉が0になるまでサイコロを振りつづける。〈**忍耐**〉が0になったらその時点で店は早じまいする。〈**時間**〉が0になったら閉店**時間**とする。(〈**時間**〉と〈**忍耐**〉の持ち点をその日の店開けごとにリセットするが、前日に〈**忍耐**〉が0に達した場合、〈**忍耐**〉は1ポイント 減らす――この減点はゲーム中永遠に続く)

10日後、家主が家賃と10ポイントを集めに訪れる。手持ちのポイントが足りなければ、店をたたんで本屋は廃業！

ゲームの進め方

サイコロを振る。

（サイコロを振り、目の数に応じてその指示にしたがう）

1 または 2:　〈来客〉（以下の説明を参照）

3 または 4:　〈危機〉（以下の説明を参照）

5 または 6:　〈異常事態〉（以下の説明を参照）

来客

（サイコロを振る）

1：トイレに行きたい	〈忍耐〉−1
2：万引き	〈資金〉−1
3：在庫がない本を求められる	〈時間〉−1
4：未確認生物の来店	〈時間〉−1
5：クレーム	〈忍耐〉−1
6：本を購入	〈資金〉+1

危機

（サイコロを振る）

1：お茶を切らす	〈**忍耐**〉−1
2：プリンターの故障	〈**時間**〉−2
3：本が見つからない	〈**時間**〉−3
4：値切り交渉	〈**忍耐**〉−3、〈**資金**〉+1
5：電話	〈**時間**〉−2
6：余分な仕入れ	〈**資金**〉−2

異常事態

（サイコロを振る）

1：謎の騒音を調べる	〈**時間**〉+2
2：恐怖感	〈**忍耐**〉−1
3：ひとしきり続く至福の沈黙	〈**忍耐**〉+1
4：本が棚から落ちる	〈**資金**〉−1
5：行方不明の本が見つかる	〈**資金**〉+1
6：予期せぬ請求書	〈**資金**〉−3

お好みのルール

- 〈**資金**〉2ポイントを使って〈**忍耐**〉を10ポイントまで補充できる。悪徳にひと時ふけることで気分を刷新させる。
- さらにリアルなゲームにするため、1カ月30日間プレイすることもできるが、最終的に家主から30ポイント巻き上げられる。

著者略歴――――
オリバー・ダークシャー *Oliver Darkshire*

苦闘する書店員兼作家。本書の原書刊行時（2022年）に28歳。現在、パートナーとともにマンチェスターで暮らしている。家の中は彼が積極的に集めまいとしていたはずの本であふれかえっている。

訳者略歴――――
秋山勝 あきやま・まさる

翻訳者。立教大学卒。日本文藝家協会会員。訳書にアレン『中国はいかにして経済を兵器化してきたか』、ドイグ『死因の人類史』、コヤマ＆ルービン『「経済成長」の起源』、ローズ『エネルギー400年史』（以上、草思社）、ウー『巨大企業の呪い』、ウェルシュ『歴史の逆襲』（以上、朝日新聞出版）など。

ご意見・ご感想は、
こちらのフォームからお寄せください。
https://bit.ly/sss-kanso

世界最古の
ロンドン古書店奇譚

2025年2月28日　第1刷発行

著　者　オリバー・ダークシャー
訳　者　秋山　勝
ブックデザイン　Malpu Design（清水良洋＋佐野佳子）
発行者　碇　高明
発行所　株式会社草思社
〒160-0022　東京都新宿区新宿1-10-1
電話　営業 03(4580)7676　編集 03(4580)7680

本文組版　有限会社マーリンクレイン
本文印刷　株式会社三陽社
付物印刷　日経印刷株式会社
製本所　大口製本印刷株式会社

編集協力　片桐克博（編集室カナール）

ISBN978-4-7942-2771-3　Printed in Japan　検印省略

草思社刊

草思社文庫
図書館の興亡
古代アレクサンドリアから現代まで

マシュー・バトルズ 著
白須英子 訳

中世大学図書館や王室文庫、イスラーム世界の「知恵の館」やユダヤ人の書物の墓場「ゲニーザ」など、時代に翻弄され続けた図書館の歴史を知られざるエピソード満載で綴る。

本体 1,200円

死因の人類史

アンドリュー・ドイグ 著
秋山勝 訳

疫病、飢餓、暴力、そして心臓、脳血管、癌…。人はどのように死んできたのか？ 有史以来の様々な死因とその変化の実相を多面的に検証した「死」の人類史。

本体 3,800円

歴史の鑑定人
ナポレオンの死亡報告書からエディソンの試作品まで

ネイサン・ラーブ 著
ルーク・バール 著
冬木恵子 訳

JFKのテープからリンカーンの書簡、キング牧師の恋文まで。気鋭の文書鑑定家が語る、錚々たる遺品を通して見えた、知られざる歴史の饒舌なるディテールたち。

本体 2,200円

怒りの時代
世界を覆い続ける憤怒の近現代史

パンカジ・ミシュラ 著
秋山勝 訳

革命、戦争、テロ、暴動――世界を覆う怒りの深層とは。革命時代から現代に至るまで果てしなく連鎖する怒りの実相を多様な言説や証言を元に詳細に検証した話題の書。

本体 3,800円

＊定価は本体価格に消費税10％を加えた金額です。